暗戀Ocarina學長

幻光 著

目次

序章 初次見面

蜿蜒的鐵軌邊道路，一高一矮兩名女孩奔跑著，正確來說，是矮女孩半拖半拉著高女孩向前跑。

「姊姊，快點啦！」辮子頭的矮女孩回頭一看，見短髮高女孩絲毫沒有加快的速度，不由得拽了把對方，催促道。

高女孩雖是加快腳步，但表情依舊不疾不徐。「急什麼，傳單時間明明是下午五點。」

「都是姊姊太會拖，現在都五點半了！」

「是、是。」高女孩口中應和起妹妹，心中無奈。

這種豔陽高照的暑假，儘管已接近傍晚，仍不願西落的太陽依舊刺眼與毒辣，至於氣溫就不用再提，兩人才沒奔跑多久，衣物已因汗水變得微濕，連帶身軀開始覺得不適。

這種該待在室內吹冷氣、吃冰的天氣，為什麼她非得跟著妹妹出來看那什麼社團成果發表會不可？

不遠處，已開始看得見群聚的人潮，以及依稀可聞的樂聲。

「果然早就開始了啦。」妹妹埋怨地瞪過她一眼，開始往人群內擠去。

高女孩抹抹汗水，縱使相當不情願，終究跟了過去，總不能出門一趟半小時，就把妹妹弄不見，家人會罵慘她的。

這裡的人潮雖然看起來多，但並不擁擠，這讓姊妹倆走近演出舞台的路上順暢不少。街角那棵榕樹下即為該社團的臨時小舞台，一張大約半開大小的宣傳壁報紙被貼於樹幹稍高處，譜架則被安置在樹蔭偏前方，以便表演者觀看，至於音箱則與募款箱一同置於最前方，成為小舞台與觀眾之間的小屏障。

「這邊不錯耶！」眼前的妹妹在觀眾區第二排找到個好地點，逕自坐下，以突出地面的鐵軌作為臨時椅子。

高女孩跟著相同動作，然視野幾乎被眼前第一排的寬厚背部給全數遮擋。看似不錯的座位，坐下後卻發現視野並沒有很好……她不禁朝妹妹那邊擠了擠。

「姊姊看不到嗎？」

「沒——」正想說沒差，前方的身影卻突然說話了。

「抱歉。」是個低沉醇厚的嗓音，對方微偏過頭，但由於他戴著鴨舌帽，高女孩一時間沒能看清其臉孔。

道過歉後，男孩即轉回去，並將身軀朝左側挪動，有些擠到他隔壁的女觀眾，不過該女生僅低呼一聲，沒有太多的抱怨。

高女孩眼前的視野總算豁然開朗，且隱約聞到一股清新的薄荷香味，這使她精神一振。

此時演奏樂聲漸畢，四周響起此起彼落的鼓掌。

兩位主持人一搭一唱地介紹起下段表演，高女孩這才將專注力落在舞台，以及後方樹幹上的海報。

「O、C、A、R、I、N、A，C、L、U、B。」鄰座妹妹拿著宣傳單，拼唸出那兩個英文字。「姊姊，這是什麼意思？」

她掠過看不懂的，指向第二個單字。「Club，也就是社團、俱樂部的意思。」

「那前面呢？」

「不知道。」

「姊姊都高中了，怎麼會不知道？」

「應該是那個樂器的名字……吧？」盯著宣傳單的簡單圖樣，也只能這麼推測了。

「姊姊不知道陶笛嗎？」

「陶笛？」

「就是那個樂器啊，我們學校有開社團喔。」

「……」聞言，她很想白妹妹一眼。既然知道，又何必問？

這時，主持人結束了冗長的介紹，準備迎接下位表演者。

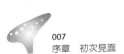

「讓我們用最熱烈的掌聲，歡迎學長！」

妹妹一臉興奮地轉向舞台，不曉得真是期待抑或迴避自己的不滿目光。視線跟著移動的女孩，只見身前那道寬厚背影倏地站起身，同時取下鴨舌帽置於原位，在主持人的目光及不斷鼓掌下走向舞台。而原本坐在男孩左側的女生觀眾，舉高手機準備錄影。

一開始以為是單純觀眾，原來是暗椿型的社團成員？

「表演曲目是《神隱少女》主題曲〈永遠常在〉。」男孩朝著觀眾微微行禮，在柔和的伴奏樂引領下，舉起他的樂器貼近唇瓣。

演奏中的男孩半闔目，他的身軀隨著樂曲輕微搖擺，相當投入該曲的氛圍之中。女孩並非第一次聽見這首曲子，卻是頭一遭認同該旋律之優美至極，似乎是透過這樂器——聽說稱之為陶笛——被放大與美化，變得無比動聽。

在這個當下，女孩察覺一股無法言喻的感動，從內心湧出。

「姊姊怎麼哭了？」身邊女孩拉拉她的衣袖。奇怪，妹妹不應該會轉頭發現的……剛好在間奏的關係嗎？

「是、是陽光太刺眼啦。」她急忙抹掉眼淚，如此搪塞道。妹妹接受了她的說法，沒再追問。不過她自己的目光，卻再也無法離開那位男孩。

他，高挑，身形中等還算壯碩，濃眉、丹鳳眼、筆直鼻樑與薄唇……給人的第一觀感似乎有些嚴肅和冷漠，不過女孩知道那肯定是表象，若男孩是那樣的人，想必不會體貼地挪開身軀好讓她看清楚舞台。

對了，照相！

女孩趕緊拿出手機，這時男孩正好演奏完畢，禮貌地對著觀眾鞠躬。隨著伴奏樂的漸弱，聽眾這才如夢初醒般爆出掌聲。然女孩顧不得拍手了，喀嚓一聲，忘記調為靜音的手機，快門聲有些響亮，而她呆了呆，被那捕捉於手機螢幕中的永恆。

畫面裡男孩唇角微揚，比原本的面無表情更加好看。

「最後，由社團的大家，為各位聽眾帶來最後一曲，〈戀愛ING〉！」

女孩有些惋惜男孩沒再回到身前的空位，但更加專注聆聽起這首歌曲，她滿意外陶笛也能演奏流行樂，且更有股純粹的動聽感覺。

「會唱的人一起跟著唱喔！」

在進入副歌時，主持人之一朝著觀眾喊道，也有表演者高舉雙手要大家一同打拍子。起初僅有左前方女生稍小但清亮的跟唱聲，隨著歌曲副歌嗨度增高，來自觀眾的歌聲愈來愈宏亮。

「戀愛ing　Happy　ing　心情就像是　坐上一台噴射機

戀愛ing　改變　ing　改變了黃昏　黎明　有你　都心跳到不行……」

跟著拍手的女孩，意外對上演奏中男孩眼裡的笑意，在那一瞬間，她覺得自己陷進去了。

她戀愛了。

初章　追隨學長而來

四人寢室，床鋪皆位於上層，書桌則在下方，鑲嵌於牆壁的衣櫃位在房門與書桌之間。看過環境一圈，深深吸入此處空氣，我開始對未來生活滿懷期待。

「哈哈哈——」身邊猛然爆出響亮笑聲，被打斷想像的我瞪向噪音來源，卻在看清他手中東西時嚇了跳，忙衝過去搶。

「天啊！我們家汪汪居然會寫這種東西，好不像妳——嘿，反對暴力！」他舉高那本活頁冊子，仗著身高優勢，我怎麼伸長手外加踮腳依然碰不到它。

「那是我的東西，快還來！臭喵喵！」眼見他就要逃出室外，我急得大叫。

他的身形頓時一滯。「拜託，別那樣喊我。」他擺擺手，滿臉嫌棄。

「回敬你的，不然汪汪這綽號又是誰取的？」我趁機上前一跳，順利搶回冊子納入懷中。

「汪柔羽，妳姓汪，綽號汪汪很正常啊。」他一臉理所當然。

「我才不要，跟小狗一樣。反正，你想擺脫喵喵這個綽號，就別想喊我汪汪。」我嘟起嘴，轉身面對滿室的紙箱與雜物，被他一鬧頭更痛了。「你到底是來幫忙，還是來偷窺我隱私的？」

「我姓苗又不是喵⋯⋯好啦，乖，這個給妳別生氣。」他亮出一個小巧的鋁箔包裝，我眼睛一亮。

「薄荷巧克力！」我喜孜孜地撥開包裝紙，將那有著綠色薄荷夾心的巧克力片丟入嘴中，生氣的時候來點甜食最棒了。

他見狀，噗哧笑出聲。「看吧，跟小狗一樣，見到食物就開心了不是？」甚至還用我剛才的話反擊回來。

「你——咳咳！」被最喜歡的巧克力嗆到的感覺實在不好受。「咳⋯⋯」我衝回書桌，取出水壺灌下幾大口才覺得好些，可惜了那瞬間被水沖淡的巧克力甜味。

喘過幾口氣後，我看也不看他一眼，心懷不滿地繼續拆紙箱。「苗煜東，給我出去。」

「欸？真的生氣了喔。」餘光瞥見，他在我身邊轉了又轉，語氣中的玩鬧似乎降低許多。

我不打算理會，繞過他走出寢室，準備扛起裝有衣服的大箱子。

「汪汪，那妳搬不動啦，我這個男生來——」

「閉嘴。」聽見那綽號，心中只覺得不悅。

狠狠瞪了想幫忙的他一眼，成功令他退縮，我執意自己搬，但確實如他所說，這只箱子的重量使我的手指發麻且顫抖了起來，最後整個箱子從手中脫離墜落，最慘的是還壓到我的腳趾頭。

「噢！」

痛痛痛痛痛！！我一屁股跌坐在地，眼淚瞬間飆出來了。

他朝我走近幾步，聳了聳肩，一臉「我就說吧」的表情。

搬出家裡住有夠麻煩的，我看著瞬間泛紅的右腳趾頭，心裡突然湧現一股想回家的衝動。

「起得來嗎？」他朝我伸手。

我僅在動作方面回應，眼睛一點也不想看他。「……我沒說原諒你。」

「好、好。」他附和著並將我拉起，雙手將我放到最靠近門口的椅子上。「坐著休息，剩下的我來。」

等我注意到的時候，身邊的桌面上已經莫名多出一張衛生紙。

瞄向輕鬆扛起箱子的苗煜東，確定他沒注意自己後，我默默地拿起衛生紙擦去眼角的淚滴。

我，汪柔羽，本市私立F大的應屆大學新鮮人，雖然家鄉同樣在北部地區，但考量通勤太花時間，且爸媽又不准我騎機車，於是選擇住校。

這還是我第一次搬出家裡，從收行李開始，需要帶的、和想帶的，光是糾結便煩惱好幾天，好不容易都將大型物品提前寄來宿舍，今天帶著最後的行李準備出發火車站時，前前後後又跑回家拿遺漏的東西一共三趟。

「學校宿舍不至於什麼都沒有吧？」見我最後一趟為了拿USB涼扇回來，媽媽忍不住笑了。

「生活費都在妳戶頭，真沒有的話去買就好，別錯過火車了。」爸爸跟在媽媽之後這麼說。

再來，就是眼前這個人型大麻煩，和我同鄉、從小一塊長大的苗煜東。

千萬別說青梅竹馬，我們才沒有那麼浪漫。這個傢伙是我的死對頭，從小就仗著身高優勢老是對我惡作劇，要我列出這傢伙的惡行昭彰，一本百科全書還不夠。「孽緣」還比較貼切，國小國中我們始終同班，高中好不容易擺脫了，卻僅僅隔壁班的距離。如今，這個混蛋甚至巴著我來到大學！

好在我們不同科系，學院屬性也有差距，應當不會有太大交集才是。不對，他和我一樣同屬住宿生啊！

新搬到人生地不熟的地方，有個認識的人，彼此能夠照料、有所照應的確是好事，但對象是苗煜東……他不惹是生非我就該謝天謝地了。

「汪汪，妳衣服直接放進衣櫃？」已將大箱子搬到衣櫃前的苗煜東，正以鑰匙劃開封箱膠帶。

「……嗯。」已經懶得再跟他抱怨綽號的事。

「唉唷，汪汪吃錯藥喔，竟然這麼安分。」

果真狗嘴吐不出象牙，他明明比較像狗。「笨蛋，我才不想浪費口水。」講到這裡，我忽然渴了，便順勢再拿起水壺喝水。

將背包放到腿上，我確認著隨身物品是否齊全，並摸索至最裡頭，找到了一只掌心大小、被內容物撐得圓鼓鼓的花布包，裡頭裝著那一年到九份遊玩時，在當地購買的粉色卵形陶笛。

儘管對樂器的掌握度不夠熟練，現在的我只會流暢吹奏〈小星星〉而已，但已經從中獲得滿足——透過擁有相同的樂器，感覺上……距離Ocarina學長更近了一步。

Ocarina，是陶笛的英文名稱，而Ocarina學長，在我升高三的那年暑假，他們社團來到我的家鄉辦活動，就在成果發表演奏會的那個場合，我與他初次相見。

僅僅一首《神隱少女》主題曲，便令我感動地落下淚，我也在此同時，對這位應當是第一次見面的學長，萌芽出特殊的情感。

我想，那就是所謂的「一見鍾情」吧。

某些有著浪漫情懷的少男少女，或許會崇尚這種愛情，我則壓根不相信，還覺得童話故事的公主王子太扯了，初次見面的人竟然就看對眼？

某個小鬼頭也不再找我唸睡前故事，表示會破壞她的美好想像，我不予置評，這世界是現實的，還是早點從童話幻境中清醒吧。

我最初僅僅莫名被學長演奏的曲子感動，然後，隨著最後那首快歌的氛圍，學長的目光跟著流露出笑意，與之對上的我頓時心跳加速。

或許只是看見帥哥的正常反應，我一開始如此解釋，然……

學長那天的形象，卻再也離不開我的腦海，吃飯、睡覺，甚至洗澡時都會想起他。除了購買陶笛，感覺跟學長更近一點，我也透過活動傳單的資訊，得知學長所在大學，當年即將升高三的自己就此決定，一定要考上和學長相同的學校。

爸媽很不高興我的志願竟是私立大學，他們覺得我太低估自己。死說活說，好不容易以「雖然是私校，但這所學校出來的畢業生很受企業雇主歡迎」這說法勸退兩老，當然我不可能承認真正原因的。此外，我是高分上榜，有獎學金資格，至少就這點來說，不會給家中經濟帶來太大經濟負擔。

沒想到，暗戀Ocarina學長，這件被我埋藏已久的小祕密，就在剛剛被苗煜東發現了！輕撫過這本祕密冊子，我偷瞄仍在忙碌的他一眼，趕緊將它塞進包裡藏好。

在家鄉城鎮中，居民彼此間的感情都相當和睦融洽，我有點擔心他會不會拿這件事跟爸媽告密，不過就算說了，我考上F大是事實，爸媽總不可能把我抓回家吧。

「汪汪，妳發什麼呆？」回過神，只覺額上一陣疼，苗煜東竟然彈我額頭。「思春喔。」

「思你的頭啦，臭喵喵！」我一手摸起額，另手也沒得閒地狂打他，他哀號著「反對暴力」，飛速逃回衣櫃那邊。「少反對暴力那麼好聽，不然剛剛是誰彈我額頭的？」

「我單純覺得，不講話的妳太詭異了，哈。」苗煜東嘻皮笑臉著，絲毫沒有道歉的意思。「放我一個在這裡收東西很無聊，聊個天吧？」

「要聊什麼？」我沒好氣地問，將問題丟還給提議的他。老實說，我們兩個總是不斷鬥嘴，似乎鮮少有和平交談的經驗，再說剛剛才被他鬧過，我完全沒有開話題的意願。

「聊什麼喔，我想想……」

他將我的外套掛進櫃子裡後，語氣多了絲笑意。「來聊聊考F大的動機好了。」

我心猛然一跳，不自覺抱緊腿上的背包。「我跟你說過了啊，F大是私立名校，畢業生很受企業公司歡迎——」

苗煜東發出嘖嘖聲，並豎起一指搖了搖。「嗯，那是事實，不過終究是說服伯父伯母用的，我剛剛也不這麼想了。」

「……所以？」我心中有些不安，苗煜東這個人吊兒啷噹的，光看過我的冊子就能得出結論嗎？

為了怕祕密被發現，這件事我改用第三人稱來記錄……即使爸媽看見，我也能以寫故事那類的理由掩飾。

「汪汪，妳就承認吧，自己是為了某人才考這裡的，那位用陶笛表演〈神隱少女〉的F大學長？」他直言不諱。

心中大驚，苗煜東的敏銳程度令我意外。「我——」

「可別找理由掩飾啊，汪汪，我們認識這麼久，妳有沒有說謊我都知道，誰叫汪柔羽這人太好看穿了。」

可惡，為什麼對於這番說法，完全無法辯解？我咬牙切齒，決定以眼神的怒氣射穿他。

「……苗煜東，就算是，那也不關你的事。還有，你跟我爸媽講也沒用，就算我轉學考能上好學校，到時候就沒有獎學金了。」

其實，我根本不知道爸媽會有什麼反應，只是想先給苗煜東一個下馬威，免得他真的去打小報告。

他一個響指。「哈，承認了吧。」見我愣住，他自顧自地說下去。「我只是挖個小坑，妳就自己跳下去。我原本覺得很怪，對音樂沒那麼感興趣的汪汪，居然買了陶笛，還這麼認真練習，原來真正原因是妳戀愛啦？」

「苗煜東，你……」

「反正都上大學了，又住校，妳爸媽是管不到。不過，我要說句實在話。」別於平常形象，他一本正經地開口，我原本打算罵回去的話頓時縮了回去。「這位學長，妳確定還遇得上？」

我一時怔了，本想照著初衷，加入學長的社團即可，可想想又覺得不對，我幹嘛老實跟他說？

於是，我沉默以對。

他搖搖頭，嘆口氣。「果然完全沒顧後果啊。我猜，當年的學長，肯定是升大三或升大四這兩個年紀。」

「你從哪判斷的？」我跟不上他的邏輯。

「當時是暑假啊，還有其他人喊他學長，所以不可能是升大二生，還沒開學不會有學弟妹。」

「喔……」我相當意外，真沒想到苗煜東在分析這方面倒挺有兩把刷子。

「聽到這裡，妳怎麼半點危機意識都沒有？」

「什麼意思？」完全不懂他的話。

「運氣不好的話，學長那時是升大四，那麼一年過去，現在早畢業了，除非他延畢。」

我這才晴天霹靂地驚覺，如果學長已畢業，那……特地準備一年，考上本校的自己，豈不是連個與學長再次重逢的機會都沒了？

「如果找不到學長的人，要轉學嗎？」我的腦袋呈現空白狀態無法思考，他的聲音聽來有些遙遠。

我遲了好段時間才反應過來。「……不。」

「汪柔羽，妳到底在堅持什麼？」

「我……我相信我的運氣。」

「蛤？」

「你剛剛說過，運氣不好的話，學長已經畢業了。但，運氣好的話，有兩種可能：第一，學長準備升大三，所以現在還在學校；第二就是學長延畢。」所以，並非完全沒有機會。

苗煜東的嘴巴微開，欲言又止了一會，最後再度將注意力轉回我的衣物箱。「汪柔羽，妳啊，真是一點長進都沒有。」

「又罵我，我從小到大，可是堅持到底這點最受老師讚美的。」

他失笑。「堅持到底？分明是固執。」

「喂，不要曲解好嗎。」

「果真一點長進都沒有啊……」

「苗煜東你——」我不解他怎麼再三重複這句，目光投射過去時，被他手中的粉色物品著實嚇了一跳。

「完全沒長進啊，這目測是B吧，還是A——」

我尖叫出聲，連忙跳下椅子衝過去。「大色狼，幹嘛亂翻我的貼身衣物！」

「妳腳不痛了喔。」他竊笑著，一手把我的內衣藏到身後，另手阻擋起我。「不是妳要我幫忙的嗎？」

我頓了頓，不自覺動一動腳趾頭確認，休息一陣後，似乎真的無大礙了。「少、少轉移話題，我明明都把它們收在另一袋——」

「妳沒說不能動啊。」這傢伙果然盡是抓我語句中的漏洞……「是吧，真的沒啥長進。」他這回竟然將赤裸裸的目光落在我的胸口。

「苗——煜——東——!!」我第一直覺以雙手護住胸部，又氣又惱地想用眼神和嗓門殺死他，不過他根本對這些免疫，最後我空出一隻手，繼續準備奪回自己的私密衣物。「這是性騷擾，我可以告你喔，苗煜東你再不還我就要跟阿姨打小報告——」

「啊！」

一道驚呼出現在門口，我們同時轉了過去。一名身材中等偏瘦、妹妹頭瀏海的長髮女孩站在那邊，她手裡拖著一只中型深紫色行李箱，一臉詫異地看看寢室內的我們，很快滿臉羞紅地遮住臉跑掉。「對、對不起打擾了！」

什麼情況？我們看看空蕩蕩的門口，再轉向彼此，這才意識到目前的姿勢有多麼令人遐想與曖昧：我已抓住苗煜東藏內衣的手，但因另手負責遮擋胸部騰不出空搶回來，而苗煜東整個人被困在我和衣櫃之間的空隙，並呈現半躺姿勢，手裡又抓著我的內衣——

我尖叫著彈開身體，厭惡起自己的脫序行為。剛剛那女生肯定誤會了，看成我正要撲倒與逆攻苗煜東……不對不對，我和他一點關係都沒有，是死對頭——

啊啊，人生第一次搬到宿舍住，且明明還沒開學，就要被傳謠言了嗎？這一切都是苗煜東害的！

「我的貞操啊……」某人竟還裝模作樣地在地板畫圈圈。拜託，我才想哭。

「你給我……出去！」我硬把他從地面拉起，用力推出寢室，關上房門。「我不要你幫忙了，比幫倒忙還慘，滾！」

「汪汪，開門啦。」他在外頭狂敲。

我被吵得怒開門，瞪向他。「都叫你滾了，耳聾嗎。」

他淡定揚起我的內衣。「物歸原主。」

立即搶回，我很快砰的一聲再度關門，似乎聽見他唉叫一聲，哼，撞斷鼻樑最好。

「滾！」狠狠地將房門鎖上。

外頭安靜不少，即使是苗煜東那個白目的傢伙，總該知難而退了。

不過，目光回到散滿七零八落紙箱的寢室，我又感到頭隱隱作痛，這麼多箱……輕嘆口氣，總得整理的，未來還有室友會一起同住，要保持整潔和形象啊，雖說……剛剛的事件可能害我形象全沒了。我蹲在衣物箱旁，決定接手苗煜東的工作，先來整理最大箱的衣服。

《我們這一家》的熟悉鈴聲響起，我心一喜，迅即扔下滿室紙箱接聽手機。「喂，媽？」

「小羽啊，到學校宿舍了嗎？環境怎麼樣？」

「四人一間，還算乾淨的，空間沒那麼大就是了。我的室友？沒看到人，可能還沒搬來──啊……」我思緒頓住，莫非剛剛跑掉的妹妹頭女生……

「小羽，怎麼啦？」

「沒什麼，我得趁室友來之前快點收完，先掛電話喔。」

「小羽等等，小東呢？他比妳早一天搬進宿舍，媽媽還要他好好幫妳呢。」

什麼不提，偏偏提到那個人。「媽，別提他了，他每次都愛亂搞，我今天狀況超差全是他害的，他超討厭，還亂翻我的私人物品……」我不自覺地噘起嘴。

電話另頭傳來媽媽的輕笑。「小羽，妳知道，他不是有意的，我們該體諒他。你們倆從小吵到大，哪一次沒和好呢？好啦，笑一個？噘嘴巴不可愛。」

「媽，妳怎麼知道？」

「妳可是我的女兒，媽媽最懂妳了。總之，住外面要好好照顧自己。另外剛剛的事，記得喔。」她沒忘要我原諒苗煜東的事。

「……知道了，媽再見。」我也明白自己的心，其實剛剛和媽媽通過電話後，方才的不快早已飛至九霄雲外。

小時候到現在，在課業和許多目標上，我始終堅持到底不放棄。不過情緒方面不一樣，暴走的心來得快去得也快，我不會讓它們惦記在心拖累自己，甚至影響平時生活，那樣才更不理智。

也許正是輕易原諒這點，我才一直被苗煜東壓得死死的。

不過，這一次的他太過分，人身攻擊。我擠了擠胸部的肉，心中有點疙瘩。

「什麼A，明明早就長大了……」

「叮咚」三聲，這次是LINE訊息，來自我為他改的暱稱「笨蛋喵喵東」。

首先是五體投地磕頭的貼圖，接著一張薄荷巧克力冰淇淋的照片，以及一句話：『帶妳去吃，我請客？』

『一言為定，食言的人是小狗。』盯著該訊息半晌，我終究傳了肯定答覆，同時被老是以美食誘惑的他，以及幾乎不拒絕的自己逗笑。

『汪汪。』他秒讀秒回。

不過，回覆的那兩個字，是代表他會食言的扮小狗，又或者單純叫我綽號，無法判斷，我也不打算詢問，更不想挖坑給自己跳。

我直接已讀不回他，開始整理行李，手機另一端不再有任何信息，沒被干擾的我樂得輕鬆，收拾工作順利不少，半小時後，終於把衣服全數收入衣櫃。我邊喝水邊確認剩餘物品，忽然聽見房門被敲響，不確定是不是來搗亂的苗煜東。

「叩叩」，敲門聲再度響起，並伴隨一道怯生生的音色。「請問……有人在嗎？」

未來室友？我期待地打開房門，對上一張有點面熟的臉孔。

正是剛剛目睹我和苗煜東的那位妹妹頭女孩。

「呃，妳、妳好……」女孩與我四目交接一瞬，難為情地別開臉，她果然記得我。拜託同學妳誤會了好嗎，我在心中吶喊，但又不好意思直接道出實情。

她揚起手指，目光落在門板上的寢室房號。「4027號寢，我……也住這裡。」

果然如此，看來等等免不了被八卦詢問了。

「原來是新室友，妳好，請多指教！」在心中無奈一秒的我旋即堆滿笑容，半拉半推地迎她進門。「妳的東西只有這個行李箱嗎？感覺沒有很多，那棉被和床墊呢？」

「唔嗯……」她似乎個性比較慢熟，對我的熱情難以招架的模樣。「那些沒帶，要另外買。」

「學校附近有大賣場喔，等等我們可以一起去逛。」能找個同伴一起逛街購物也不錯。

「咦，我們……兩個？」她有些受寵若驚。

「是啊，未來室友，我們可以好好聯繫一下感情。對了，忘記自我介紹，我叫汪柔羽，柔軟的柔，羽毛的羽，大一新鮮人。」

「我也是大一生，我叫……顏若蘭，顏色的顏，仿若的若，蘭花的蘭……」

我看她一副很緊張的樣子，忍不住笑出聲。「若蘭請多指教，放輕鬆嘛，我又不會吃了妳。」

「對不起，我很怕生……」她眼神飄來飄去的，遲遲不敢直視我，就算對上眼也很快低下頭。

「抱歉，我該快點整理了。」

我原本想拍拍顏若蘭的肩，又擔心她不喜歡，於是縮回手。「那妳忙，不打擾了。我的東西比妳多，才剛開始收而已，不過我會加快，等等陪妳一起去挑床墊棉被，也可以順便逛逛看能在放些什麼在宿舍。」

顏若蘭把她的側背包放在我位子的隔壁書桌，才放倒與開啟行李箱，我將她此舉當作一種友善的表現，背著她悄悄揚起嘴角。

「柔、柔羽……同學，」出乎我意料之外，她沒多久便出聲喚我。「謝謝，請、請多指教……」

我轉頭望向她，有些被打敗地失笑。她根本沒看我說話，不過瞧她耳根子都紅了，應該是害羞沒錯。

「多多指教，若蘭。」而顏若蘭僅匆匆瞥我一眼，即回頭繼續整理行李，果真是個不擅長與人相處的女孩。

即便如此，仍是個不錯的開始，我看看身後並排的兩張空書桌，開始期待其他室友的到來。

我和新室友顏若蘭收妥個人用品後，準備前往大賣場採購，來到宿舍一樓時，忽地傳來呼喊聲。

「妹妹，要出門啊？都收好了？」

我回頭，是負責監督這棟女生宿舍的舍監阿姨，便朝她簡單點點頭。

「隔壁的妹妹，是看錯對吧？」舍監阿姨沒頭沒腦地對我身邊的顏若蘭問道，只見她僵了一下，頭低低地嗯了聲。

「什麼？」我一臉疑問。

「柔羽，走吧。」顏若蘭輕扯我的衣袖。

「唉唷，就是宿舍不能讓男生進去這個規定啊。」阿姨顯然是個滿八卦且愛說話的人，滔滔不絕地說了起來。「這幾天是搬宿舍的日子，所以沒那麼嚴，畢竟女孩子力氣不夠需要男生幫忙。妳的朋友剛剛拖著行李箱晃來晃去，阿姨去關心一下，她卻說有男生女生在做那檔事，光天化日的根本不可能哪！我就說只是角度關係看錯了……」

我聽得渾身臊熱，連忙抓了臉龐早已紅通通的顏若蘭就跑。「阿姨我們趕時間先走了！」

遲了好些，才聽見舍監阿姨的聲音從後方傳來。「……喔喔，慢走啊，下次再聊。」

口沫橫飛的人，某些情況來看，挺恐怖的，我深深這麼覺得。

才剛將整理完行李，又緊接著逃命似的奔跑，我和顏若蘭沒幾步便喘得雙雙停下。

「對、對不起，柔羽！」顏若蘭朝我一個大鞠躬。「我不太會轉移話題，就說了實話，如果……如果打擾到妳和妳男朋友，真的很抱歉——」

「等一下！」我連忙伸出手掌比個暫停手勢。「我要聲明，剛剛妳看到的是假的，我們只是在打鬧。還有，那傢伙不是我男朋友。」

「咦？」顏若蘭愣住，大大的眼睛眨了眨。「我、我誤會了嗎？」

我用力點過好幾次頭。

「可是……」她的表情看起來不是很相信。

我一陣無奈，吁口氣，繼續解釋：「因為，妳看見他拿著我的內衣？」

聞言，顏若蘭的臉龐頓時紅起來，尷尬地嗯了聲。

我輕描淡寫地解釋一遍事發經過。「事情就是這樣，他人身攻擊外加太白目不還我東西，我只好搶了，偏偏被妳看見。」

「對不起，誤會妳了，真的很抱歉。」她不曉得是第幾次道歉，難為情地搔搔頭。「但，那個男生，真的不是柔羽的男朋友？你們的互動……滿親密的。」

「不是。」我翻個大白眼，斬釘截鐵表示。「從小就認識了，雙方醜態什麼的都看過啦，互動才沒有距離，但交往什麼的絕不可能，而且他也不是我喜歡的類型。」

且，我已經有喜歡的對象了，並追隨他來到本校。

Ocarina學長，相信我們會再重逢。

所謂祕密會使人拉近距離，此話果真不假。

方才那段為解釋誤會的聊天後，彷彿打破我們間初識的藩籬。往大賣場的路上，即使都是我在找話題，她回應與開口的次數明顯變多，露出的笑容也沒一開始那麼僵硬，自然不少。

最令雙方驚訝的是，我們同個科系！

「好巧喔，同系又同寢，我們很有緣，小蘭請多指教！」我興奮地同她握手。

「小、小蘭？」她聞言一陣錯愕。

「這樣比較親密嘛，還是妳有別的小名呢？我的話，可以叫我小羽。」

「我沒有小名。」

「那我可以這樣喊妳嗎？會不會介意？」

「不介意……可以。」她輕輕點頭，雙頰微紅，挺難為情的模樣。

後來，小蘭才告訴我，她高中時因為個性太過內向，遭到同學排擠，所以她提防心較重，很難一開始就敞開心胸，跟人打成一片。

「小蘭這麼可愛，那些人真過分。」我不免替她罵了幾句，並拍拍自己的胸脯。「別擔心，以後在系上我會護著妳，帶妳認識朋友。」

她聽了感動得淚眼汪汪，看來她以前真的非常辛苦。我連忙從抽出面紙遞給她。「不過，哭的表情就不可愛啦，擦一擦吧。」

她破涕而笑，沒多久便將情緒穩定下來。

F大並非座落平地的學校，與我的家鄉環境類似，地勢稍高，不過更熱鬧與現代化了些。幸虧有專門上下山的接駁車與公車，不然以我們兩個皆不會騎機車的女生來說很吃虧，去哪都不方便。

在大賣場中，我和小蘭合推購物車，左顧右盼著，新奇地張望貨架上的各種貨品，有種劉姥姥進大觀園的感覺。

我的家鄉地居偏僻，以都市人眼中來看，不僅沒有便利商店，更無量販店，生活機能看似極度不方便，但我覺得沒有不妥，因為家鄉居民需要的物資，都能透過雜貨店阿姨批發而來。所以，從小到大我去過賣場量販店的次數，屈指可數，唯有全家到城鎮遊玩時，才短暫逛過。

小蘭忽然呵呵笑出來。「我以為自己來自雲林已經夠偏僻，但小羽像是從沒來過賣場一樣，妳也是南部人？」

「……我是北部人。」回答時，我完全不意外小蘭十足驚愕的表情。「只是家在山區，新北市十分。」

「原來……」她微張著嘴，恍然大悟地點頭。「十分瀑布，我看過照片，很美。」

「照片完全比不上親臨現場啊。」提及家鄉的著名景點，我自豪地挺起胸膛。「家就住在十分，那裡我從小到大去過超多次。改天放假，小蘭願意的話，可以陪我回家，讓我這個在地人帶妳親眼逛逛喔。」

小蘭聞話很是開心，似乎又感動地雙眼泛起淚光。

「欸欸，那麼愛哭就不帶妳去囉。」我開玩笑地威脅她。

「我才沒有哭。」小蘭停下腳步，看似專注地端詳起貨架上的棉被資料卡，她偷偷用衣袖擦眼睛的畫面還是被我捕捉到了。

我笑笑，順勢將購物車推到不擋路的位置，並不打算點破她。

我替小蘭拿枕頭、薄涼被，她則負責提床墊，我們另合購巧拼鋪地板用，大包小包回到寢室門口，皆不由得愣在當場，齊望向門板號碼確認。

嗯，沒走錯房間。不過目前房內亂成一團，各式尺寸紙箱散亂於地，和我們出來時的模樣大相逕庭，這是什麼情況？

一個女孩在寢室內東搬西移中，正忙得焦頭爛額，她有著一頭美麗的深棕色大波浪長捲髮，個子高挑纖瘦，看起來像個模特兒。

她注意到僵在門口的我們，頓時展開笑顏，迅速繞過許多障礙物奔了過來。「是未來室友對不對？請多多指教！不好意思現在有點亂，我很快、很快就收拾完畢。」語畢，她趕緊將暫堆在我和小蘭桌上的物品，全數抱到我位置的後方書桌，雖然該桌子早已放了不少。

我看向那不太穩的雜物堆，暗自祈禱不要突然發生地震。

直到我協助小蘭，將床鋪打理乾淨後，整間寢室的凌亂程度依舊，並未改善多少。

「需要幫忙嗎？」我和小蘭望望彼此，不約而同開口。

她一臉得救似地大力點頭。「我好需要，那就麻煩妳們了！」

我苦笑著要她別客氣，心中挺意外形象如此完美的她，卻不太擅長打理環境。

新室友名叫何琇，小名琇琇，來自高雄，與我們同齡的她也是第一次搬出家裡住，從家中寄來一大堆行李。晚餐時間前，她的大部分物品總算收納完成大半，但仍有一大箱無處可去，只得暫堆在她的書桌下方，待需要時再拿出來。

為了感謝我們的幫忙，琇琇慷慨地請吃晚餐，她個性大喇喇且相當活潑外向，正相反於小蘭的害羞文靜。整頓晚餐吃下來話講個不停，從她對大學生活的期待聊到家鄉人文風光，什麼話題都能講得很起勁，專注在聆聽而少搭話的小蘭即使細嚼慢嚥，已快吃完了，琇琇的餐盤仍有一大堆食物。

「妳還是專心吃飯吧，我們回寢室可以再聊。」我笑著放下筷子，擦拭起嘴巴。

「啊，抱歉，我話太多了。」琇琇這才注意到自己最慢，連忙大口扒起飯，卻因太匆促而嗆到。

「還好嗎？別急。」小蘭替她倒杯水。

「謝謝……」琇琇好不容易喘口氣，難為情地笑著。「對了，我們還沒聊到彼此科系呢。」

「我和小蘭都是織品服裝系，琇琇呢？」

「真好，妳們既是室友又是同學。我嘛，是生命科學系。」沒有學乖的琇琇，含著飯菜含糊不清地答起話。

小蘭露出敬佩的表情。「好厲害，理科女生很少見。」

「還好啦，我高中班上男女比例是差不多的。」

我則因琇琇的科系答案愣了一下。

她和苗煜東同科系。

二章　大學新鮮人

我是為了Ocarina學長而報考F大的，至於科系，因為不知道學長讀哪個系，便採興趣取向。就我小時候的印象中，媽媽即很喜歡縫縫補補，並蒐集各種漂亮布料，製成桌巾、杯墊、椅套等，替整個家庭民宿妝點得極具特色。

除了家中物品，我這個女兒也很常成為她的模特兒——或者說是洋娃娃，在我堅決表達抗議之前，她手製的各式服裝即為我的全部衣著，也因此從沒去服飾店逛過，雖是省了一大筆治裝費沒錯，但要服裝適合我才行。

懵懂無知的小時候便罷了，國中生還能穿充滿蕾絲、宛如童話公主般的洋裝嗎？再說，還是牛仔褲裝比較方便活動，不必擔心走光。

或許是耳濡目染的緣故，明明長大後不再接受媽媽的手工服裝，我卻在瀏覽F大的科系時，一眼看中織品服裝系，對其他系則興趣缺缺。儘管自身因為陶笛，開始對音樂產生興趣，但我這種半調子不可能選擇音樂系，至少得從小學過鋼琴之類的樂器才行吧。

小蘭報考織品系的原因和我差不多，她爸媽正是從事服裝相關產業。琇琇本身除了高中念第三類組，最喜歡的科目正是生物科，也是依興趣選擇科系。

小蘭和琇琇都是今天剛認識的新室友，我已經能回答出這些，然而，卻對苗煜東考F大生命科學系的原因毫無頭緒？明明他媽媽是經營小吃店的，如果他選擇餐旅學系，我還比較能夠理解，雖說子女不一定要跟隨父母職業。

我們幾乎見面必吵，沒有正經問這件事的機會，稍早雖聊過報考動機，不過那時是苗煜東問我，結果我的祕密不但曝光，還造成那幕被小蘭目睹的尷尬場面……重點是，我根本沒必要，更不想了解這些。

忽地，屬於〈命運交響曲〉的經典和弦響起，讓我們三個嚇了一跳。

「不好意思，是我的。」我歉然一笑，並自包包內取出作響的手機。

「用這個音樂設鈴聲，好怪喔。」琇琇表態後繼續吃飯，我只是尷尬地朝兩人點點頭，握緊手機離開用餐區。

怎麼樣的來電對象，自然搭配不同的鈴聲。才剛想起苗煜東的科系，他居然如此湊巧地打來。

「喂？」

「汪汪，妳在幹嘛？」

聞那討厭的綽號，我不禁翻白眼。「和室友吃飯。」

「咦咦？」他在那頭誇張地大叫，我皺起眉，將手機拿遠些。「妳已經在吃晚餐了？但怎麼不揪我？」

「搬到學校宿舍，我當然要和未來室友打好關係，你自己去找你室友不會嗎？」

「室友還沒搬來，我昨天超無聊的，妳居然忍心讓我今天繼續無聊……不然，明天妳們吃飯順便揪一下啦。」

我刻意哈哈一笑，扮了個他看不見的鬼臉。「喵喵，是你活該，不要打擾我們女生的聚會，掰——」

「欸，別掛啊！」

我無奈地再把手機舉回耳邊。「你不覺得你一個大男生，參加女生聚會很怪嗎？就算你是我的男友，我也不准——」

電話那頭傳來他的裝吐聲，接著是一陣狂笑。「男友……哈哈！我對妳這個男人婆才沒興趣呢。」

他那段欠揍的話語，再度令我心中一把火冒出來。「苗煜東，這話是我該說的，以後沒事別打來，再、見！」

氣呼呼地切斷通話，我同時將手機轉為靜音模式，省得他回撥的鈴聲再打斷我和室友們的交談。

我回到座位坐下，注意到琇琇的餐盤已經空了。

「久等了，我們回宿舍吧？」我作勢欲再度起身，卻被琇琇拉住。

「沒關係，回宿舍開冷氣浪費電，這邊很涼，我們再待一下。」見小蘭似乎也沒意見，我點頭同意，接著琇琇看向我的表情充滿曖昧。「剛剛是誰打電話？小羽男朋友喔。」

我急忙否認。「才不是，而且我沒有男朋友。」
「是嗎，總覺得妳剛剛講電話的表情、動作特別不一樣。」
「是那個傢伙太白目，欠嗆。」
「所以，果然和妳通電話的那個人，是男生吧？」
我狐疑地望著一臉憧憬的琇琇。「男生……又怎麼樣嗎？」
「先相信妳真的沒男朋友好了，我也沒有。」
「真的假的？」我打量著琇琇，頗意外這個新消息。
「是真的，所以啊，我非常期待大學新生活。」
「我，不是很懂……」小蘭不解地看向我，而我對此話亦相當茫然，只得聳聳肩。
琇琇嘖嘖地搖搖頭。「大學必修三學分，戀愛、打工、社團，沒聽過？」
小蘭咦了一聲，欲言又止地開口：「呃，那學業呢？」
我想了想，接著說話。「是學業、社團、戀愛吧？若把打工加進去，才是四學分。」
「高中老師常說，大學教授很好過的，所以不重要。」琇琇哈哈笑著，一語帶過。「我爸媽堅持要我到大學才能交男朋友，我從國小開始都被接送上下課、管手機通話紀綠，超嚴格的。所以我立下決心，上大學後一定要談場戀愛。再說，我考上北部大學，他們管不到我。」
「琇琇很漂亮，妳想戀愛、交男友應該沒問題。」我誠懇地說道。
「謝囉。」琇琇撥撥她的捲髮，信心一笑。「不瞞妳們，好幾個高中同學對我告白過，所以我還滿有自信的。」

「但，可不能來者不拒。」我不是很放心地提醒她。

「放心啦，我看男人可是很挑的。」

我與室友小蘭和琇琇處得還不錯，這幾天空檔相約一起去繞校園、逛學區周邊商店，交流之時，也藉此好好認識這個要待上四年的環境。不過，眼看著開學日就要到了，我們這寢的第四位室友卻遲遲沒搬進來，或者其實我們寢室沒有湊滿呢？

去問舍監阿姨，得知學校宿舍有限，不太會發生寢室未滿的狀況，純粹那個人沒那麼快搬來罷了，我們也只好繼續等待下去。

至於苗煜東，在我入住宿舍的隔日，他的室友也正式搬來，我的耳根子總算清靜不少，雖然他頗常丟些莫名其妙的訊息刷存在感。

開學前一天，我和小蘭在自己座位上網，有一搭沒一搭地聊天，而琇琇緩緩爬下床鋪，睡眼惺忪地揉揉眼睛：「早安啊……」

其實現在時間已接近中午，我們不由得失笑。「不早囉，要吃午餐了。」

「真假？那我趕快去刷牙，等等一起吃飯。」

「別急，我們不趕時間。」見頓時清醒不少，動作加快卻差點絆到椅腳的她，小蘭擔心地提醒一聲。

「唉唷！」再度發生狀況，琇琇不知與誰在門口撞了個滿懷，撲通跌坐在地，她手裡抱著的盥洗用具散得七零八落。

「沒事吧？」我和小蘭急忙趕到她身邊關切。

「唔，還好。」

「抱歉。」平淡、沒什麼情緒起伏的音色響起，與琇琇互撞的這名鮑伯頭女孩，朝琇琇微點個頭，便逕自越過還在地上的她，拖著一只大型黑色行李箱進入室內。

「咦，妳……？」

「４０２７寢？」女孩看向小蘭，可能沒什麼表情的緣故，令小蘭嚇得身體一縮，直覺藏到我身後。

「對。」我代替小蘭回答，將事情連貫起來。「原來妳就是我們這寢的第四位成員，妳好！」

「請多關照。」她簡單回應道，便開始整理物品。

「妳好啊，我刷個牙馬上回來！」想趕快認識對方的琇琇，很快收回原先因被撞倒所露出的些微不悅神情，飛也似地撈起用具，奔出寢室。

我決定主動釋出善意，同時也因為好奇而上前。「請問——」

「先別吵，等我收完。」話還沒說完，即被她酷酷地打斷。

「呃，喔……不好意思。」不自覺回應道，雖然我不需要道歉才是。

小蘭和我交換了個不解的目光，我無奈聳肩回應。

令我意外的是，性格害羞的小蘭竟然也想跟對方說話。「那個，我們都有空，如果妳需要幫忙……」

「不用麻煩，我自己來。」小蘭語氣相當和善，然而，新室友卻完全不領情。

「對、對不起……」

見小蘭頗受挫地快步回來，我頗有同感地伸手拍拍她的肩膀。

怎麼辦？她用唇語問我，眼中已是微微泛淚。

我無法回答她，只得搖搖頭，靜觀其變。

也許新室友慢熟了點，熟稔之後會好轉也說不定。

「我回來囉！」盥洗完畢的琇琇大力開門，充滿朝氣。

「琇琇來一下……」我連忙再將她推出門外，簡單說明此時狀況。

琇琇僅稍微皺了下眉，很快展顏，並拉起我的手擊掌。「和人裝熟我最會，交給我吧！」

「她感覺不是那麼快熟，我不確定她會接受喔。」有些擔心琇琇到時也碰個滿身灰，我決定先替她打個預防針。

小蘭躲在房門附近偷聽我們談話，並面露不安地窺伺第四位室友的動態。那只已開啟的大型行李箱，幾乎占據掉大半走道空間，其主人正一一將箱中物品朝書桌上放置——依舊面無表情。

我們回到房裡後，琇琇看出小蘭的擔憂眼神，僅露出自信的笑容，拍拍胸脯走向自己的座位。

「妳好，我是何琇。」將盥洗用具歸位，琇琇即去面對這個關卡。「如何的何，秀氣的秀加玉字旁，叫我琇琇吧。」

「我現在還不想交流。」

在旁觀察的我們皆無聲倒抽口氣，這個女孩也太過酷和冷漠，不過琇琇完全沒有受挫的模樣，似乎對與新室友攀談這事更躍躍欲試了。

「妳收東西是用手，不是用嘴巴，未來一學年都要同住，先交流互動又不會怎麼樣。而且我都自我介紹了，出於禮貌，妳至少該——」

「停。」酷女孩開口打斷琇琇的滔滔不絕，砰的一聲將手中的紙盒放下。「我叫梅娜娜。」

琇琇先是一愣，旋即露出更燦爛的笑容。「這是本名嗎？很可愛，和我小名一樣是疊字呢！娜娜……」

「叫我娜美。」

「呃，娜美？」琇琇狐疑著，接著注意到對方桌上的物品。「是《海賊王》裡的娜美嗎？好意外妳對動漫有興趣耶，還蒐集了這麼多公仔。」

我看向那盒子，上頭是名性感橘髮美女的大型公仔圖，確實是琇琇所說的那位動漫角色。不過……再瞧瞧梅娜娜給人的初次印象，我對她這喜好挺意外的。

「很正常吧。」梅娜娜淡淡開口，總算從行李中抬起眼。「妳看過？」

「當然啊，那可是全民漫畫，男女老少通吃。」

也許和話題聊到喜歡的事物有關係，梅娜娜原先的冷淡表情軟化不少。

「呃，娜美……是誰？」此時不解發問的小蘭，頓時遭到兩人白眼。我知道她人如同性格，偏好浪漫的少女漫畫以及言情小說，對於較為熱血的少男漫畫興致缺缺。

總之，意外藉由漫畫這個連結，娜娜對琇琇卸下心防了，我和小蘭也放心地上前自我介紹。娜娜也是大一生，來自臺中，就讀F大應用美術系，對《海賊王》這部漫畫十足熱愛，帶來的行李中有一大半都是相關周邊，漫畫、公仔、記事本等等，衣櫃門還掛了面主角團的海賊旗。

娜娜之所以這麼晚才搬來，除了參加動漫活動，也和整理眾多收藏品花費不少時間有關。雖然她給人冷酷、難以親近的第一印象，但提及喜歡的事物，特別是《海賊王》會聊得很開，她也毫不遮掩地承認自己其實相當宅，有股反差的可愛。

另外，她得負擔自己的學費，所以開學後會利用課餘時間，在附近的複合式租書店工讀——就這點來看，她倒沒有那麼宅，雖說打工內容仍和宅扯上邊。

我個人覺得喊她「娜美」會容易和角色搞混，且某方面來說，她的個性和《海賊王》主角群中另一位黑髮美女比較像。至於小蘭沒看過該漫畫，因此我們兩個維持喊她本名娜娜，而琇琇倒是從善如流地照她的意願喊娜美。

十八年來住在偏鄉，此時來到大學宛如初見世面的我；文靜害羞、喜歡浪漫事物的小蘭；外型亮眼且活潑多話、憧憬上大學談場戀愛的琇琇；最初給人觀感冷漠，實際上熱愛漫畫、是個宅女的娜娜。這就是我們４０２７寢的成員，各個性格背景截然不同，確實如同高中老師所說，大學生活宛如社會的縮影，會遇見各種人。我更期待隔天的開學日了。

大學的開學沒有個形式上的典禮，不過有場為了新鮮人舉辦的新生訓練。會場中，小蘭和我並肩而坐，有些緊張地朝我擠了擠，我環顧坐在同區的新生們，頗好奇未來相處的同學。

校長與各學院院長依序發表完冗長演講，我和多數同學已是百般無聊地分心滑起手機，小蘭是個很好的聽眾，儘管她已經有些恍惚，仍勉強打起精神聆聽。

「接下來，請各位新生，以最熱烈的掌聲，歡迎各社團的動態表演！」

我精神一振，迅速放下手機，拿出新生訓練的時程表觀看。

這份資料是班導在典禮前發下的，我前幾天也在校網看過文宣。本校社團文化相當興盛，社團種類豐富多元，各社團可在新生訓練中進行動態演出宣傳自身，表演結束後，外頭的操場更有著靜態的社團博覽會，讓感興趣的學生前往各攤位了解。

我的目光，鎖定在活動單的倒數第二項——陶笛社的演出。

能否在F大遇見Ocarina學長，這次表演即將見真章。

「小羽，妳想參加什麼社團嗎？」小蘭受到周遭氛圍影響，原先聽演講時的疲態已不再。

雖想直接回答陶笛社，但得先確認才行。「我嘛……還在看。小蘭呢？」

「我和妳一樣。」她笑了笑，搖搖頭。「光看名單的社團名沒什麼感覺，看過表演應該會更有想法。」

我深感同意，與她相視而笑，專注欣賞舞台上的演出。

社團動態表演首先由熱舞社帶起氣氛，接著是合氣道社、手語社……演出順序安排看得出校方的用心，盡量將完全動態與略偏靜態的表演錯開，免得台下學生看到麻木或無感。起初學生們還興致高漲，不過坐久了，儘管演出精彩度十足，仍然起了點騷動。

『汪汪，妳想參加什麼社團？』忽地，苗煜東傳來訊息，看來他也無聊了。

『陶笛社？』緊接著下個訊息，他明知故問。

『再看看。』我僅傳個中庸回覆。『那你呢？』

『我啊，回宿舍，哈哈哈~』緊接著一張拍地板大笑貼圖。

我頓時無語，不過仍被這段話逗得莞爾。『很冷。』

配合我的話，他再傳張發抖的貼圖過來。

『汪汪，妳的意圖也太明顯，如果神隱學長已經畢業，就不加入社團了？』

『什麼神隱學長……』

『那個學長去年表演〈神隱少女〉不是嗎？所以這樣叫囉。』

『我才不要這樣叫他。』聽起來像是Ocarina學長會不見一樣，我還想見他。

『搞不好人家真的神隱啦。』

『臭喵喵，少烏鴉嘴。』不悅地回傳最後這幾字，我將手機收起，而周遭再度響起已聽到麻木的鼓掌聲，我配合地跟著拍起手。

「接下來，讓我們歡迎下個社團，陶笛社的演出！」

時機真剛好，我興奮地望向舞台。

身著相同深藍T恤的數名男女依序踏上舞台，而因我們系的位置距表演處有段距離，有些看不清楚他們的臉孔。台上幾個人已就準備位置，一兩個人正在調整麥克風高度，我再悄悄取出手機，點至去年拍攝的Ocarina學長照片。

僅僅一年，學長應該不會變得讓我認不出來才是，只不過和舞台的這段距離確實麻煩……

「好可愛喔。」

「什麼？」我狐疑地轉向出聲的小蘭。

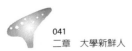

「頭套。」小蘭指指舞台，雙眼充滿光彩，而我這時才注意到陶笛社社員們頭上皆戴著特殊頭套，是知名動畫角色龍貓的造型。

準備完畢，一名女生站出來，對著麥克風說話：「各位學弟妹大家好，我們是陶笛音樂社，首先為各位帶來第一首歌曲〈龍貓〉。」

耳熟的伴奏樂響起，接著眾社員準確切中主旋律，齊聲且輕快地吹奏起來。遠見演出者隨旋律輕微搖擺，我也被感染地不由得搖起身軀，彷彿回到童年——

不對，得先找到Ocarina學長，但無論我怎麼用力瞇眼，台上的人只有五公分，根本無法辨認，手機的拉近功能又效果不彰……

「小羽？」小蘭錯愕地看我站起身。

「我去廁所。」跟班導師報備後，我壓低身體走至會場邊，再加快腳步靠近舞台。台上的社員約有六位，但都已經近得能看清表演者了，依舊未能找到想見的人。

該不會真如苗煜東所推測，學長早已畢業？

思緒至此，我立即甩甩頭，不該這樣，要保持正面思考，學長才會被我吸引而來——

「哇！」驚呼一聲，走路不專心的我不曉得絆到什麼，頓時整個人重心不穩，雖然急忙站住腳免除摔跤危機，但也踉蹌個好幾步，甚至一頭撞上舞台附近正在拍照的學生，幸好沒有害他的相機掉下來。

「對不起，是我的錯。」耳聞〈龍貓〉旋律已進入尾聲，罪魁禍首的我慌忙道歉。

對方很快回過身，頓時，我怔了。

Ocarina學長……

「沒事，有沒有受傷？」經過一年，學長的模樣沒什麼改變，那對濃眉與丹鳳眼，以及記憶中那道低沉富磁性的嗓音……我的心中突然升起一股感動。

「學妹？」

啊，我恍神了。「沒、沒有……撞到學長，真的很對不起。」

學長只是搖搖頭表示無礙，而這時前方跑來一名中長直髮、身著相同款式T恤的陶笛社學姊。

「該你囉。」她回頭看了舞台一眼，朝學長伸出手。「我來拍照吧。」

「嗯。」學長將相機交給學姊，邁開大步過去，我的眼神不由得追逐起他，也同時聽見會場響起的鼓掌聲。社團已表演完〈龍貓〉，表演者們待觀眾掌聲止歇後，一同取下造型頭套暫置於身邊地面，顯然接下來的曲子與龍貓無關。

「學妹，要去廁所的話，往那邊喔。」學姊持起相機對焦舞台，朝呆站在一邊的我提醒了聲。

「呃，謝謝學姊。」我點點頭離開，當然目標並非洗手間。

學長上台之前，順勢自舞台邊拿起某個樂器，遞給一名相當高壯的男社員，那樂器很像迷你版吉他的弦樂器，叫做烏克麗麗，前陣子很流行。

接著，另一名學長從主持人手中接過另支麥克風。「下一段表演是流行歌曲，五月天的〈戀愛ING〉！」

聽見當紅偶像團體的名字，台下起了不小騷動，我則更加專注地望向預備中的Ocarina學長，默默揚起滿足的笑容。

陶笛社這次的演出和當年我聽過的版本不太一樣，他們以烏克麗麗作為伴奏，並由拿麥克風的學長負責唱歌，不再是演奏純音樂，效果更好。

唱歌的學長台風穩健，就像個天生的表演者似的，於台上左右移動起步伐，要觀眾幫忙打拍子。在我心中，昔日的表演記憶，緩緩與現下重疊。

進入第二段副歌，只見Ocarina學長換成另一種尺寸更小的陶笛，吹奏出的笛聲偏尖銳些，整段演出更有層次了。

「戀愛ing Happy ing 心情就像是 坐上一台噴射機

戀愛ing 改變 ing 改變了黃昏 黎明 有你 都心跳到不行……」

怎麼辦，那時的回憶畫面，再連結起當下的現實，我貌似……對Ocarina學長更加心動，光是這樣遠遠看著他演奏，心就跳得好快——

「黃昏 黎明 整個都戀愛ing——」

歌聲、陶笛與烏克麗麗的無瑕圓融樂音戛然而止，學生們先是一愣，接著爆出掌聲與歡呼。

「陶笛入門容易、音色優美，兒歌和流行歌都能演奏，且小巧玲瓏與攜帶方便，對於想學習樂器的學弟妹來說，它是你的最佳選擇。歡迎各位學弟學妹加入陶笛社，謝謝大家！」那位一開始說話的女生，發表一段簡單的宣傳詞後，由她帶頭，全體社員一鞠躬。

餘光瞥見那位拿相機的學姊走了過去，下台的陶笛社成員們，興高采烈地在舞台邊拍過幾張合照，才從附近的樓梯離開，那裡並非我們新生入場的方位，對這棟建築環境還不熟的我遲疑著要不要追上去。

最後，是壓軸的熱門音樂社表演，這個社團的風格是重金屬樂，儘管同為音樂性社團，仍和陶笛社有著天壤之別。必須承認，熱音社的表演引起不小迴響，台下新生們嗨翻了，但我只覺得震耳欲聾的樂聲好吵，於是履行最初離開的說法——去洗手間。

待在樓梯間的廁所裡，依然能聽見那重金屬樂聲，於是就這麼躲到了表演結束，也隱約聽見主持人宣布新生訓練結束，新生可以趁中午時段參觀社團博覽會的各攤位，下午則是各系所的時間。

手機傳來訊息震動，是小蘭。

『小羽，典禮剛結束，妳怎麼還沒回來？』

『抱歉，我馬上回去。』

『系上同學都要離開會場了，我先幫妳拿東西？』

『好啊謝謝，那我先到外面，等會見。』並傳一張感謝貼圖。

離開洗手間，我自然地混入下樓的新生人潮，抵達外頭操場。新生訓練之前，此處只有紅頂帳棚與空桌子，而目前的景象截然不同——各社團竭盡所能將帳篷布置得極具特色，讓人頗想靠攤了解一番。

幾分鐘後，小蘭傳訊息說樓梯間很塞，我評估了下那流出樓梯口、源源不斷的人潮，決定自己先去小逛一下。

『小蘭，我先去逛逛，妳出來時電話連絡喔。』

不一會即收到小蘭的ＯＫ貼圖，我便無後顧之憂地踏入參觀人群裡。

新生資料還在包包內，但我依稀記得，和方才的動態表演不一樣，靜態攤位所有社團皆有參與，不過我沒特別記攤位平面圖，這意味著得大海撈針般搜索……

唔，早知道剛剛尾隨陶笛社離開會場了。

千金難買早知道，我認命地開始搜尋各攤位，邊留意是否有陶笛或其他音樂的聲音，可當作線索。F大的音樂性社團也很多元，除了熱音社我壓根沒興趣，其他像吉他社、口琴社也滿不錯的，當然我始終堅持陶笛社。

剛才，陶笛社學姊表示過陶笛入門容易，但「容易」偏向主觀感覺，不曉得是不是真的。或許跟從零自學有關係，我吹起陶笛始終無法很熟練，但既然都買了，我也希望能夠完整地吹奏出一首歌曲，像Ocarina學長那麼厲害……

叮咚、叮咚，LINE系統傳來一連串的提示音，我邊掏出手機，是寢室的專用群組。

『大家想參加什麼社團？我好猶豫啊。』開頭的是琇琇，後面還附加好幾張煩惱、頭暈的貼圖。

『我還在邊看邊考慮。』我傳道，心中早有方向，但尚未下定決心。

『動漫社。』娜娜緊接著回覆，我毫不意外她的答案。

『果然是果斷的娜美，哈哈。』

『小羽妳在哪裡？』小蘭貌似傳錯對話框了。

琇琇秒回大笑貼圖。『小蘭別那麼依賴小羽，也可以找我啊。』

『因為小羽的東西在我這……』

我無奈一笑，直接打電話給小蘭，電話那頭隱約聽到一些樂音。「不是要電話連絡嗎？」

「嗯，謝謝小羽幫我解危，剛剛那個社團的拉人好可怕。」

「小蘭現在在哪裡？」

最後，我們約在離小蘭所在攤位區最近的司令台見面，照理說她應會比我先到，卻遲了兩、三分鐘。

她喘吁吁地跑來，將我的背包交給我。「對不起，我在某個社團填資料……」

「什麼社團？」

「隨意填填而已。」

「這樣啊……有沒有看到喜歡的？」

「還在看，路上有拿到這些傳單。」她展示一疊簡單的ＤＭ給我，幾乎都是宣傳社團迎新茶會。「開學前兩週都是社團的迎新，或許去了就會決定了。」

我微微一笑同意。「沒錯，要先接觸、了解社團成員的為人。小蘭那麼怕生，迎新時要不要我陪？」

小蘭愣了下，低下頭。「我心領了……都大學生了，琇琇剛也說我不該太依賴妳。」

「出外靠朋友嘛。」我笑道，是不在意被人依賴，不過看小蘭似乎堅持這點，便鼓勵地拍拍她肩。

和小蘭短暫聊過一陣，決定配合她想獨立的念頭，各自去逛社團攤位，逛完在學生餐廳門口集合，午餐後正好無縫接軌下午的系所時間。

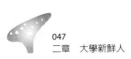

一路上，我拿到不少熱情的學長姊所發的ＤＭ，沒多久，我耳尖地捕捉到熟悉的音色與曲調，是陶笛版的《神隱少女》主題曲。

「〈永遠常在〉……」喃喃道出這首令我魂牽夢縈的曲名，我四下顧盼尋找陶笛社，然而眾多的人潮形成不小的阻礙，聲音的方位徹底被擋住。

決定循聲擠過去，然而歌曲正好終了，我頓時失去方向。

正懊惱著，忽然有張宣傳單遞向我。「歡迎加入陶笛社。」

「咦……啊。」我怔住，定定地看著發傳單的人。

我和Ocarina學長的緣分果然未盡，太巧了。

「……抱歉，打擾了。」見我遲遲未接過傳單，學長輕聲開口，準備收手。

「啊，我、我要。」我急忙伸手要拿，無意間與學長的手臂擦過，頓時一股熱意湧上，急忙縮手。

學長微揚薄唇，將傳單遞給我。「請。」

「謝謝學長。」我接過，並把握難得的近距離接觸。「請問，陶笛社的攤位在哪裡？」

「往那邊。」學長指指一團人群的某方向，並領著我過去，我隱約捕捉到一股清新的薄荷香，記得當年坐在他身後的我也聞過。

所以……那是學長身上的沐浴乳氣味嗎？跟在學長後頭的我，想到這點害羞了起來。

繞過擋路的人群後，遠方那只「陶笛音樂社」的簡單招牌總算映入眼簾，同時再度聽見〈龍貓〉的輕快旋律。攤位內或站或坐大約五、六名社員，有的正跟隨伴奏樂吹奏起陶笛，有的待在外側，向行經的學弟妹發送傳單。

「喔喔喔，學長出馬果然不同凡響，馬上招來可愛的學妹啊！」一名頭髮挑染且抓過，髮型時尚的男生見到學長後頭的我，大聲嚷嚷起來。

「別嚇著人家。」學長開口道，輕捶那男生的肩。

「學妹妳好，請填一下基本資料。」時尚學長很快斂下開玩笑的表情，招呼攤位內的短髮學姊拿出一份空白表格，需填進姓名、電話、FB、e-mail等資訊。

聯絡資料這些內容，隨意提供好嗎？

「別擔心，我們只會在招生前夕提醒妳，不會用在其他用途。」學姊猜出我的心聲，補充說明道，並往前翻了一頁，該頁也是相同表格，已寫滿各系學生的資料。

我正想看看有沒有同為織品系的新生填資料，學姊又將頁面翻回來，並遞給我一枝原子筆。

見我在表格內填入「織品一」，學姊揚起嘴角。「剛剛也有位織品系來過呢。」

我不免好奇詢問，但學姊只是搖頭微笑。「填資料的學生大多一面之緣而已，學妹想知道的話，不妨下週來參加我們的迎新茶會，純吃吃喝喝也很棒喔。」

「學長，我想請教一下……」攤內演奏陶笛中的另位長髮學姊，於一曲結束時暫歇並走近這邊，雙手搭上短髮學姊的椅背，雙眼看向我身後。

「什麼事？」Ocarina學長的嗓音近在咫尺，我隱約猜到他站在我身後，甚至再度嗅聞到他的薄荷香，不覺渾身僵直。

長髮學姊笑而未答，只是招著手。

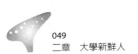

Ocarina學長繞過我進入攤位。不曉得他們在談什麼話題，瞧長髮學姊表情有些嚴肅、正經的樣子。

「學妹，妳該不會忘記自己的e-mail信箱了？」眼前的短髮學姊噗哧一笑，我這才發覺持著筆尖的手已定格在該欄半空好一陣子，連忙繼續將資料填完。

「啊，妳已經拿過，那我直接介紹就好。」

資料填完是沒必要逗留，我慢吞吞地起身，其實很希望學長能看過來，但他和學姊的話題似乎還沒結束，而短髮學姊興奮地拿著社團傳單跟我介紹，我便順勢待在攤位。

「迎新時間和地點，DM上都寫得很詳細，下週一晚上七點，社團活動中心四樓，當天也會沿路貼這樣的指標，方便新生找路。」學姊翻開旁邊另個文件夾，那是種簡易的腳印圖樣，標明了「陶笛音樂社迎新茶會」、時間、地點等資訊。

「好用心喔。」我不由自主地開口，學姊聞言笑得更加燦爛。

「謝謝學妹，感覺妳和一般填完資料就走的新生不太一樣呢。」

學姊興致勃勃地繼續介紹，我的目光被導引到攤位一側展現的社團活動照片、樂譜，最讓我好奇的是排成花朵似的各種尺寸、花樣陶笛。

「這些都是我們的社產，陶笛雖然入門容易，不過想要專精也要一番工夫，到時候在迎新茶會上，我們指導老師會為新生做更多介紹。」

「……我以前在九份買過陶笛，和這邊的造型不一樣。」我想起放在包裡的卵形陶笛，突然有些不好意思拿出來。

「喔喔，學妹指的應該是六孔陶笛，很多做成烏龜、海豚的造型陶笛都是這一類，但若要走演奏型而非娛樂型的，最好用這種十二孔陶笛，聲音比較準，音域也更廣——」

「迎新老師要講的，都被妳講完了。」Ocarina學長忽然走來說道。

學姊吐舌笑笑。「不由自主嘛，難得遇上感興趣的學妹。」

我則貪婪地望向學長平靜的側臉，心跳正悄悄加速中。

「……請學妹下週一定要來喔。」學姊前面不曉得還講了什麼，我只捕捉到最後這句。

「啊，嗯……」

「期待妳來。」Ocarina學長接著道，那雙漂亮的丹鳳眼與我四目相交。

「好。」我毫不遲疑地點頭了。

「阿恩學長魅力無限啊！」起初那位時尚學長插入話題，他哈哈笑著，鑽進攤位裡拍起Ocarina學長的背。「瞧學妹都被你勾魂了！」

「別亂說話。」Ocarina學長微皺眉，嚴肅地開口，而我因為被說中心事，頓時羞得拔腿就跑。

離陶笛社攤位已有段距離，我才停下腳步，心臟怦怦急跳，不過也因方才意外獲得的資訊，滿足地笑起來。

Ocarina學長，也就是阿恩學長嗎……我記住你了。

三章 陶笛音樂社

搬出家裡住，民生問題即是個大問題，但由於宿舍內禁止烹煮，因此只能認命加入外食族的行列，我想我會很懷念媽媽的每道拿手菜。雖說校內有學生餐廳，且凡是F大教職員、學生都有打折，然也不是每間店面都合所有人的胃口。

幸好，午餐時段還有早餐店這個選擇，我和小蘭分頭繞過學生餐廳一圈後，不約而同皆選擇了這裡。早餐店的套餐組合份量剛好，且出餐效率也快，五十元左右就能填飽一餐外加一杯飲料，CP值很高。

對座的小蘭一手拿漢堡，另手也沒得閒，正翻閱著社團博覽會拿到的DM，似乎十分猶豫要參加哪個社團，不時向我詢問意見。

我隨口回應她，叉起合點的最後一顆雞米花，搖晃著叉子，思緒又再度飛向阿恩學長。不久後便是系所時間，到時候可能會認識到系上學長姊，會不會那麼剛好，阿恩學長也在織品系呢？

腦海浮現這樣的想像猜測後，我不由得嘴角上揚起來，說不定幸運女神真的很眷顧我——

「小羽——」

驀地，我叉子上的雞米花不翼而飛，進了經過的某個人嘴裡。「嗯，好吃。」

「喂，苗煜東，那是我的午餐！」我氣得站起來與他對峙。

「這個充其量算點心吧，妳的午餐不是還沒吃完？」還在咀嚼的他口齒不清著，並用下巴比了比桌上的三明治袋。

我聞言更火。「你這傢伙不要老是挑我語病！」

「不然還妳嘛。」他作勢要張嘴，我旋即給他胸膛一拳。

「髒死了。」我想起此時還是公共場合，連忙坐下，吸起甜甜的奶茶讓情緒收斂下來。「沒空理你，我等等吃完得趕去系館。」

「系所時間吧？我們系也是，不過位置比較遠，所以要早點……」

「那還不快滾。」我沒好氣地道。

「乖，別氣，會長皺紋喔。」感覺到他的手掌按在我頭頂揉了又揉，並配上欠揍的笑聲。

「頭髮被你弄亂了啦！」我急忙揮開他的手，努力撫平頂上短髮。「害我長皺紋你絕對是罪魁禍首，既然趕時間還不快走！」

「走囉，掰。」苗煜東這傢伙倒是很乾脆地離開。

我不由得吁口氣，接著目光對上錯愕無比的小蘭後，內心又是一聲轟雷響起。「拜託，小蘭請妳忘記剛剛那段，我真正的形象不是那樣啊……」

她噗哧一笑。「第一次撞見是有點誤會，這次之後，發現你們真是對歡喜冤家呢，這樣鬥嘴很有趣。」

嗚，我好想撞牆。「都是那傢伙太欠罵，行為舉止又白目的關係……」
明明當事人的我覺得超討厭，巴不得想擺脫他。我和苗煜東這樣的互鬥，竟以第三人的觀感看來覺得有趣？

午餐時間雖被干擾，不過我和小蘭仍準時抵達系館，進入位於地下一樓的演講廳，參加織品系的系所時間。首先是班導師上台介紹她自己，以及較為官方的、對我們的未來期許，接下來不免其俗的，輪到眾大一生的自我介紹。

『剛剛鬧太大了抱歉，我說過會還妳，連入宿日當天的份一起。』中途，我收到來自苗煜東的這段訊息。

『你別老是捉弄我就夠。』我無奈回傳這段話後，收妥手機。專注於講台同學幾秒後，再拿出手機，記上陶笛社迎新茶會的時間，憶起今天這幾次與阿恩學長的巧遇和短暫交流，不自覺竊笑，台上的自我介紹說詞幾乎充耳而未聞。

「下一位，汪柔羽！」

「小羽，輪到妳了。」坐在我隔壁的小蘭輕推我。

我急忙回神，踏上講台，接過主持學長的麥克風。「我叫汪柔羽，柔軟的柔，羽毛的羽，大家可以叫我小羽。我來自新北市十分，請大家多多指教！」

主持學長簡單詢問學弟妹是否有其他問題，我想和眾新生剛入學，又處於陌生環境比較閉俗的緣故，沒有多少人提問，倒是有人八卦地問死會了沒。

「……沒有。」我如此答道，儘管心中不這麼認為。

心理上已死會，也算吧？

回到座位，鄰座小蘭投來的目光相當明顯，令我很難自在，最後決定面對她無聲的暗示。「小蘭一直看我，怎麼啦？」

「我、我也想問妳怎麼了……」忽然被我抓到在偷看，小蘭的臉龐閃過一抹飛紅。「妳從午餐到現在，都一直魂不守舍的樣子。除了那個男生鬧妳時，妳才比較有專注在當下。」

「這麼明顯嗎。」我抓抓頭，不好意思地笑了笑。「先說這不是刻意隱瞞，等到下禮拜……確定後一定會告訴妳。」至少要等自己與阿恩學長正式認識的迎新茶會過後。

小蘭一臉狐疑地回望我。「要確定什麼？」

「到時候再說，我們先專心聽吧。」急忙將話題轉回正事上，儘管一開始不專注的人是我自己。

結束眾新生的介紹，主持學長先快速為大家提及舉辦在期中考週之後，全校大一生的盛大活動——啦啦隊比賽，並表示會介紹認識的校外老師來指導我們。接下來，站在門邊的學長姊吆喝著大家離開演講廳，要進行下一個階段的選課事宜。

大學與高中的一大區別便是選課這件事，畢業學分總共一百二十八學分，平均分配至四學年八學期，大約一個學期必須修習十六學分。當然不可能那麼平均，學長姊曾說過，我們科系大二和大三的課較吃重，如果再被當，花時間重修就更辛苦。

此外，也獲得學長姊的小道消息，某些教授很嚴格、不好過、很愛當人之類的資訊。但相對來說，若某些教授的課很輕鬆，選那些課便是一種擠窄門的概念，要靠運氣才能選中。

除了系上的必選修，我們也需修習其他系的通識課，透過便利的LINE群組，4027號寢討論出共識，一起選了幾堂感興趣的課，不過還沒定案，得等選課結果公告才行。

「萬一剛好和妳們分開怎麼辦？」室友們一起約吃晚餐，分享起今天的心得，小蘭一臉憂心忡忡。

雖然她希望不依賴我們，但課業部分顯然不在此範圍，再說大家都是大學新鮮人，對許多事仍不熟悉，在上課這方面多少有些照料也好。

未來的課表上，每堂課的同學不一定相同，尤其通識課可能連同學的科系都不見得一樣，這對剛從高中升上來的我而言，是個嶄新的體驗。

——會不會有可能運氣好，和阿恩學長選上同堂課？這樣的念頭讓我心生一喜，但又馬上被心中的負面惡魔給打下來。學長照理說現在是大四，不太可能會修大一新生的課才對……

「小蘭別想太多，放輕鬆、放輕鬆。」琇琇倒是相當老神在在的樣子。

「真的分開，那就是緣分問題。」娜娜淡淡地開口，再夾了一口麵條咀嚼。

「娜美妳不要嚇她啦。」琇琇急忙地安撫起淚眼汪汪的小蘭。

「小蘭別擔心，我們選的課都不算傳說中的『很好過』，選上機率至少比較高，就算真的沒中，大不了第二階段的加退選我陪妳囉。」我思量了會，決定提出實質方案。

小蘭感動萬分，大眼睛中盈著的淚彷彿下秒就要滴落。「謝謝小羽……」

「真是的，妳也太感性了吧。」我無奈失笑，抽張餐巾紙給她拭淚。

「對了，大家決定要參加什麼社團？」已經相當習慣我們這寢之中，是由琇琇開啟每次的話題。

「回答過了，動漫社。」首先回應的娜娜繼續吃她的麵，看來她真的很喜歡。

琇琇咦的一聲。「還沒參加迎新，就決定要加了嗎？是不是要先參加迎新，了解一下社團成員為人怎麼樣，好不好相處之類的，這樣比較好。」

「我……也同意琇琇。」情緒平復的小蘭加入話題。

「再說。」娜娜慢條斯理地吞下口中的食物，才回覆我們的疑慮。「畢竟全校社團，我只對它感興趣。」

「娜美超始終如一的耶！像我啊，好幾個社團迎新都想去，但不知道社員好不好相處，所以才這樣決定……」

我看著麵碗的視野忽然被一隻揮動的手干擾，是小蘭。「小羽妳好安靜。」

「呃，有嗎？」我抬起頭，對上室友們的目光。「只是不知道接什麼而已。」

「妳想參加的社團啊。」琇琇提醒我。

「我下禮拜會去一個社團的迎新茶會。」我決定道出部分事實。「等到確認加入後，再跟妳們說。」

「吼～要什麼神祕嘛。」琇琇嘟著嘴抗議，但見我心意已決，便轉而問小蘭。

小蘭望望我一眼，有些猶豫地開口：「我也……一樣，確定入社再說。」

「妳們兩個織品系的，別排擠我們外系啦。」

「哪有。」我和小蘭異口同聲反駁，也由於這樣的默契忍不住笑了。

選課出爐，小蘭的顧慮多餘了。也可以套用娜娜的說法，我們一寢的緣分相當夠，通識課都順利選上，因此這一學期都能彼此照應。

「拜託，明天的早八必修一定要叫我喔。」琇琇千拜託萬拜託，在我和娜娜身邊轉過好幾圈。「我很容易賴床、睡過頭，超需要親愛室友們的morning call。」

所謂早八，是大學生的用語之一，代表早上八點十分的第一堂課。其實住校的我們，可以比一般通勤生更晚起床，悠哉吃過早餐再進教室，然而……有這樣的說法：住愈近愈容易遲到。

「……知道了，妳這幾年究竟怎麼過的。」隔日也有早八的娜娜終究同意，一臉無奈地推開死巴著她的琇琇。

「耶，我就知道娜美最好了！」琇琇蹦蹦跳跳地歡呼。「以前家人接送，所以人家很少自己起床嘛。」

「我會叫，但叫不醒是妳家的事。」娜娜嚴肅地聲明，琇琇不由得禁聲。

「嗚，今晚不能熬夜看歐爸了……」見琇琇一臉哀怨，揹妥包包準備離房的我噗哧一笑。

「明天有早八，還敢看歐爸？」

琇琇誇張地大笑出聲。「小羽好厲害，有押韻耶——咦，妳要出去？」

「嗯，上週說過的，要去參加社團迎新。」穿好鞋子後，我注意到隔壁書桌的主人似乎尚未回來，我們的課表大致相同，所以今晚應當沒有課……「小蘭呢？」

「她比妳早一步回來，放下課本之後又出去了，好像也是社團迎新吧。」

「謝囉。」點點頭，我跨出房門，又想起某件事。「琇琇想去的社團沒有迎新嗎？」

琇琇啊的一聲，迅速翻開行事曆察看，看來是有，只見她手忙腳亂地將頭上的鯊魚夾卸下，另手抓起梳子整理起髮絲。「多謝小羽提醒，要遲到啦——」

娜娜搖搖頭，逕自翻開她的《海賊王》漫畫，我在關上房門前捕捉到她的無奈評語。

「怎麼有人健忘成這樣。」

我期待地走向學生活動中心，搭電梯到四樓，跟隨腳印指標抵達ＤＭ所說的最裡邊教室。

「歡迎學妹！」一踏進門，立即傳來此起彼落的歡呼聲，讓我有點小難為情，接著我看見門邊的招待用小桌旁，站著那天同我熱情介紹陶笛的短髮學姊。

她似乎也認得我，對我燦爛地笑笑，並將目光往下，示意我在本子上簽到。

簽完名後，學姊將一張陶笛造型的紙卡遞給我，要我在上頭寫名字以便等會的活動。

「有個織品一的學妹最早到，妳們應該是同學喔。」步向座位區時，學姊在我身後喊道。

隨著她的呼喊聲，我看見座位區那邊有個熟悉的人影轉了過來，認出彼此的我們不由得一陣錯愕。

「小蘭？」「小羽？」

我很快走過去坐在她身邊。「我們都隱瞞要來參加的迎新，居然這麼巧是同個社團！」

「嗯……」小蘭靦腆地笑著，看來的目光有些疑惑。「其實，我以為小羽對陶笛沒興趣，才不敢說。」

「為什麼？」我聞言一怔。

「社團表演那時候，就算後半段小羽分心滑手機，還是乖乖坐著，到陶笛社演出卻剛好去廁所，好像完全沒興趣……」畢竟身處陶笛社大本營，小蘭解釋時，貼心地壓低了音量。

「原來如此。」我點點頭，看來被她大誤解了。「正好相反喔，我是為了靠近點看才假裝尿遁，其實是偷跑到前面近距離看。」

「那熱音社呢？他們的迎新也是今天，小羽不去？」

我扁了扁嘴。「他們表演的時候，我是真的去廁所，太吵了耳朵很痛。」

聽我如此描述，小蘭呵呵笑出聲。

一面和小蘭淺聊，我環顧起四周，約莫為十幾坪左右的長方形空間，前方安置了張長桌，上頭擺放著那時社團博覽會見過的各式陶笛，其後則是數支麥克風架與音箱。我和小蘭所待的座位區，一排五張椅子一共五排，已零零星星坐著幾個人，有些社員正與他們閒聊中。靠內側的牆壁緊挨數張長桌，其上已放有一疊餐盤、餐具，以及零食、飲料等等。

社員學長姊們有的正招呼到來的新生，有的在確認活動準備事宜，我掃過一輪，沒有找著阿恩學長，畢竟尚未到七點活動時間，可能晚點來吧。為了辨認方便，社員們皆穿著那天表演的深藍色T恤，從其上的圖樣以及英文字即可得知，那是代表該社的社服。

「哈囉，兩位學妹。」形象醒目的時尚學長來到我們跟前，露出一口潔白的牙齒。「剛剛聽說妳們都是織品系的，我也是喔，今年大二。」

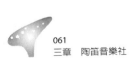

在不認識彼此的陌生場合下，能得知有位同系學長，我和小蘭自然一陣驚喜。

「學長好！」

「歡迎妳們來，希望妳們會喜歡今晚的迎新。」

忽地，包包中的手機連續震動起來，我確認來電人名後，眉頭皺了皺。苗煜東，你什麼時候不打，偏偏這時打來？

……不對，我根本不太想接他電話，每次都被弄得一肚子氣——

「不接電話嗎？」時尚學長指指我的手機，笑道。「活動還沒開始，先接吧。」

「……好，那我很快回來。」我只好順應地點頭，起身到教室外頭接聽。「喂？」

「汪汪，怎麼樣？碰空了？」電話那頭的他，沒頭沒腦地提出兩個問句。

「什麼？」

「陶笛社的迎新啊，我記得是今天。」

「對，快開始了，所以你最好講重點。」我握緊手機，沒好氣地說道。

「妳說的神隱學長呢？」

一講到學長，我的唇角不自覺地揚起，心情頓時好起來。「跟你說喔，我真的很好運，學長還沒畢業，上週在社團博覽會遇見他。」

電話那頭沉默片刻。「……妳沒認錯人吧？那天之後妳什麼也沒說。」

「我怎麼可能認錯。」都拍照存證了，還天天看。「再說，我有必要什麼事都得向你報備嗎？」

「是沒有……那，今天迎新有看見他嗎？」

我頓了下，望向那扇打開的教室門。「……還沒，不過我猜他等會就到。」

阿恩學長那天說的「期待妳來」，以及他掛著淡笑的表情，這週以來，已在我心中縈繞許久。

「真虧妳那神隱學長沒神隱啊，那就祝妳戀情順利，學長沒死會囉。」

苗煜東又一語中的，這令我原先雀躍的晴朗心情，開始湧入一層灰雲。

「臭喵喵，講話就沒句好聽的嗎，我要進去了，再見！」

這傢伙，為什麼總有辦法才沒幾句就讓我生氣？

深呼吸、深呼吸，我先進入廁所，就著鏡子將表情平復，才回到迎新教室內，此時剛過七點鐘。

「學妹，就等妳啊！」人站到最前面，手持麥克風的時尚學長高聲嚷道，害我嚇了好大一跳。

「你喔，把學妹嚇跑怎麼賠。」短髮學姊還在門邊，拍拍我的肩膀示意我入席，我難為情地壓低身子，快步回到小蘭鄰座。

「抱歉抱歉，那就由我先罰一口酒。」學長拿起旁邊桌上的一罐台啤，豪邁地灌下一大口，高舉瓶罐，引起幾個新生的讚賞聲。

「正經一點，你可是主持人。」一名長髮學姊看不下去場面的微失控，上前奪回那罐酒。「沒收。」學長誇張地蛤的一聲，逗得滿室哄堂大笑。

社團博覽會那時的記憶稍微回來，是當時表示有事要請教阿恩學長的學姊。

時尚學長表情恢復正經地開口：「咳咳，那麼，陶笛音樂社的迎新茶會正式開始。我是今晚的主持，因為愛喝啤酒所以綽號是畢魯。首先，請社長為大家簡單介紹。」

我隨著眾人拍手，趁機快速掃描整間教室，仍未發現阿恩學長，倒是注意到一位倚著牆壁，身著粉色襯衫加黑裙，看起來不像新生，也非學長姊的年輕女子站在後方。

那位長髮學姊上前並接過學長的麥克風，原來她就是社長，綽號叫乖乖。

藉著屏幕上投影片的輔助，乖乖學姊簡單介紹社團歷史，陶笛社從初始草案到正式創立，已有六、七年歷史，秉持著「全民學音樂」這個宗旨而創社，希望此夢想能藉著便利攜帶又清亮好聽的陶笛，實現於每個人的生活中。整個學年有幾項固定活動，上學期的社團博覽會、迎新茶會、校慶暨園遊會、耶誕報佳音，以及下學期的音樂祭、社遊和成果發表會。期間，偶而會接一些單位的委託表演，另外寒暑假也會與國小合作，舉辦陶笛梯隊或社員自身的訓練活動。

聞此，我記起自己與阿恩學長初遇的去年暑假。

「這是去年在十分舉辦的暑訓照片，至於今年是辦在鹿港……」

宛如呼應心中所想，投影片播放的活動照片正好出現當年的場景，儘管很快即換成下張，我仍很快捕捉到團體合照中，那道令我怦然心動的身影。

阿恩學長的確在這個社團……

本來的我，有點因為學長未出現而略感失落，不過看見他的照片後，頓時精神大振，再加上聽聞社團如此多元又豐富的活動介紹，令我對未來的社團生涯充滿期待。

「接下來，我想大家都餓了，請享用社團提供的披薩和各種點心吧。」畢魯學長接回麥克風，原本還不太好意思的新生們，在眾學長姊的熱情招攬下，陸續去取了餐點回座。

離桌子較近的小蘭替我拿取一片披薩，我們正咀嚼著，便聽畢魯學長繼續說話：「在此同時，穿插自我介紹時間，首先由社團學長姊們先讓大家認識。我是畢魯，織品系二年級，社團副社長兼活動公關，大家喜歡我唱的〈戀愛ing〉嗎？」

在場新生一愣，響起興奮的交談，我和小蘭本來也一樣，此時此刻卻也不太訝異了，這位學長確實頗具台風，是能將這樣的他與那日傑出演唱的人接起來。

乖乖學姊是社長兼總務，音樂系二年級，那天帶領社員上台與介紹宣傳本社的即是她。說到她的綽號由來，據說剛來到社團給人乖巧的第一印象，且愛吃乖乖這款零食而如此取名——這點我們皆親眼認證，她正手抱著五香乖乖不放呢。

另外，現場還有號稱「日文系歲寒三友」的學長姊們，他們的名字剛好分別有松、竹、梅這三字，皆為大三生。阿松學長是那天彈奏烏克麗麗的高壯男生，不過他表示自己最擅長的是吉他。

……等等，他不是陶笛社的嗎？我不禁冒出這個疑問。

竹取學姊擁有一頭長及腰的秀髮，很喜歡《竹取公主》這部日本童話，宛如角色本身，她給人的感覺亦十分氣質、恬靜；梅子學姊即為和我交集較多的短髮學姊，相當活潑，對陶笛十分熱衷，有加入樂團擔任正職陶笛演奏家的宏大心願。

感覺已將社員介紹完了，這時忽然走進一位眼神銳利、看起來相當精明的馬尾女生，她是彤彤學姊，為餐旅系的大四生，由於上課耽誤故現在才來。

最後，拿回麥克風的畢魯學長補充說明，大二生尚有一位文書兼美宣，因為打工無法前來，以及兩位臨時有事的大四學長姊，如果他們能趕來會再介紹。

看來沒錯了，阿恩學長目前大四。

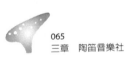

「接下來，即將邁入重點陶笛，要請個重量級的人物為我們介紹，學弟妹們猜得到是誰嗎？」

隨著主持人的眼神，我也順勢將目光轉向最後面，那位已站定身子、朝我們揮手微笑的年輕女子。

「讓我們以最熱烈的掌聲、尖叫加歡呼，隆重歡迎陶笛社的指導老師！」

新生們大多閉俗尚未敞開心房，此時願意配合畢魯學長說法熱烈歡迎的，僅有各個社團學長姊們。

我看著這名女子走向舞台，有些意外社團老師這麼年輕。

「大家好，敝姓唐，你們學長姊都喊我糖糖老師。」女子開口即令我驚豔，她的音色相當好聽。「所謂陶笛呢，可以簡單也可難……」

糖糖老師首先介紹的，正是梅子學姊社團博覽會當天告訴我的內容，入門基本款的六孔陶笛，以及偏演奏型的十二孔陶笛。許多觀光景點會販售各種做成卡通人物造型的陶笛，那些多為外貌取勝與吸引小朋友的，儘管能吹奏，但音準不夠。當然也是有音準較佳的六孔陶笛，然如果想要學得進階與專精，十二孔陶笛是最好的選擇。

接著，糖糖老師邊拿起各個桌上的展示陶笛向大家介紹，陶笛有調性和尺寸的區別，就像國小學過的直笛一樣，尺寸較大的陶笛音色較低沉，小尺寸的則較高亢尖銳，聽到這裡，我不由得想起新生訓練當天，演奏中段更換陶笛的阿恩學長。介紹過程中，老師搭配著吹奏幾段著名歌曲的旋律，真不愧是社團老師，就算是即興演奏，仍能帶給聽眾餘音繞樑的感覺，十分吸引人。

陶笛的本身已快速並初步介紹完畢，負責音控的阿松學長此時按下播放鍵，音箱傳出數聲有些神祕的斷續音階前奏，接著糖糖老師揚起她的陶笛，流暢地來場完整版演出，座位區的燈光被緩緩調暗，眼前的投影幕顯示出這首曲子的名字〈森林狂想曲〉。

一曲在高潮處終了，意猶未盡的學長姊喊起安可，連數名聽得太著迷的新生也跟著喊。

「以後有的是機會，先進行下個活動吧。」糖糖老師搖頭微笑，優雅鞠躬後下台。

「感謝糖糖老師的精采介紹和表演！」畢魯學長要大家再次鼓掌，座位區的燈光又被調亮。「請大家拿出簽到時發的陶笛紙卡，接下來換大家自我介紹囉，有新生自願的嗎？」

現場一片沉默，他顯然也猜到這結果，拿出一張名單，視線轉啊轉的，停留在我們的方向。「那麼，就依照報到順序來吧，同樣是織品系的學妹，顏若蘭！」

小蘭雙肩一抽，沒想到會是自己第一個。「我……」

「沒事的，就跟系上的自我介紹一樣，聽眾還比較少呢。」我手覆上小蘭，給她心理上的鼓勵。

小蘭深吸口氣，原本想站起來，不過畢魯學長也看出她的緊張，要大家原地坐著講即可。

「大家好，我……我是小蘭，顏若蘭，織品系一年級，請多指教……」

「對陶笛感興趣才來參加迎新的嗎？」小蘭的介紹相當簡潔，於是畢魯學長接著問道。

「嗯……我很喜歡迎新表演的〈龍貓〉，還有……總、總之，是真的喜歡。」

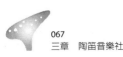

大概是看小蘭緊張地話講不好，畢魯學長並不為難她這個同系學妹，繼續順著名單點名其他新生自我介紹。在場大多數是大一生，也有的是過去撞課沒空參與，升上大二之後才來社團看看，或

者轉學而來的學生。

輪到我了，我展現出名牌上寫的小名。「大家好，我是小羽，全名汪柔羽，和小蘭都是織品系大一。以前我曾被陶笛聲感動過，所以對這個樂器非常感興趣，很期待接下來的社團課。」

梅子學姊忽地彈指。「我記得妳提到買過陶笛這件事，今天有帶來嗎？自學過的話，基礎應該不錯吧？」

「呃，是帶來了。」我不自覺揪緊懷中放有陶笛的包包。「可是，我資質不夠好……」

「來一首聽聽吧？」畢魯學長……明明是同系的，居然此時推學妹下水。「大家也想聽聽看，對不對？」甚至起鬨，連小蘭看向我的目光也變得有絲期待。

渾身湧現滿滿的熱意，我難為情地順應，拿出那只粉色卵形陶笛，也受到一些讚賞表示它很可愛等語，另外，它確實是一款六孔陶笛。

「先、先打預防針，我真的沒很熟練……」我內心緊張萬分，好不容易將〈小星星〉表演完，覺得心跳已經快得要彈出軀殼了。

「呵，還不錯喔。」糖糖老師鼓掌笑著。「只要有學習的熱忱，熟練度並不是問題，多練習是不二法門，我很期待妳到校慶那時的進步。」

「咦，這意思是要我上台表演？」我記起乖乖學姊介紹的上半學年社團活動，有些受寵若驚。畢竟自己只有〈小星星〉的程度……

「是啊，社員們都有機會登台的。」

等自我介紹完，換梅子學姊接下主持棒，由她帶領大家進行破冰遊戲，一群人玩得相當開心，直到將近九點活動結束。學長姊們熱情地送我們離開，並宣傳下週相同時間地點即為第一堂社課，歡迎我們前來。

跟在小蘭後頭踏出社團教室，有些疲累但仍亢奮不已的我們討論起心得，這時的我才猛地發覺一件事：阿恩學長沒有出現。

對於我們才剛去完迎新茶會，即馬上決定入社的念頭，琇琇不予置評。

「有那麼好嗎？我今天去的社團迎新就不怎麼樣，感覺場面很乾，且幾乎都是女社員。」她手持筆記本，抽出紅筆將上頭寫的字劃掉。「我再賭賭看明天的迎新場合好了……」

我捕捉到她話語中的關鍵詞。「等等，妳是想去玩社團，還是去找男生的？」

「哈哈，都有。」她笑得毫無掩飾。「系上男生我物色了幾個，以後可以名正言順地把握必修課去認識，本校社團活動那麼盛行，當然可以從社團找囉。」

「亂槍打鳥。」娜娜的聲音忽然從床上傳來，我們皆嚇一跳，原以為她睡了。

「娜美還沒睡啊？」琇琇攀上幾階梯子探視，很快便跳下來。「哈哈，原來她是趴在床上看漫畫。娜美我跟妳說，這不是亂槍打鳥，畢竟一個一個來太慢啦，要多方比較懂不懂？」

「隨妳高興，我管不著。」上方再度傳出娜娜涼涼的發言，接著便安靜下來。

「陶笛社男生是不多，但迎新氛圍是真的挺好。」正確認隔日課表與物品的小蘭此時開口道。

「如果琇琇願意的話可以考慮。」

「Pass，我對這類社團沒興趣。」琇琇很快便搖頭拒絕。「我偏好那種大家團聚聊天、很開心的社團。」

「有那種社團嗎？」我不禁失笑，那應該叫聯誼才對。「如果妳想找男生，看看體育性的社團吧。」

「有喔，不過我討厭曬太陽，所以選了桌球社，還有游泳社。」

看見她的表情，我已經猜到其目的。「呵，重點是看小鮮肉吧。」

「小羽果然懂我，哈哈！」

「琇琇不去洗澡嗎？妳明天早八有沒有問題？」小蘭已準備好她的用具，出門前詢問道。

「啊，對喔。」

床鋪那邊再度傳來娜娜的鄭重聲明。「叫不醒，我就先去上課。」

「拜託，親愛的娜美千萬別啊！」琇琇哀嚎著，迅速將衣服用具抓一抓塞進籃子裡即衝去洗澡。

我莞爾一笑，坐到桌前確定完明天的課和攜帶文具，從包包內拿出陶笛端詳。

真沒想到，自己唯一能亮相的簡易兒歌，會被技巧高超的社團老師稱讚，就算只是場面話，也很開心，今天去了這一趟迎新是個不讓我後悔的好決定。

當然，若能再與阿恩學長見面，今晚的我肯定會興奮得睡不著。

下週正式社課就能重逢了吧，迎新那天知道，大四學長姊臨時有事趕不來，阿恩學長肯定就在其中。

將陶笛置放於桌面，我再點開手機內的阿恩學長照片觀看。

哎呀，新生訓練表演那時聽與看得太入迷，應要拍張照留念的……

「妳不去洗澡？」娜娜的聲音忽然在耳邊響起，我反射尖叫出聲。

「娜、娜娜……妳嚇我一跳。」我驚魂未定地轉頭看她。

她將手中的《海賊王》單行本往桌上一放，又爬上床。「想男朋友？」

「我沒有男朋友啦。」急忙反駁道，匆匆收拾盥洗用品逃離這話題。不過進入浴室時，想像起自己與阿恩學長重逢後，未來的可能發展，仍是忍不住羞紅臉。

我在家鄉一向早起，即使沒有早八，依然在七點半自動睜眼，手機鬧鈴甚至尚未響起。

瞄了眼目前時間，我心中一陣無奈。長期養成的生理時鐘實在傷腦筋哪……

翻個身，我決定繼續賴床，隱約聽見有人開門，並從床鋪邊欄縫隙捕捉到剛盥洗回來的娜娜身影。

「琇琇，起床。」娜娜爬上琇琇的床鋪階梯喊她，而琇琇沒熬夜看韓劇真的有差，沒有充耳不聞，雖然聲音聽來很睏的樣子。

「嗚……再五分鐘就好……」

「現在七點半，我要吃早餐，不等妳了。」

「別這樣嘛娜美，不然……再讓我瞇一分鐘？」琇琇討價還價中。

「叮咚」，忽地傳出LINE提示音，不只緊鄰手機的我，對面叫醒人和被叫的人似乎也有點嚇到。

誰七早八早的傳訊息？

又接著連續「叮咚」幾聲，想睡回籠覺的我頓時清醒，急忙將手機調為靜音。

小蘭的床鋪緊鄰我的，不該吵醒她。

「不叫了，被當妳家的事。」娜娜乾脆地拿起背包就走。

「我醒了啦……」此話不是瞎說，對面床鋪的琇琇已坐起身子伸懶腰和揉眼睛。「是小羽的手機吧？謝謝它把我叫起來……啊啊我不能再摸了。」

目送琇琇奔出寢室的背影，我這才檢視究竟是誰傳來的訊息。

果然又是苗煜東。究竟該感謝他無意間喚醒琇琇，還是埋怨他害我沒得睡回籠覺呢？

『第一堂的必修，好想睡……』以及幾張愛睏、沮喪的貼圖。

差點忘記，這傢伙和琇琇同系。

『你就認命起床吧，除非想因為缺席被當。』

『我在買早餐了，果然昨天不該熬夜的……』這回是撞牆貼圖。

『你又熬夜玩遊戲？』

他秒回震驚貼圖。『汪汪妳進寢室偷窺喔，怎麼知道？』

我找了張無言的表情傳回去。『少胡扯，我要怎麼進男宿。』

彼此認識這麼久，我很清楚他為了遊戲經常熬夜的事。以前高中時，學區不在家鄉這帶，爸爸便一起接送我們兩個上學，他因為熬夜早上很難叫醒，害我跟著遲到……那些過往實在不堪回首。

這麼分析下來，明明沒什麼長進的，是他才對。

『別那麼正經啊，開個玩笑不行嗎？』

我在心中點點點，直接已讀他，沒多久他又傳來訊息。

『妳也有一大早的課？』

『第三節。』

『可惡，羨慕妳還可以賴床。』

『多虧你這隻喵喵，七早八早傳訊息，害我的睡意全沒了。』

很快來張欠揍的大笑貼圖。

『汪汪可要感謝我啊，不然妳回籠覺睡下去，早十的課也睡過頭會笑死我。』

『感謝個頭，我又不是你。』我翻了個白眼，決定下床。

心情不悅的時候，正需要補充血糖。所幸小蘭也是習慣早起，我便與她相約一塊吃早餐。

盥洗回來，LINE訊息多出一張苗煜東傳的手機截圖，令我有些不解。

是入宿當天的和解食物照片，以及『帶妳去吃，我請客？』、『一言為定，食言的人是小狗。』那串對話訊息。

隱約聽見上課鐘聲響起，這時LINE再度跳出一段話，可能因趕著按送出而有些匆促簡短。

『什麼時候兌現？』

四章
練習與再會

所謂緣分，實在是件很巧妙的事。

本週某堂大一必修課，老師剛宣布下課，一群大二學長姊就闖了進來，說什麼占用一點時間，直屬學長姊要認親，我第一次聽見直屬這個名詞。

基本上，每年系上的入學新生人數差不多，因此會採用抽籤制，讓學長姊抽自己的直屬學弟妹，通常是學長抽學妹、學姊抽學弟，但由於織品系的女生較多，所以學長大多直屬是學妹，而學姊就不一定。

其實，直屬算是一種潛規則，並未強制要求照顧直屬學弟妹。假如學長姊大一時曾被直屬「放生」，沒有被照顧的感覺，那麼他們有可能也跟著忽略學弟妹。不過，也是有不願讓學弟妹歷經相同悲劇，反而更照顧之的相反案例。

原來陶笛社的畢魯學長，正是小蘭的直屬學長，真的很有緣。

至於我，比被放生更慘，根本沒有上一屆的學長姊。

事實上是有的，只不過那個人已轉學，這是畢魯學長的說法。

「別失望啊，小羽學妹。」畢魯學長爽朗地笑道。「其實這樣也好，那個人是個怪咖。放心，既然同為陶笛社夥伴，我也會一起照顧妳的。」

「謝謝學長。」我禮貌性地回應，看著畢魯學長，心中更想問有關阿恩學長的事，只不過……這樣沒頭沒腦地問還不認識的大四學長，實在奇怪。

只剩等待社課時間到來這個選項了。

擁有直屬學長姊的好處，便是傳承他們的必修課本和筆記，小蘭接手了畢魯學長的二手課本，省下不少買新書的費用。就這點而言，我挺羨慕的，這也是大學和高中的另一大區別，課本不包在學雜費中，須由學生自行吸收。

學長姊的小道消息說，拿書到外面影印店複印更便宜，不過我潛意識總覺得那樣相當不妥。

「學長幫妳問問同學有沒有學弟妹不收二手書的，別急著浪費錢喔。」

畢魯學長當天這句話我還記得，但眼見好幾天仍無消無息，我終究登記買課本了，儘管將鈔票交給負責同學的當下，心有點在淌血。

「我應該要買新書的。」小蘭瀏覽完學長的二手課本後，無奈笑道。

不解的我湊近一看，也忍不住笑出來。畢魯學長形象是還不錯，但筆記字跡的潦草程度……令人不敢恭維，有些甚至難以辨識。

「但……不能白費學長的心意。」她不自覺擁緊其中一本。「筆記還是自己抄比較看得懂。」

對於她這番話，我深感同意。

一週很快過去，我期待已久的陶笛社第一堂社課到來。

這天到的新生比迎新茶會當天少了點，乖乖學姊一面發下塑膠製的陶笛讓我們練習用，並簡單講解有關社費的事：新生入社繳的費用稍高，五百元包含一件社服、初學者課本，以及整個學年在社團內用到的印譜費、聚餐或活動經費；在社團待上一年，成為舊生之後便以一百元為單位，隨意即可。

至於陶笛，社團有合作的陶笛製作師傅，可享團購優惠價，基本款的中音C調十二孔陶笛，大約一千多元。數名學長姊擁有三支以上的陶笛，他們要我們先別操之過急，先從基本款陶笛入門，等熟練了再購買新笛也不遲。

看著課本上的基本指法表，我跟從糖糖老師的指示，緩緩吹出每個音階，相當訝異十二孔陶笛的指法吹奏起來比六孔順多了，有點像國小學的直笛，難怪會是演奏專用款。

塑膠笛的音色比不上正統陶瓷製的好聽，我和小蘭很快決定一起團購基本款陶笛。其他新生則嚷著買課本荷包吃緊，等下個月生活費入帳後再說，學長姊亦從善如流地配合他們的意願，這段過渡期借用社團的塑膠笛練習即可。

我自行購買的那個卵形陶笛，也是屬於音準算佳的款式，其實用它上社課也沒問題。不過，看社團學長姊都是使用十二孔陶笛，我實在不想和大家不一樣。

竹取學姊叮囑著，要我別丟掉這顆陶笛，因為他們明年寒假打算舉辦國小的陶笛梯隊。小學生還處於發育階段，不太能完全掌控十二孔陶笛，因此在國小開設的陶笛社團，多是六孔陶笛為主。

當然不會丟，我微笑回應她。畢竟那是過去一年以來，每每想念起Ocarina學長，藉由吹奏以平復那股思念之情的少女心，滿滿的青春回憶哪。

當然，這件事實是我心中的小祕密，不會隨意告訴別人的。

為了盡早習慣十二孔陶笛的新指法，我練習一遍又一遍，直到手和嘴微微發疼，才拿出水瓶喝水與小歇，顧盼起整間教室。在場學長姊和上週迎新茶會的名單一樣，還是沒看見阿恩學長的人影。莫非他這週也臨時有事？我不知如何開口問，焦慮難耐。

就在此時，那個傢伙又連續傳來訊息，我決定離開教室打電話給他「教訓」一番。

「臭喵喵，我每個禮拜一晚上都要上社課，這個時間不、准打來和傳訊息吵我。」電話那頭，苗煜東的「喂」尾音未盡，我便下手為強，連珠炮似地將重點全數講畢。

「妳已讀那麼久，我傳好幾次問號貼圖還是沒回，到底要我什麼時候兌現？」

我不覺一呆。「……你真要請客喔？」

就以往爭吵的記憶中，他的美食誘惑道歉法，一向只是說說而已，我也明白他家中經濟不算寬裕，基本上只要他先低頭示弱，有沒有兌現都沒差。

「我要請客，汪汪還懷疑啊？」來自苗煜東的一貫吐槽語氣，正夾帶著竊笑。

「以前沒有過，莫非喵喵你吃錯藥？」

「對啦，我就是吃錯藥，這樣妳滿意了嗎。」令我意外的是，他竟然沒用擅長的唇舌功夫反駁，倒是直接附和起我。「所以趕快決定個時間吧，趁我反悔之前。」

「喔。」老實說，我早就不氣了，此時因這個名義接受他的請客，實在有點……

「喔什麼，結論呢？」

「……再說吧。」

電話那頭傳來他拔尖的叫聲，我皺著眉頭將手機換邊聽，揉起有點痛的右耳。「妳確定？這可是我大爺難得的施捨喔。」

「我是『再說』，沒有拒絕。」我正經地開口，遙望傳出陶笛樂聲的教室門口，心裡想快些回去。「心領了，謝囉。」

「汪汪，所以妳是要？」

「先欠著，要兌現時再跟你說，你可別把錢花光囉。我先回去上社課，掰。」

準備按下結束通話時，電話那頭的苗煜東似乎又在講什麼，不過我的手指動作沒能及時煞住，輕觸一下即將通話切斷。盯著螢幕上的「笨蛋喵喵東」通聯紀錄，莫名覺得哪裡怪怪的，卻說不太上來。

回社團教室時，我有些錯愕現場新生幾乎全數離去，僅剩應是等我回來的小蘭，她被畢魯學長和梅子學姊團團包圍著，不曉得在聊什麼。

「小、小羽，妳終於回來了……」小蘭的餘光瞥見我的身影，露出如釋重負的表情。

「哈，主角回來了！」畢魯學長拍拍小蘭的肩，轉而走向我。

「怎麼了？」我假裝視而不見笑得一臉曖昧的兩位學長姊，並繞過他們回到自己的座位。

「小羽和上次迎新一樣，跑出去講電話好久，學長姊就開始八卦，說妳一定是在跟男朋友情話綿綿……之類的。」小蘭替我說明狀況，有些傷腦筋地看兩位學長姊再度折回來。「我記得沒錯的話……小羽說過妳沒有男朋友。」言至此，她有些猶豫地看看我。

「畢魯，你又沒在追學妹，問那麼多八卦幹嘛。」乖乖學姊嚴肅聲明，我餘光看見小蘭身形一僵。

「人總有八卦心嘛。而且乖乖，梅子學姊也有問，怎麼就只講我？性別歧視啊。」畢魯學長抗議著。

「誰叫你跟我同屆，我當然不好說學姊。」

「學姊的優勢，呵呵。」梅子學姊得意地輕笑數聲，轉向我。「所以小羽，事實呢？別讓我們瞎猜啊。」

「只是同鄉鄰居而已。」簡單一句帶過，不打算將死對頭這個詞講出口，這時的我，突然明瞭心中的異樣是什麼了。

剛才與苗煜東的那段通話……是屈指可數的和平收尾？

「社課大概到九點結束，所以新生都走光了。」小蘭站起身，提起她的包包。「小羽，回宿舍吧？」

「嗯，好。」我連忙拉回神智，迅速收拾好東西。

「小蘭、小羽慢走。」畢魯學長送我們出教室。「希望妳們能一直留下。」

我和小蘭自然是滿口答應。雖然不太明白，已繳納社費、購買陶笛的我們，很明確是入社了沒錯，莫非還會有什麼阻礙？

準備離開活動中心時，我的內心再度升起一股失落。

阿恩學長……依舊不見人影。

大四生真的那麼忙？縱使已加入陶笛社，我真有機會再與他重逢與認識嗎？

這週，某個系上學長出現於大一必修課，向我們宣布啦啦隊比賽的練習事宜。學長還當場播放去年他們獲得亞軍的啦啦隊影片，整齊劃一的舞蹈動作、精湛的特技，以及宏亮有精神的口號，令同學們看得雙眼發光。

就在這天傍晚，學長在系館外空地集合全班同學，向我們介紹舞蹈老師，一男一女，分別是負責教特技的Jack老師，以及指導舞步的Emma老師。特技部分沒那麼快進行教學，首先Emma老師要大家排成四列，由她數著拍子，扭腰擺臂地展現一小段舞蹈，接著進行慢板教學，以八拍為一個單位分次讓大家慢慢記起來，一個八拍差不多沒問題了才逐次加進其他組八拍；全部連續動作流暢之後，漸漸加快速度，最後才配上音樂跟著跳。

兩位老師以大家的表現評斷之，將動作不太敢放開，或者明顯肢體障礙不擅長舞蹈、漏拍的同學歸為後勤組，負責製作表演中需要的布幕或道具，小蘭是其中之一。

我有些擔心她會不會沮喪，正好老師宣布休息，便去關心坐在一邊的她。「小蘭，妳還好嗎？」

「嗯？我很好，小羽練舞才辛苦。」她掛著淺淺的微笑，看起來沒什麼異狀。

「沒能一起跳啦啦隊，妳不會失望嗎？」我猜測她只是假裝沒事。

她搖頭。「反而是鬆口氣喔。因為學姊的啦啦隊服裝有些暴露，我完全不敢穿，當後勤組我很OK。」

「唔，也是。」我倒沒想到這點。

她噗哧一笑。「小羽可別因為服裝臨陣脫逃喔。」

我聳聳肩，不太在意這個問題。

「各位，今天就練到這裡，集合一下。」啦啦隊負責人剛從老師們的方向回來，向同學們宣布。「先討論出之後練習時間，我再回報兩位老師。」

每天的上下午皆有系所的必選修課，中間空堂則穿插未必一致的通識課，所以大學生即使同班，要喬出共同時間反倒比高中生困難許多。

「看樣子，只剩晚上了，至少練舞比較涼。」負責人拍板定案。

我升起不好的預感。

「可惡，什麼多數決嘛，根本是欺負少數人！」

我萬分不滿地搥起桌子發洩心中怒氣，桌面物品因我的力道不斷震動，有枝筆已滾至逼近書桌邊緣。

「小羽……」小蘭一臉焦慮地站在我身邊，不知如何是好。

寢室門被推開，琇琇的聲音一向比人先到。「好熱好熱……幸好小蘭小羽先回來開了冷氣！」

「喀」的一聲，那枝筆同時間掉落，小蘭連忙彎身替我撿拾。

「小羽吃錯藥？」娜娜的聲音，看來她和琇琇一起回來。

「咦，小羽妳怎麼了？」琇琇這才後知後覺地注意到，寢室內來自我所散發出的低氣壓。「小蘭？」見我沒有回應，她轉而詢問小蘭。

「因為練啦啦隊……」

「妳們系也開始練啦？很好啊，這是個與男生拉近距離的好活動呢。」

「重點是，練習時間……」撐著頭的我，從桌面立鏡瞧見小蘭擔憂的目光望了過來。「最後決定每週一三五晚上，卡到了陶笛社的社課。」

再次聽見這個事實，我不滿地握緊拳頭。

「那小蘭怎麼一點也不氣？」

「我是後勤組，不用參與平時練習。」

鏡中的琇琇，恍然大悟地點點頭。

「才經過第一次社課，頂多加上迎新，一共兩個晚上。」娜娜在鏡中的映像，接連豎起兩根手指頭。「小羽，妳對陶笛社太執著了吧？」鏡中她的眼神對上了我，我不由得一陣心驚。

「就、就是單純喜歡啊……」我緊張地回答，擔心會被敏銳的娜娜看出什麼。「就像妳喜歡《海賊王》一樣。」

她輕笑出聲，顯然認同我這番話。「喜歡，的確沒有理由。」

我一直，默默喜歡著不曉得還會不會再見面的阿恩學長，當年光聽他的一曲〈永遠常在〉，即令我墜入戀愛的漩渦，毫無理由地。

想起學長那淡笑的帥氣臉龐，我暴動的情緒不自覺地緩和下來。

「小羽，接下來的社課我替妳跟乖乖社長請假，妳團購的陶笛我也會幫忙帶回來……」見我表情沒那麼臭了，小蘭戰戰兢兢地上前。「如果想知道社課教什麼，我可以回來跟妳分享，拜託不要生氣……」

見她一副快哭出來的模樣，我不禁笑笑，輕敲她的腦袋瓜。「練習時間是所有同學表決出來的，和妳沒有關係，我又不是生妳氣。」

「真的嗎？」她吸了吸鼻子。

「對啦，愛哭鬼小蘭。」我不禁取笑她道。

「人家才沒有哭。」小蘭別過臉，鬧彆扭似地小小哼了聲，我則笑著、安撫地拍拍她的頭，這女孩就像小動物玻璃心一樣脆弱惹人憐愛，或許也因為曾被排擠過，相當害怕與朋友間的和睦崩裂吧。

「妳們系練習是一三五的什麼時候？」琇琇插話道，也起了玩心，跟在我後頭揉起小蘭的頭髮。

「六點半開始。」

「剛好和我們系一樣，可別抄襲喔。」

「地點不一樣，且又不是我們編舞的，是舞蹈老師要當心被竊吧。」

「……討厭，琇琇別玩了啦。」小蘭的長髮宛如被狂風吹過般亂糟糟，她好不容易掙脫開琇琇的掌握，飛也似地抓起盥洗用具就逃，琇琇不禁拍手大笑。

六點半開始練啦啦隊，社課時間則是七點……如果順利的話，在九點前結束練習，或許有時間趕去社團，不能就此篤定無法上社課。我保持正面心態。

而實際上，我的想法過於理想化了。

即使負責人同學千交代萬交代要大家別遲到，不然會害非住宿生的同學太晚回家，依舊有人慢慢來，令一些準時甚至早到的人相當不悅。我也是其中之一，要不是他們晚到，至少我還能在最後幾分鐘趕去社團探視。

「以後，練習遲到的人，就罰班費一百元怎麼樣？」第一週練習的遲到太頻繁，直至星期五，負責人在剩下的幾人姍姍來遲後，義正詞嚴地提議道。

我和大多數人都可接受，能讓遲到狀況改善更好，不過常遲到的那群人反倒惱羞成怒地抗議。

「現在是針對我們就對了？」

「啦啦隊是全班的活動，妳們不能浪費大家時間。」

「那關班費什麼事，妳又不是總務股長。」

「不然全班投票決定，最公平。」

「哪裡公平，這投票根本對少數人不利。」

常遲到一方說的這番話莫名觸動我，儘管她們是理直氣壯、強詞奪理。

我揉了揉發疼的太陽穴，和大多數同學站在一邊不太敢去勸架，即使明天是假日，但這下今晚不曉得又要拖到多晚……

「咳，同學，班上的事請妳們私下解決，不要浪費老師時間。」最後是由Jack老師出面勸架，這風波總算暫時平息，我有股丟臉丟到校外的感覺。

啦啦隊比賽，真的是拉近全班距離、凝聚向心力的活動嗎？我不禁這麼反問自己。

同學們的心情顯然也被這爭執影響，結束一段排練後，Emma老師表示有些人跳舞動作過大，像在發洩情緒，她更嚴肅向我們傳達：舞蹈確實可以達到某些程度的抒發，但還是希望我們所呈現出來的，是帶給觀眾快樂和自信的啦啦隊，而不是純發洩精力的感覺，那根本是有氧拳擊了。

Emma老師擺擺手，宣布今日到此為止，並強烈要求我們下週改善即離開。

老師都走了，全班同學自行解散得也很快，彷彿不想再多待一分一秒。

下週，真能改善嗎？我仰望深藍色的夜空，吁了口長氣。

目前時刻八點半，提早結束的是日，為何偏偏不是社課的禮拜一呢？

我拿起自己的小提袋，喝過幾口水後也緩緩離開，但還不想回宿舍，而是慢慢沿著操場跑道散步。夜晚的校園有股特別的靜謐與美麗，微微夜風吹拂著，相當涼爽，難怪這個時間有好幾個人在內圈慢跑。

走了半圈操場，我停在對面的大禮堂，手探進袋內取出自己的新陶笛，它是白色的，上頭有著看起來很像裂痕的紋路花樣。這幾天，即使沒能參加社課，我仍把握時間請教小蘭，並利用課餘時間勤練習，希望啦啦隊結束後回社團別落後太多。

今晚行程只有啦啦隊練習，我又是為了什麼把陶笛跟水瓶、手機一起，放進提袋內帶出宿舍呢？說實在話，我也不是很明白。

Do、Re、Mi、Fa、Sol、La、Si……

我在禮堂前的階梯席地而坐，練習起陶笛，於心中默念著每個音的唱名，緩緩按住相對應的指法，逐一吹出其長音，每個音吹四拍。陶笛的音色，在黑夜中吹奏有股淡淡的哀傷。附近行經的慢跑者投來一次次的關注視線，我雖有點不自在，但沒有停下，如果這樣就受不了，以後上台表演怎麼辦呢？

也許現在的我只是個初學者，然仍懷抱著這樣的期許：希望將來有一天，變得像阿恩學長一樣厲害。

夜晚外加獨處容易胡思亂想，我不自覺憶及稍早前的班上同學爭吵。真希望經過週末後，大家能夠冷靜些，不然先別說老師感覺不出我們舞蹈中的快樂自信了，身處其中的我們更不可能跳得開心。

這款十二孔陶笛的音域，可由低音La至高音Fa，若與大部分樂器相較之下並不算很廣，但演奏一般樂曲已是相當足夠，不足的部分再靠不同音域的陶笛來彌補即可。

練習完每個音後，開始就目前的新指法，試著吹奏已是背起樂譜的〈小星星〉。隨著柔和的樂聲與靜謐的氛圍，我自然地闔上雙眼，邊吹，邊享受著此時此刻的舒坦。

音樂，果真能放鬆心靈，儘管只是首簡易兒歌，我感覺不愉快的心情逐漸消散，不由得吹了一遍又一遍。

「請問……」一道嗓音外加靠近的腳步聲突地響起，令我渾身一震，演奏中的〈小星星〉旋律便這麼斷了。

睜開眼睛，我又是一陣錯愕，外加驚喜。

是……阿恩學長！

「抱歉，嚇著妳了。」

「學長！」我開心地站起身，止不住內心的興奮。

他似乎有些意外我的態度，我急忙解釋：「社團博覽會，多謝學長帶我到陶笛社攤位。」

他點點頭，看看我與我拿著的樂器，唇角微揚。「妳加入陶笛社了。」

「嗯！」我大力點頭，心中很想說一切都要感謝學長，是你的笛音所帶來的感動，讓我從高三開始許下要考上F大、加入陶笛社的願望，但……這些好像不方便講出口。「我很喜歡陶笛！」還有學長你。

學長的笑容更加明顯，他似乎對這番話相當欣慰。「社團學弟妹們，也都很喜歡，因此我們一起在社內努力，直到今天。」

「學長……」我不曉得為什麼，道出這段話的阿恩學長，總有股要功成身退離開的感覺，便不由自主走近他幾步。之前沒留意，我這時才注意到阿恩學長好高，肯定比苗煜東更高，我必須完全仰頭才能看他。「請問，你還好嗎？」

「沒什麼。」他搖頭，維持淡淡的淺笑。「這禮拜社課似乎沒看見妳。」

原來，阿恩學長這週有來，偏偏系上開始練啦啦隊了……

「我很想去，但因為啦啦隊練習……」我緊握陶笛，不是很情願地承認這事實。

「不意外。」學長望著夜空，無奈嘆息。「每年迎新進來的新生，都因為這活動與社團脫節，最終離開了。」

我想起第一堂社課當天，畢魯學長莫名的那句話，原來是指啦啦隊這件事。

「學長請放心，等啦啦隊結束，我會回去社團的！」更是為了見你。

聽見我的保證說詞，學長先是一愣，接著再度揚起好看的笑容。「妳……是不是小羽學妹？」

「咦？」猛然聽見學長道出我的小名，讓我大吃一驚，同時亦有點羞赧。「呃，是。學長你怎麼……？」

「畢魯提過……抱歉。」學長接起忽然作響的手機，講過幾句後即結束。「家裡打的，我該回去了。」

這麼晚得回家去，所以學長是通勤生吧。

我趕緊追上他的背影幾步。「學長請等一下，我還不知道你怎麼稱呼？」

他暫停步伐，偏頭看向我期待的眼神。「……喊我阿恩學長吧。」

「小蘭小蘭！」我滿面春風地衝進寢室，按住小蘭的雙肩搖了又搖。「學長的事，妳怎麼沒告訴我？」

「什麼、什麼？」她被我問得一臉莫名。「我暈了啦……」

「不好意思。」連忙放開她，我難為情地笑笑，深呼吸讓心情稍稍平復點。

「小羽為什麼興奮成這樣？」琇琇顯然剛洗完澡回來，正以毛巾擦拭著頭髮。

小蘭看著我，露出不明白的表情。「小羽……妳沒被影響心情嗎？」

「蛤？」

「班上的事……」她猶豫了下才緩緩開口，並指向她的電腦螢幕。

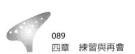

那是我們織品一的臉書社團，正在討論今晚練習遲到的事，美其名是討論，實際上是吵得不可開交，版上留言呈現落落長的一串。

「呃，原本有，不過已經不要緊了。」當時的心中陰霾，早因為與阿恩學長的這次巧遇，頓時煙消雲散——當然，吹陶笛亦有幫助。

「什麼什麼，小羽遇到什麼好事？」琇琇頭還蓋著毛巾就湊過來聽八卦。「還是……啊！遇到帥哥嗎？」

「這……」她這說法不算錯，阿恩學長的確頗具魅力。

「她剛剛說，什麼學長的。」埋頭看漫畫的娜娜開口道。

「喔對。」小蘭這才想起，我原先衝進寢室問的話。「我認識哪個學長嗎？小羽比我會社交，系上學長妳應該比我更熟。」

感受到琇琇想得知八卦的目光，至於娜娜肯定是豎著耳朵偷聽，我尷尬不已，仍決定坦承。

「就是，陶笛社的阿恩學長，他這週去了社課這件事。」

「咦？」小蘭驚呼一聲，不敢置信地看向我。「大四學長姊太忙，這禮拜才第一次出現，妳也沒特別問我就……但，小羽是怎麼認識學長的？」

「……我在逛社團博覽會時，他帶我到攤位的。」我決定簡潔回答，事實等以後有機會吧。

「然後，剛剛因為心情不好，在禮堂吹陶笛，學長聽見就過來跟我搭話。」

「一位帶路的學長，那樣就記住人家了？」娜娜忽地拋出一個問句，她果然正聽著。

「不、不行嗎？」我一陣心驚，反問她。「學長人很好。」

「喔喔，我知道了！小羽對那個學長一見鍾情，超浪漫的！」琇琇興奮地拍手尖叫、蹦蹦跳跳起來。

娜娜點頭，輕彈指。「這就是小羽執著社團的原因。」

「才、才不是啦……」我弱弱地反駁，雖然深知生理反應藏不住，自己的臉肯定紅了。「琇琇小聲一點，宿舍隔音不夠好。」

「小羽，那位阿恩學長……」

「小蘭記不記得學長是什麼科系？」我期待地看向小蘭。「這週才來的話，會向社員正式介紹吧？」

小蘭捲著她的髮尾，回想片刻後看向我。「……阿恩學長，是餐旅系四年級。」

「好像有希望喔？」琇琇打了個噴嚏，才乖乖去拿吹風機。「餐旅系和織品系都是民生學院，加上你們又同社團——不對，但小羽現在練啦啦隊，有好一段時間不能去……啊，該不會到了最後，學長會跟小蘭看對眼？」下完這句結論，她再度打起噴嚏來。

「琇琇胡說什麼啦。」這下小蘭也尷尬了。

「別亂點鴛鴦譜，快去吹頭髮。」娜娜瞪向琇琇。「感冒的話可不負責照顧妳。」

阿恩學長讀餐旅系，獲得了個大線索。

適逢假日，我獨自前往系所隸屬學院——民生學院，本學院除了織品系，尚包括餐旅系、食品系、營養系等系所，儘管學院各系彼此位置算接近，但除非跨系修課，或者雙修，不然一般狀況下不太會來到別系的地盤。

如今，知曉暗戀對象來自餐旅系，我下學期開始想上這個系的選修了，只要有機會和阿恩學長接觸。

才不希望緣分僅存於社團，所謂機會，是要自己去創造的。

餐旅系的教室很像高中的烹飪教室，推測課堂是煎炒煮炸居多，我該好好訓練自己的廚藝才行，總不能在學長面前丟臉。假日返家或寒假時，再跟媽媽討教一下好了。

我一一瀏覽教室外的課表，將有大四課堂的時段記錄下來，再與自己的課表交叉比對後，幻想著某天可以來個與阿恩學長的巧遇……我的心情頓時大好，不自覺哼起歌，腳步也變得輕盈。

大概是太得意忘形了，沒過多久，我在轉角跟某個人撞個滿懷。

「哎唷！」我跌坐在地，用來記錄的本子和筆也連帶掉落。

「走路不長眼睛啊。」那個馬尾女生也一屁股摔坐地面，口氣一點也不友善。

「對不起，我很抱歉……」我急忙抓了東西往隨身包包一丟，再迅速彈起身子，伸手欲扶對方。

「不用。」馬尾女生拍開我的手，自行起身後，拍拍身子。

「真的非常對不起，是我的錯……」對方態度明顯還沒消氣，我只得保持低頭不敢亂動。

「妳，不是餐旅系的學妹吧？但，看起來有點眼熟……」

聞言，我不由得抬起頭，戰戰兢兢看向那雙銳利雙瞳，一幕微薄的記憶浮上腦海。「啊，陶笛社大四的……彤彤學姊！」

她愣住片刻，再看看我，似乎也想起來了。「喔，妳是小羽學妹，我記得妳迎新的表演。」

「呃，還是請學姊忘記吧。」我不好意思地開口，不太想回憶那時的尷尬。

找到彼此交集後，彤彤學姊顯然也連帶消氣，再開口時，給人的感覺沒那麼尖銳。「就算當時慫恿上台的氣氛明確，還是可以拒絕，其實妳滿有上台的潛力。」

「是、是嗎……」搔搔頭，我聞言有些難為情。「對了，彤彤學姊，剛剛真的很抱歉。」

她擺擺手，表情是真的不再介意。「現在是假日，小羽怎麼會來我們系館？」

「啊，這……」撞見認識的人，壞處就是會被問。「我來看看餐旅系的課表，下學期可能考慮選修。」此話不算說謊。

她噗哧一笑。「難怪妳剛剛拿著紙筆記錄。大一這麼認真？其實上校網或各系的討論區看更快，再說，上下學期開的課未必一樣。」

我配合著乾笑以化解被戳破的難堪。「那，學姊為什麼假日來呢？」

「和教授討論未來出路。」

「學姊念餐旅系，所以將來想當廚師？」

學姊笑著搖頭。「很多人對這科系都有這樣的誤解，餐旅系的出路不少，像學姊是走管理相關，可從事旅宿業的管理人員之類的。至於廚師，那是阿恩的目標。」

「咦……？」我頓了頓，想起那位我們共同認識的人。「學姊是指……社團的阿恩學長？」

「是啊。」她自然不過地點頭，接著忽然啊了聲。「小羽那次社課沒來，所以應當還沒見過他才對。」

「已經見過了。」我立即接話道，在學姊的困惑目光下繼續解釋：因練習陶笛被阿恩學長聽見而產生交集。

彤彤學姊若有所思地摸下巴。「真意外，他會主動和學妹攀談……」

我聞言一陣驚喜，但盡量不令那股興奮外顯出來。

這樣，是不是代表，其實阿恩學長對我也——我不敢說喜歡，但至少是……有點興趣？

週末很快過去，星期一的必修課堂上，整個班級的氣氛仍有點僵局。

這節課並非班導師的課，她老人家卻忽然進門，跟任課教授借些時間說話。

「我知道，上週大家發生了點狀況。」她開門見山地道，暴風圈的那些人不自覺一顫。「你們曉得，學生時期的朋友，最可能持續一輩子的嗎？」

眾人一愣，但沒有人回應。

「將來出了社會，職場不再像學校般單純，很難交到知心朋友，儘管這並非絕對，老師不想嚇大家，但是不爭的事實。同學們來自四面八方，也有人來自離島，本來沒有交集的你們，能同時進入織品一這個班，是前輩子修來的緣分，得來不易，老師希望大家好好把握，別浪費了。」

「現在你們才大一，開學也不到一個月，應該沒人會為這點爭執，轉學離開吧？即使有，不過是暫時的，無法躲一輩子。或許你們現在覺得是大事，但等到將來，成長成熟了，回頭看待這事，說不定只會認為當年的自己太過幼稚。」

空間中，處於靜默的沉寂好陣子，首先打破的，是啦啦隊負責人的發問。「請問老師覺得，這事錯在誰？」她此問引起敵對另一方人馬的不滿，周遭氣氛再度飄散出火藥味。

「停下來，深呼吸。」班導師拍手數聲。「閉上眼睛。」

我很快配合動作，視覺被關閉後，其他感官變得相對敏銳，導師的聲音似乎更加清晰。

「守時是好習慣，更是基本禮貌。」

「不過，退一步海闊天空。我懂負責人的正義心，然而……賞於公、責於私，給彼此個面子，這世上沒有永遠的敵人。」

我們在黑暗中思考、冷靜好一段時間，班導師最後要大家睜眼，提了個實質建議：給予遲到者緩衝五分鐘，畢竟有人不是故意的；若真有人遲到，便根據負責人的原提案再減半，罰班費五十元。

老師接著要同學照學號順序依次提醒，在排練前十分鐘電話連絡確定動向，並從一號同學開始，輪流在班級社團貼文公告，讓同學們能即時看見練習時間，也表示她會不定期來突襲檢查。

不知是否看在老師的面子，又或者提醒確實有效，當晚的練習果真沒人遲到。

另外，最讓大多數同學跌破眼鏡的一件事，可能所謂不吵不相識吧，啦啦隊負責人和遲到方的帶頭，在不久後反而成了對好閨密。

五章 拉近的距離

這次練習，Emma老師頗滿意班級氣氛的改善，另一方面也為了補回上週欠的進度，是夜特訓時間反而更久，將近九點才放大家離開。

看看時間，我糾結著，目光瞄到提袋中特地帶出來的陶笛後，還是決定趕去社團看看。

一路從系館外空地，直奔至學生活動中心，雙腿肌肉尚未從練舞的疲憊中恢復，這趟跑過來覺得更瘦了。雙手壓住膝蓋，我喘著氣等待電梯抵達。何必這麼辛苦呢？

——如果能見到阿恩學長，再辛苦也值得。我說服自己道。

抵達四樓，此時已過九點五分，我一面看錶一面奔向社團教室，遠遠的還能隱約聽見陶笛樂聲。社課顯然還沒結束，我揚起期待的笑容。

準備進門時，差點跟拿著水瓶出來的彤彤學姊相撞。

「妳怎麼老是莽莽撞撞的？」她笑著敲敲我的頭。「社課已經結束了。」

「咦……？」我還在喘氣，心中仍懷有疑慮。「可是，明明還有陶笛聲。」

「誰啊？」熟悉的嗓音和身影走向門口，看見我的梅子學姊驚喜尖叫。「小羽，是小羽！妳不是在練啦啦隊——特地趕來？」

我抹了把汗，點點頭。「想說……如果還沒結束，至少來練習一下。」

「喔喔——小羽妳也太讓人感動了！」裡頭傳出畢魯學長的叫喊，他燦笑著朝我招手。「快進來吹冷氣啊。」

我遲疑地踏進室內幾步。「可是，彤彤學姊剛剛說社課結束了。」

快速環視教室內部，裡頭的確沒看見小蘭和其他新生。

「九點過後是幹部的會議時間。」乖乖學姊迎面而來，口中解釋著，將我推到一張椅子上。「不要緊。妳練完舞還趕過來辛苦了，先休息吧。」

我向待在角落彈烏克麗麗的阿松學長、用陶笛合奏的竹取學姊，以及聆聽兩人合奏的糖糖老師點頭示意，再看過一圈教室內，依然未見阿恩學長的人影——

「啊，學長你來了！」畢魯學長迅速彈起身子奔向門口。「學妹來囉，那位你還沒見過的小羽學妹——」

我很快回身，剛好對上阿恩學長投過來的目光。

「上週見過。」阿恩學長對我微微點頭，逕自繞過畢魯學長。

「咦，什麼時候？」

彤彤學姊正好添完水回來，朝我眨眼微笑。「我知道喔。」

「咦，有祕密！」畢魯學長的目標再次轉向。

「別吵，專心當你的會議紀錄。」乖乖學姊咳了聲，塞枝筆給他。

「阿恩學長，怎麼沒看見顧問學姊？」阿松學長抬起頭問道，暫停撥彈動作。

「會晚點到。」阿恩學長淡淡回應著，於角落放下他的背包。

畢魯學長又走過來，把玩著手中的筆，最後將其握起充當麥克風。「小羽，妳一定還不曉得我們這位阿恩學長的傳奇故事吧？」

「傳奇故事？」我疑惑地重複道，跟著望向正拿著記事本寫字的阿恩學長。

小蘭那天向我介紹阿恩學長時，輕描淡寫地提過，因為社課時間不長，僅得知學長的科系、是前任社長，如果他們感興趣，學長姊再找時間講這段故事。

我這趟趕來，似乎即將意外獲知這個祕辛。

於是，在畢魯學長明顯的加油添醋之下，我得知更多阿恩學長對陶笛社的奉獻：他大一時即加入社團，當年的指導者還不是糖糖老師，且那時社員更少，面臨倒社危機。大二的他扛下社長一職，唯二的兩名夥伴只有彤彤學姊，以及等下會到的顧問學姊，希望能攜手讓社團撐下去。

一行人接任幹部的上半年，很多事情幾乎不懂，宣傳不夠外加啦啦隊的影響，無新生入社，只得邊加強自身的演奏技巧，邊繼續努力。歲寒三友是下半年加入的，其中只有梅子學姊願意接下副社長，因此升大三的阿恩學長連任兩年社長，幸好當年的三位新生皆順利留下，今年大四的他總算正式卸任，將社長一職交棒給乖乖學姊。

聽著，並憶及學長那個夜晚帶給我的莫名感覺，我好像能理解是怎麼回事了。

也因此，得知有新生對陶笛如此熱衷，學長才那麼欣慰吧。

「小羽，在我們的會議開始之前，有沒有興趣聽聽阿恩學長的陶笛演奏？」

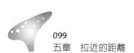

我聞語，期待地揚起笑容。「可以嗎？」

阿恩學長總算抬起頭，嚴肅開口：「畢魯，別自作主張。」

「拜託啦，親愛的阿恩學長，你忍心讓我們剛辛苦練完啦啦隊，大老遠從操場跑來活動中心、累得半死的小羽學妹失望嗎？」

我不禁牽了牽嘴角，他講得太過誇飾，再說我們的練舞地點並不是操場。

「學長拜託嘛。」甚至，連竹梅兩位學姊也撒起嬌來。

學長姊們和阿恩學長比較熟，我不太好意思跟著這麼做，只能無聲以渴望的視線投射過去。

阿恩學長無奈一笑，被逼得就範，從背包裡取出一支寶藍色的陶笛。「什麼歌？」

梅子學姊拍拍我的背。「阿恩學長很厲害的，就由小羽指定一首吧。」

「我？那、那……」腦海中浮現的，便是那首初識時的歌曲。「〈永遠常在〉？」

在場學長姊們皆愣了下，竹取學姊一臉意外地看向我。「小羽是指《神隱少女》的主題曲沒錯吧？大多數人不知道它的歌名呢。」

「正因為……喜歡啊。」我不好意思地低下頭，悄悄瞄向阿恩學長。

「學長抱歉，因為社課結束，伴奏樂收回去社辦了。」阿松學長摸摸頭，站起身。「不然，我去拿過來。」

「別麻煩。」阿恩學長阻止他道，接著他看向我。「小羽學妹，〈永遠常在〉下次好嗎，先換別首？」

「可、可以。」被學長的磁性嗓音喊起小名，我整個身軀湧現熱意。「學長喜歡的歌，都好。」

「嗯。」阿恩學長拿出他的手機，播放了一首歌，將音量調至適中後暫置桌面，從中流瀉而出的，是一段溫潤柔軟的前奏旋律。

「我喜歡這首。」竹取學姊露出期待的表情，坐到我身邊為我解釋。「日本電影《淚光閃閃》的同名主題曲。」

這首曲子和〈永遠常在〉一樣，是偏慢板柔和的旋律，阿恩學長吹奏著，整個人完全投入其氛圍，雙眼半閉著，身軀也隨著輕微搖擺……我癡癡地凝望表演中的他，捨不得移開目光。

……怎麼回事？我緩緩撫上臉頰，直至眼眶。

自己，竟又再一次地，被阿恩學長的演奏所感動。

「真不愧是阿恩學長，太棒了！」一曲終了，畢魯學長吹起口哨，我才大夢初醒地回神，假裝弄掉水瓶彎身去撿，事實上則是偷偷揩淚。

「小羽，還好嗎？」耳邊響起梅子學姊的聲音。

「沒事，不小心掉水瓶。」我放妥東西後坐回位置，對表演者投以讚嘆的目光。「阿恩學長真厲害，我聽得好陶醉。」

「謝謝。」阿恩學長掛著淺笑，微點頭示意後，收起陶笛。

「不夠盡興，學長再來一首，讓我們繼續感動吧！」畢魯學長再度鼓吹道。

還能再聆聽一曲嗎？我不由得期待了起來。

「音樂的情感，你們該好好學習掌握。」阿恩斂下表情，看過眾社員一圈，最後令我訝異地，目光停在我身上。「學妹妳也可以。」

我又驚又愕地指自己。「我？我才剛開始練沒多久，音樂情感什麼的，這對我來說太難了……」單單新生，竟能被學長這麼認同嗎？

「別小看自己，每個人都有無限的可能。」他繼續說下去，道出一句有點耳熟的名言，接著他置於桌面的手機忽地響起明顯的「叮咚」提示音，方才播放伴奏的音量尚未調回正常。

「是學姊到了嗎？」乖乖學姊見阿恩學長拿起手機確認訊息，便詢問道。

學長皺了皺眉。「趕不上，直接開會吧。」

「喔，好。」乖乖學姊連忙起身，走向教室前方的白板。

我趕緊抓起提袋起身。「那，學長學姊，我就不打擾了。」

「小羽別急，妳不是特地趕來練陶笛嗎？」梅子學姊拉住我的手臂挽留道。

「但你們要開會……」我猶疑著，雖然心中的確不願這麼離開。

「學長，小羽真的很有心，我帶她在後面練習，可以嗎？」

阿恩學長頷首同意。

「我的課本借妳，雖然有點舊了。」梅子學姊從她的包包拿出和我們一樣的初學者課本，要我搬著椅子跟她到教室後方。「今天新生的練習曲是〈小蜜蜂〉，初學者多半都從耳熟能詳的兒歌開始，基本上只要指法熟了，自己看譜練習就沒問題。」

我苦著臉，盯向那五條線上的許多黑豆芽符號。「我有問題，看不懂五線譜……」

「啊，是這樣嗎，那就用簡譜。」梅子學姊快步奔回座位取枝筆，熟練地替我將那串音符翻譯成數字簡譜。「社員們都學過其他樂器，看譜不是問題，不過，妳和阿恩學長是例外。」

「咦，阿恩學長也看簡譜？」聞言的我相當意外，真沒想到如此厲害的學長居然和我一樣……不由得，我再度羞赧起來，因為這個湊巧得知的共同點。

「所以他剛剛才說，每個人都有無限可能。」學姊笑了笑。「他可是徹底從零開始學喔。」

跟著她的引導，我愈吹愈順，開始有了點信心。

「唷呼，梅子學姊！」畢魯學長以雙手在嘴前圍成大聲公喊著。「問一下妳的意見。」

「什麼事？」

他指向白板上的一排字。「每年學期初都會討論的，如何增加社團曝光率？」

「這很傷腦筋說……」梅子學姊抓抓頭，似乎很懊惱。

我跟著看向白板，上頭寫：「逐班宣傳（人力問題）」、「黑板板宣（易忽略）」、「校門／學餐站崗招人（引反感）」，顯然是方才討論出的結果，括號內則為該法的缺點。

身處科技發達的現代，似乎可以追加更方便的策略。

我輕扯梅子學姊的衣袖。「學姊，請問一下……我可以提意見嗎？」

「喔？」她眼睛一亮，扯開嗓子喊了起來。「小羽說她有不錯的提議！」

我一臉著急地阻止她。「只是小小的想法，我不知道好不好。」

「過來坐下吧。」身為主席的乖乖學姊朝我們招手。

眾學長姊的目光皆落在我身上，我相當緊張，但感覺到阿恩學長也看了過來，這又讓我有被鼓舞的感覺。

「社團博覽會那時，學長姊要我們填ＦＢ，我覺得那不只是為了私下連絡方便，可以更進一步發展。現在大家都有智慧型手機，上網很方便，如果創立一個社團或粉絲專頁，再邀新生加入，也可以透過那個平台宣傳活動。」

眾人面面相覷，最後乖乖學姊遲疑地開口：這提案他們並非沒想過，然就算成立了臉書社團或粉絲專頁，現代的資訊過多過雜，那些平台亦有不少個人名義、私人團體創辦的，即使有新訊息，太容易流失在龐大的即時資料庫中。

「我就有個朋友，替他的小狗創辦粉絲團。」畢魯學長哈哈笑道。

「我一位表姊已經結婚了，她的小孩在網路上也有粉絲。」彤彤學姊聳聳肩。

「就算這樣，我覺得還是要嘗試，ＩＧ或噗浪、其他通訊軟體也可以。如果怕訊息被蓋，就以量取勝吧，我們內部社員也能自己洗版，留言或按讚讓貼文浮上來。」

表達完心中想法，我滿身熱意地坐下，拿出水瓶飲水。

「很棒啊，小羽。」梅子學姊沒注意到，讚賞地拍起我的背，害我差點嗆到。「啊，抱歉。她說得對，我們的確不該這樣顧東顧西的，先做再說。」

阿恩學長思忖著，點點頭。「不做，不知道結果。」

「好。那麼，謝謝小羽的提議，如果大家沒問題，我們就採納它，再來還要決定這部分的負責人，我們先從ＦＢ試行吧。」

「吉他社有粉絲專頁，大二幹部是管理員。」阿松學長說道。既然知曉這件事，我猜他曾待過該社，或者同時參與兩個社團。「我可以幫忙創建，再把管理者身分轉給乖乖和畢魯、小薇，並邀請大家按讚。」

另外那個陌生名字，我猜即為迎新得知的資訊：打工無法趕來社課的第三位大二社員，記得職務是文書兼美宣。

「麻煩學長了。」

一行人討論出粉絲專頁名稱是「Ｆ大陶笛音樂社」，固定發文內容是每週社課重點和心得、陶笛相關資訊與音樂歌曲，以及活動前的宣傳文案。

「沒有其他臨時動議的話，主席在此宣布散會，謝謝大家。」

「請問學姊一下，」我拿著手機走向乖乖學姊。「我可以加你們的ＦＢ好友嗎？」

「我先我先！」梅子學姊搶著開口湊過來。

「哈，其實我才是第一個。」畢魯學長大笑道。「畢竟是同系學妹嘛。」

一陣鬧騰後，總算加完在場學長姊的臉書好友，我確認起新加好友名單，找到阿恩學長的暱稱，是本名的羅馬拼音，外加括號內的恩字。令我意外的是，學長的大頭貼為一隻玩具花栗鼠公仔的照片，有股反差感的可愛。

時間已接近活動中心的閉館十點，身軀雖有些疲累，但在是夜，聽了學長的傳奇故事、他的精湛演奏，甚至加臉書好友……今天這趟真是不虛此行、收穫不小。

班上的啦啦隊練習，舞步部分已練好一個段落，總算輪到Jack老師負責的特技了。我和另外四位個頭嬌小的女生，被老師指定為Flyer，會被兩名男生Base撐到半空中揮舞彩球，另外考量安全性的問題，五組特技組皆安置了前保和後保，負責守住Flyer們的前後位置。

由於剛開始練習，為了安全，我們的練習場地臨時移轉至鋪有緩衝地墊的體育館。

「你們是什麼系？……織品嗎！」耳聞前方傳來一道熟悉嗓音，很快便見到琇琇迎面奔來。

「小羽！」

「琇琇，怎麼了？」

「來來，讓妳瞧瞧我物色的系上男生。」她笑得一臉燦爛，拉住我的手就走。

「為什麼要我看啊……？」我苦笑著，敵不過她的力氣，只有被拉的份。「妳之前說過，其他社團的小鮮肉呢？」

「社團小鮮肉是不錯，但已經沒辦法囉。」琇琇聳肩，看起來沒有很失落。「社課都撞到啦啦隊練習，不過沒關係，我們生科系的男生更棒喔！」

「但為什麼要我看？我又不認識——」

「唉唷，看帥哥賞心悅目嘛，順便讓小羽鑑定一下我的眼光，嘻嘻。」

她神祕兮兮地拉著我走到跳箱附近藏起身子。「那邊有位正在喝水的，很優吧？」

我沉默片刻，該方向正在飲水的不只一位，其中一個正是苗煜東。

怎麼忽然有股和他很久沒見的感覺？畢竟，以前幾乎形影不離，不僅上下學一起、在校班級僅前後班之差，家又住得近——

只是一種長期下來的習慣被打破，所產生的暫時不適應吧，這絕對不是想念。

「小羽也看呆了？妳可別跟我搶喔。」

「……我們不同系，我有什麼本錢搶？」我笑著反問。「喝水的人有兩三位，都是嗎？」

「其中那個最優的啊，我看一下。」她又探頭出去。「那位！他打了個噴嚏，我猜他一定是感受到我傳過去的心意了！小羽有沒有看到？」

「呃……」剛剛打噴嚏的，唯獨苗煜東一個。

「我去把他叫過來，給妳近距離鑑定，等等喔。」琇琇飛也似地奔了過去。

「琇——」我來不及阻止她，系上該練習了啊。

不遠處的同學們已開始做暖身運動，Flyer小組朝我招手催促。

我只得尷尬地擺擺手，先這麼遠遠地跟著大家熱身。

不一會，感覺琇琇拍起我的肩。「久等了小羽。這位是我們系上的阿東，他是我的Base喔。」

轉向他們兩人，我實在不知該做何表情。「呃，嗨。」

「嗨？」苗煜東挑挑眉，手掌突地伸來，力道不輕地按住我的頭。「多久沒見，就只有一聲『嗨』？」

嗚，這個可惡的仗身高優勢攻擊！

「不要……壓我啦！」他的力氣我敵不過，整個身軀只有一直被壓制的份，頭被他按住，手怎麼揮又打不到他，我想現在自己目前的模樣肯定很滑稽。

他欠揍地哈哈笑，壓上來的手更肆無忌憚地作亂起來。「哈哈，誰叫妳這麼小隻？矮冬瓜汪柔羽。」

「可惡，長得高了不起喔，你這個苗煜東就只會仗勢欺人！」

這傢伙好討厭。同樣為高個子，且比他更高的阿恩學長，就不會這樣——

「呃，小羽妳和阿東……兩人認識？」琇琇的聲音充滿著錯愕，差點忘記她還在旁邊。

「嗯，原來何琇說的室友，就是她啊。」

我總算有空檔能趁機逃脫，匆匆理了理亂糟糟的短髮，回瞪時丟下一句。「我要去練習了，你給我記住。」

「小、小羽那個——」

我確定琇琇心中有不少疑問，但我不能再耽擱了。「抱歉琇琇，回寢室再說。」

都是苗煜東，害我微疼的下腹更不舒服了。

今日正值生理期的第三天，剛過最不適的時期尚能忍耐，還為了啦啦隊的大幅度動作，特地換成夜用型的才出門，應不會有側漏的危機才對。

從提袋中掏出巧克力片丟進嘴巴，我迅速重回系上隊伍中。

「打情罵俏喔。」一位Flyer輕戳我的腰，調侃道。

「並不是。」我反駁著，好不容易擺脫家鄉婆婆媽媽的瞎起鬨，現在來到大學怎麼還是被亂湊對……

五組特技組跟從Jack老師指示，分別帶開訓練。另外，尚有一些同學屬於完全舞蹈組，特技組動作之時，他們必須跳額外的舞步，因此他們被Emma老師領至體育館外特訓。等兩小組各自訓練得差不多，即可合起來練習。

「one、two、down、up！」這句話，充斥於特技組的整場練習中。

立足點僅身下兩名Base男同學的掌心，外加後保的抓住腳踝，說實在地，就算沒有懼高症，還是感覺非常不安全。除了盡快熟悉動作，另外更要相信Base與前後保會保護自己，特技才能完美呈現，這是Jack老師的說法。

我們先練最基本的特技動作，等熟了再練新的延伸版。重複練過好幾次後，我感覺沒那麼害怕了，再次被撐上去時，身軀不再僵直得死硬。

「one、two、down、up！」宏亮的呼喊從旁而來，是生命科學系。

我將視線放遠看去，很快捕捉到琇琇在半空中的身影——應該說，她坐在苗煜東的肩頭上，高舉著雙手。我知道的，特技動作不外乎有異性間的親密接觸，但就是覺得這幅畫面相當詭異。

Jack老師發號司令，我們齊聲喊著口號，Flyer們同步回到地面，我身軀搖晃了下，快速的上與下動作，頓時有點頭昏。

「第四、五組不太順。」老師看向我這邊及我隔壁組，微微皺起眉頭。「再一次，預備。」

「還可以嗎？」我的後保關心道，由於織品系男生不多，大半擔任較吃重的Base，因此部分組別的前後保是女生負責，包含我這組。「妳臉色有點糟。」

「大概有點累了吧。」我撐起笑容，覺得身體狀況應當沒問題。「時間差不多，這次練完應該就會休息，不要緊的。」

我們很快就定位置。「one、two、down、up！」

我再次拉遠目光，生科系大概在休息了，我一時間沒能找到琇琇或是苗煜東的身影，不過，某個人的出現讓我相當意外。

阿恩學長，他怎麼這個時間來體育館？我不自覺將視線跟隨著他，可惜學長一直未將目光看過來——

Jack老師吹響哨子，Flyer們該下來了，而在此同時，一股更明顯的暈眩朝我湧上，站不穩的我頓時往前倒去。腳下Base們的手正將我放下沒抓牢，後保是女孩子拉不住我，至於前保……她今天請假無法來練。

「啊呀——！」「小羽！」

聽見此起彼落的尖叫聲，我整個人摔了下來，雖說地上有軟墊，身體未感覺到疼痛，但不曉得額頭撞到什麼硬物，叩的一聲，令我瞬間失去意識……

有人掐我的人中試圖將我弄醒，然我依舊睜不開眼，僅發出些微呻吟。

周遭充滿各種鬧哄哄的雜音，但我什麼也聽不清，只覺得頭好痛。

「……交給我！」

忽地身形一高，我感覺整個人被抱起來，一晃一晃地，不知要移動到哪去。

「嗚……」貌似因為晃動，頭一陣一陣地抽痛起來。

暈眩與迷迷糊糊中，只覺那個人將我攬得更緊，且貼心地放緩步伐。

「……忍耐一下，很快就到了。」

我覺得舒適多了，儘管眼睛仍睜不開，但在聞到一股淡淡的薄荷香氣後，不由得安心下來，下意識地朝他貼近了點。

昏沉沉地張開眼睛後，聞到空氣中明顯的藥水味，我正躺在床鋪上。床邊約半公尺距離有道布簾，其後亮著燈光，此處似乎為了讓我好好休息而相當昏暗。很快地，我記起自己不慎摔下來暈倒的事。

這裡是醫院還是學校保健室？但，啦啦隊練習時間在晚上，保健室這個時候會開嗎？

床頭矮櫃放著我練習時攜帶的小提袋，我從中取出手機。剛過晚上十點。

天啊，也太晚了。我該回宿舍了，以往練習鮮少超過九點，再不回去小蘭她們會擔心的。

剛好也在床邊地板發現了我的鞋子，不過就在站起身的那一剎那，又是一股頭暈襲來。

「嗚……」

照理說，應會順勢坐回床鋪，卻沒對準，臀部擦過床邊，摔坐於地。

有夠衰，這是二度傷害。

一道腳步聲快速接近，將這邊的簾幕拉開，外頭的燈光射了進來，進來的人影因背光而看不清臉孔。

「小羽學妹？」咦，這個聲音是！

「阿、阿恩學長？」我瞇起眼睛，依然看不清他的樣子，僅憑音色推測。

他朝一邊摸索，點亮此處的電燈後，伸手拉我起身。「怎麼這麼不小心。」

幸虧學長握得牢牢的，還有點暈的我總算安全坐回床上，被學長拉起時，我聞到他身上淡去不少的薄荷香，儘管那被些許汗味給掩蓋了。

「……謝謝學長。」半昏迷當時模模糊糊的記憶，隨著這股清新的香氣重新浮現，是學長把我抱來這邊的。「真的很謝謝你幫我。」

「舉手之勞。」阿恩學長淡淡地回應道，接著他似乎發覺什麼，目光落在我的額頭。

我被他凝視的視線看得很不自在。「學、學長……？」

他指指自己的額。「妳這邊，好像有撞到。」

我直覺摸上去，瞬間感到一股刺痛，唉叫了聲。「痛……！」

「先別碰，我去拿冰塊。」他叮囑後即轉身離開，我凝望那道寬厚背影，心中有股暖暖的感覺。

阿恩學長很快回來，並貼心地以毛巾包裹著裡頭冰袋，將其放在我的掌心。「冰敷一下，會感覺好點。」

我遲疑一秒才將它貼至額頭上，剛剛居然奢望學長幫我敷，妄想過頭了。「……好，謝謝學長。」

「別一直謝。」

「好。」我莞爾點頭，額上的腫痛處正藉著冰鎮逐漸舒緩中，頭也沒那麼暈了。「對了學長，你剛才怎麼在體育館？」

「學妹知道？」

「我們系在那邊練啦啦隊。」

「我有運動習慣，剛剛借用館內的器材訓練。」他點點頭表示明白，接著回答我的問題。

訓練？我看看學長的穿著，突然感到害羞。他穿著黑色的運動背心與棉褲，也因此，手臂那些微的肌肉線條，毫無掩飾地外露出來……趁他沒注意，我連忙將冰袋下移至臉龐冷卻那股熱意。
目光轉回去時，我瞥見他右臂上的貼布，一聲驚叫。「咦，學長你受傷了？」
他望望自己右臂，扯了扯嘴角。「訓練有點過度，輕微拉傷而已，沒事。」
我擔心地多看幾眼，受傷的他還大老遠將我抱過來？「學長，你——」
就在此時，門被猛地推開，有人煞風景地闖進來。「汪——呃，你是哪位？」
「苗煜東？」我皺起眉頭，他進門的時間點真不湊巧。
阿恩學長看看苗煜東，朝他點頭示意後，再轉向我。「保重，小羽學妹，我先走了。」
所能做的，只有目送他離開。「阿恩學長……」為什麼，不多待一會呢？
苗煜東手提一只白色購物袋，將門關起，我看他走向我，有些不解。
「你為什麼來這裡？」害我跟學長的獨處時間沒了。
苗煜東聳聳肩，感覺有些無可奈何。「先問妳是為什麼在這囉。」
我愣了愣，打量一遍眼前的他，但沒看出什麼明顯外傷。「難道你也受傷？Base不至於吧。」
他噗哧而笑，做了個展現肌肉的動作。「想太多，我可是很強壯的。」
「那……」不是受傷，那為什麼來？
「妳先專心冰敷吧。」苗煜東將購物袋隨手一放，拉張椅子坐在我的床側。「對了，汪汪認識剛才那個人？」
感覺冰袋接觸額頭的部位沒那麼冰了，我將其轉了方向繼續敷。「陶笛社的阿恩學長。」
「咦？」他一陣錯愕，再回頭望向靜悄悄的門口。「就是那位神隱學長？」

「嗯，他可沒有神隱。」我很幸運，真的和他在F大陶笛社重逢了。

待我察覺到時，苗熤東已不知盯著我看了多久。

「……你又怎麼了？」

「汪汪不會是撞壞頭？」他搶走我的冰袋，強制地將掌心貼上我的額頭。「……嗯，好像也沒發燒啊。」

廢話，即使有發燒，剛冰敷過哪會摸得出來。

我大翻白眼，伸手要回冰袋，好在他沒有硬壓我的額，否則會更痛。「你才撞壞頭。」

「很少聽妳這麼冷靜說話，大姨媽來嗎？不對，那樣應該更難捉摸才對……」他繼續碎碎念。

我放棄地吁口長氣，抓起提袋。「你很吵，我要回宿舍了。」

他連忙壓住我的肩膀，阻止我離開床。「等等。至少，等保健室阿姨回來，再請她替妳檢查一下……這還妳，再多敷一會。」

我很疑惑這個時間，為什麼保健室還開著，甚至阿姨也在？於是苗熤東為我解釋。啦啦隊比賽正是F大的傳統活動，吸引不少校外人士前來取經，但前幾年有學生團體抗議，宣稱啦啦隊比賽花錢、勞民傷神，又常發生意外，希望停辦。

後來校方與學生取得共識，維持這個校內傳統活動，但一律禁止危險的拋接特技動作，Flyer堆疊的高度不得超過兩層，評分方式也將經濟環保列入，過於浮誇的道具肯定扣分，輪班制的保健室阿姨也是學生要求配置的。

「阿姨說她去借用宿舍洗澡，很快就回來。」

「喔……」我漫不經心地應著，放下近乎化成水的冰袋。

這動作被苗煜東看見，他站起身。「我再去換新的冰塊。」

我搖搖頭，覺得頭已不再暈眩。「沒關係，已經消腫很多了。」

「確定？」再次確認後，他又坐回椅子上。「……話說，我真的覺得妳撞壞頭了。」

「你一定要講話惹我生氣嗎？」我沒好氣地說道，拿出連續震動的手機檢視，是LINE的未讀訊息，也有未接來電，可能因為保健室收訊不佳而較晚接收到。

他哈哈笑過幾聲。「是可以不那樣，但……不行耶。」

我對室友和同學們的一連串關心訊息，先簡單地傳幾張感謝貼圖，但怎麼高舉手機都傳不出去，決定放棄，也被他這句話勾起好奇心。「不行是什麼意思？」

「怎麼說呢……」苗煜東抓了抓頭，噙著笑意。「長時間下來，已經不自覺養成一種習慣，只要一跟汪汪妳互動，我就會自動切換成『白目模式』了。」

我不自覺地笑起來。「臭喵喵，你也曉得自己白目啊？」

「嘿嘿。」

不一會，阿姨回來了，再檢查我一會，又問過幾個問題，便同意我回宿舍，並要我這幾天注意還有沒有頭暈症狀，如果有就必須去大型醫院檢查。

我踏出保健室，頂上的夜色濃厚，徐徐晚風為夏夜帶來宜人的涼意，促使我心情愉悅地邁開腳步。

「汪汪走慢點，妳真的不暈了？」苗煜東的腳步聲追上我。「別勉強，有需要的話跟舍監說一聲，在保健室過夜吧。」

我有點無法適應苗煜東講話不帶酸的樣子，將步伐跨得更大。「我沒事啦，你快回宿舍。」通往男宿方向的岔路就在前方不遠處，我揚手指了指。

「我忘記自己住哪了。」他搖搖頭，視而不見那條岔路似的，逕自跟著我往女宿的方向走。

我聞言忍不住大翻白眼。這理由太爛了吧，撞到頭的是我又不是他。「少來，你明明住在二號男宿。」

「現在快十一點，很晚了，我送妳回宿舍，到大門就好。」他總算道出比較正當的理由。

「呃，可是……我住的三號女宿，距離你們宿舍有好一段距離，不用麻煩吧。」不是不能理解他的說法，但和他這樣並行走還是覺得各種怪。

「妳是女孩子，又是傷患，總之這趟路我送定，別再推託了。」

「你不是說我男人婆、沒女人味，現在卻把我當女生了？」我忍不住酸起他來。

「我沒印象耶，哈哈……」他只是打著哈哈，直說不記得曾講過那句話。

我便這麼一路狂酸他，而他始終笑著呼攏我，直到抵達女宿門口，此時已過十一點。

「我進去囉，你真的該回去了。」

原本嘻皮笑臉的苗煜東，這時忽然斂下笑容，認真看向我。「因為，妳真的是女生啊。拿去，晚安。」他將那只購物袋塞進我懷裡即離去，沒有理會一臉莫名的我。

困惑地打開袋子，頓時，我怔了。裡頭是各種品牌的巧克力，以及一盒可可沖泡飲品。

宿舍的網路訊號好多了，我拿出手機，旋即被LINE跳出的一連串關心問候視窗給嚇著。不過，回覆先等等好了，得先做最要緊的事。

於寢室交誼廳的沙發暫時坐著，我猶豫與思量許久才傳出短短幾字：『苗煜東，謝謝。』

明明是一封單純的感謝簡訊，怎麼會覺得那麼難寫？和他講客套話，也有股說不出來的怪。

爬階梯途中，我收到他的回應：『應該的，妳媽媽要我好好照顧妳。』

他此話說得雖好聽且冠冕堂皇，但……在這之前，不是仍持續慣例的打打鬧鬧嗎？

總算登上四樓，我自嘲地笑了笑，收起手機，決定不酸回去。

苗煜東說的，和我在一起會自動切換的模式，我好像能夠理解。因為我自己也一樣，每次和他互動即會秒變恰北北，超愛嗆他。

看在他難得的這麼一回貼心，我收斂一次吧。而且，這樣和平的互動，雖不太習慣，但感覺還不錯。

開啟寢室門，我的歸來引起眾室友關注。

「小羽、小羽！」小蘭激動地撲上來抱緊我，擔心地從頭到腳將我看過好幾遍。「我們好擔心喔……妳只傳個貼圖之後就沒消沒息了，真的沒事了嗎？」

我微笑，轉過一圈表示自己沒事。「是保健室那邊收訊不太好啦。我額頭撞到有點腫起來，剛剛冰敷後好多了。」

「這幾天要多注意身體狀況。」我感受到娜娜真正在關心，因為她難得沒有邊看漫畫邊說話。

「我知道，阿姨也這麼說。不過，我想小小埋怨一下，妳們怎麼都在寢室沒來看我呢？」

小蘭和娜娜面面相覷，接著上方傳來一股哀怨的音色。

「因為英雄救美的那個人，要大家別靠近，說他來就好……」

我有些錯愕，很難想像溫文儒雅的阿恩學長這麼做。「怎麼會，琇琇是不是妳聽錯了？」

「我已經偷窺他好幾堂課，哪可能？」琇琇從床上探出頭，表情是真的失落。

「什麼，一起上課？」這次換我震驚了，琇琇什麼時候跟學長同堂課的？我們這寢的通識課都一起，莫非學長去修生科系的課？「學長下修一年級的課嗎？」

「蛤？」三位室友同時疑問。

「小羽妳到底在講什麼？」琇琇首先發問。我遲疑了下，莫非自己誤會了？

「唉，阿東那麼重視妳，看來我只能放棄這場短暫的單戀了……」

「咦，苗煜東？關他什麼事嗎？」

只見琇琇翻個大白眼。「真是的，小羽很難溝通耶。」

「畢竟，小羽昏倒了不清楚狀況。」小蘭緊接著道。

「真是羨慕妳啊，能被男生公主抱，對象還是阿東。」

等等，我聽見了什麼？

「咦——?!」

「看樣子，小羽誤會成是別的某人抱她。」娜娜看見我的驚愕模樣，淡淡地開口。

我的腦袋一片空白，呆滯好久講不出話。「我、我以為是阿恩學長……」

「不可能吧。」小蘭回得很快。

「因為我看到學長在體育館，而且我醒來的時候……他也在旁邊。」我急著解釋，並試著回憶那時與學長的對話。

那時候向學長道謝，是感謝他送我來保健室，但其實是我摔坐在地，接著學長拉起我，他才說「舉手之勞」；而且假如他早就看見這場意外救了我，不可能不知道我撞到額頭才對。

再想到我問苗煜東為什麼在保健室，他回答「先問妳是為什麼在這」……原來，是這個意思，是因為他送我來的。而我醒來的時候他不在旁邊，瞥了眼他給我的一大堆巧克力，總算搞懂前因後果了。雖然，我還是不太明白，他竟然知道我剛好在生理期。

原來是苗煜東送我去保健室，而且是公主抱……我終於意識到這個事實。被抱著的時候，我有沒有做出失禮的動作，或是說奇怪的話？完全記不起來了。他也沒向我邀功，剛剛什麼都沒說，甚至一路上被我酸到最後——

嗚嗚，好丟臉。以後要怎麼面對他？

「小羽還是不舒服嗎？」小蘭不懂我的內心戲，關心地問。

我搖搖頭。「沒。只是覺得好糗，誤會大了……」

「小羽真的撞得不清。」琇琇搖搖頭，翻身爬下來。「我只好忍痛把阿東讓給妳，交換條件是，告訴我妳跟阿東是什麼關係，為什麼互動那麼親密。」

「讓給我什麼啊……」我尷尬地笑著，瞥了眼目前時間。「可以改天嗎？我還沒洗澡。」

琇琇搖搖頭，一臉堅決。「不管，今晚一定要知道，小羽可是說過回寢室就講的。」

我只得認命，並泡了杯熱可可搭配著講故事。

入宿日當天買的巧拼地墊上，我們輕鬆地席地而坐。我不做太多贅述，僅簡要提到我們在幼稚園時期，透過家長而認識彼此，國小國中同班、高中同校隔壁班。

「青梅竹馬，好浪漫喔！」琇琇和小蘭異口同聲。她們倆個性懸殊，但都喜歡浪漫的戀愛故事，只不過型式不同：琇琇是透過觀賞日韓劇，小蘭則是閱讀言情小說或少女漫畫。

「拜託，一點也不浪漫好嗎。」我苦笑著，不認同這解讀。「妳們身處其中就知道痛了，那傢伙老是欺負我，琇琇妳今晚也看見他壓我頭，超幼稚。」

琇琇抱著她的枕頭，嘖嘖地搖了頭。「小羽不知道嗎，男生為了要吸引喜歡女生的注意，反而會去逗她鬧她欺負她，劇都嘛這樣演。」

「小說裡很多男女主角，都是從死對頭開始的。」小蘭點頭附和與補充道。

我一笑置之，不打算將其當一回事。「那傢伙可是從小欺負我到大，哪可能對我有意思。」

「但，那時候妳們系的尖叫聲傳過來，阿東遠遠看見妳摔下來暈倒了，他可是臉色一變衝過去呢。」琇琇正式提及我失去意識當時的事。「妳們同學不敢靠近亂動妳，阿東他確定妳真的沒意識，就直接把妳抱起來，還霸氣地說交給他就好……」

小蘭微揚起手接著說：「我也問過事發狀況，同學都很擔心小羽，不過看苗同學很是堅持，感覺得出他對妳的重視，就決定不跟去保健室，讓你們兩個獨處。」

琇琇容易誇大敘述，小蘭的話可信度較高。而我怔了，無法想像那是自己所認識的苗煜東。

「所以我說，」琇琇一個響指，自信滿滿地下結論。「阿東他一定喜歡小羽，不然怎麼會英雄救美。」

「機率滿大。」過程中幾乎沒說話的娜娜總算出聲。

「娜美這話太保守，我可是說『一定』喔。」

聽不下去的我決定制止。「妳們喔——」別再幫我亂湊對了。

「小羽覺得呢？」小蘭拍拍我的肩膀，我一時不太明白她想問什麼，只回以茫然眼神。「妳對苗同學的感覺？」

我露出一臉嫌惡。「誰會喜歡這個愛欺負我的傢伙。」

「但我們都認為，阿東絕對喜歡小羽喔。」這個琇琇，居然把用詞從「一定」變成「絕對」了。

「小羽該轉個心態面對他了，至少他今晚表現可以加好幾分？」

「……再看看，我去洗澡了。」我心中無奈，決定逃離這話題。

苗煜東那傢伙的形象已經根深蒂固，能怎麼扭轉呢？

六章 期中，與啦啦隊比賽

系上同學對啦啦隊練習更謹慎了，班導師也特別叮嚀大家，以後特技小組練習時務必Base、前後保都在才能練，否則便是找代打幫忙。

我遵從老師指示停練一週，待在一邊觀看，眼看全班默契愈來愈好，特技組和舞蹈組的動作也逐漸到位，我心中升起了不能拖累大家進度的決心。

等終於回歸練習，我的熟練度果然生疏不少，還好同學們都很體諒，其他Flyer還會教我動作技巧。

每個週一，啦啦隊練習結束後，我仍會趕去陶笛社，這時間小蘭和新生皆離開了，不過學長姊們通常會繼續待著，有的會繼續練習、再跟糖糖老師請示吹奏技巧，或者閒聊、哈拉等，是個規模雖小但向心力高、相當溫馨的社團。

糖糖老師住得較遠常提前離開，我的陶笛技巧，幾乎是由學長姊輪流指導我，逐漸練起來的。每個人的教學風格各有特色：乖乖學姊的中規中矩，完整呈現糖糖老師的課；畢魯學長教法脫序，還很容易聊起天大分心；竹取學姊很溫柔有耐心，常安慰吹不好沮喪的我；彤彤學姊教學嚴格，但我表現好總不吝給予讚美；阿松學長果然曾待過吉他社，目前在社團已轉為彈奏弦樂器、擔當伴奏的角色，所以總表示要教我彈吉他。和我最合得來的是梅子學姊，可能和她修習教育學程有關，教學與愉快氛圍並進。

期間，我見過一兩次的中文系小薇學姊，也得知顧問學姊叫做小靜，來自音樂系，正好是乖乖學姊的大四直屬，但這個時間她們系相當忙，正進行畢業音樂會的籌劃與細節討論，始終沒機會見到面。

學長姊的一週小老師依序排下來，下週該輪到阿恩學長了，只不過因為期中考週，社課暫停。站在被鎖上密碼鎖的社團教室，我連上社團粉專，確認了考前停課通知公告，我欲哭無淚。

「……小羽學妹？」不遠處響起耳熟的嗓音。

「阿、阿恩學長？」我一臉驚喜地看向來者，心中覺得幸好今天有趕來。

「這週社團停課。」他繞過我，開啟密碼鎖。

「我剛剛才知道。」我傻笑道，跟著他走進去。「學長知道停課，為什麼還過來呢？」

「專心的好地方。」點亮電燈後，他在桌旁坐下來，拿出一台筆記型電腦開機。

我靈光一閃，對應到社課停課原因。「啊，因為期中考，所以圖書館一位難求吧。」

「一位難求。」他因我的話而莞爾。「確實。」

我拉了張椅子坐在他身邊，阿恩學長有些意外我的動作。

「我剛練習完啦啦隊趕過來，先休息一下，我不會吵學長的。」我忙著解釋，編出一個看似正當的理由。畢竟，想陪學長久一點這種話我怎麼也講不出口。

「……辛苦學妹了。」學長說道，開啟電腦中的文字檔案，我猜他在趕報告。「練啦啦隊很辛苦，還特地來社團。」

「還好啦，不辛苦。」

「妳一定，很喜歡陶笛。」

「……嗯，對啊。」其實，我更喜歡的，是阿恩學長你，本身對陶笛的喜歡，也是源自於你。

「這屆能有妳這樣的學妹，學長很欣慰。」他看著電腦打字中，其嘴角揚起了淺淺的笑意。

難為情地撥撥頭髮，我佯裝整理起提袋掩飾內心羞赧，該回答什麼才好呢？「呃……謝謝學長？」

他一聲輕笑，轉身從背包內拿出一個東西遞向我。「喜歡餅乾嗎？」

我伸手接過，半透明的中型保鮮盒，裡頭散裝著看似巧克力與奶油口味的餅乾，約有十幾片。

「吃一點，補充元氣。」

想起學長的科系，我內心激動地緊抓手中的盒子。「這是學長自己做的？」

「嗯，小組的課堂成品。」

「學長真厲害，是新好男人耶。」才剛說出口，我便害羞了，忙抓起一片餅乾咬下，那微甜酥脆的口感讓我的心中又是一陣波濤洶湧。「好好吃喔！」

「如果會下廚就代表好男人，那本科系有不少。」他笑笑，指指那盒子。「喜歡的話，整盒帶回去吧。」

「咦，學長不吃嗎？」我愣住片刻，將盒子伸向他。「很好吃喔。」

他搖搖頭，表示已經嘗過。

「呃，那……我帶回去分享給室友，真的很謝謝學長。」抱緊那個保鮮盒，我覺得心中甜甜的，十分幸福。「這個盒子，我洗乾淨再還給你。」

「嗯。」我們之間沉默片刻，接著阿恩學長再度開口：「小羽學妹不用準備期中考？」

這是暗示我離開嗎？

這盒手工餅乾令我興奮不已，然這問句讓我有點不舒服。是不是單戀著某個人，心情就會隨之起落？

再轉念一想，或許學長本身沒有想那麼多，只是一種關心而已，一定是這樣。

「是要準備期中報告。那……我先走了，謝謝學長的餅乾，也祝你期中順利。」

阿恩學長朝我點頭揮手，繼續埋首於報告之中。

再凝視他數秒，我心懷不捨地踏出教室，卻被等在外頭的彤彤學姊嚇到。

「彤──」

彤彤學姊迅速摀住我的嘴，目光銳利地搖頭。

是要我別作聲？我驚恐地連點好幾次頭，她才放開，並將我拉至離教室最近的女生廁所門口。

「抱歉。」鬆手後，她很快開口道。

我下意識摸摸被抓疼的右上臂。「沒、沒關係。學姊，妳既然來了，怎麼不進去？阿恩學長在裡面。」

「我知道。」學姊點點頭，瞅著我看好一會，我不由得摸了摸自己的臉。

「彤彤學姊，請問……我的臉是不是沾到什麼？」

「沒什麼。」接著，她的目光朝下，落在我手中的保鮮盒。

「……啊，學姊要吃嗎？」我連忙將盒子伸向她。「這是阿恩學長做的。」

她笑了笑，搖頭。「我可是和阿恩同班啊。」

我忽然有股，學姊在強調什麼的感覺。「啊，對喔，所以學姊也有一樣的餅乾。」

彤彤學姊無聲默認我這段話，我們之間頓時沉默好幾秒。

「呃，學姊，那我先回宿舍囉？晚安。」

準備離去的我，聽見彤彤學姊語重心長的話：「小羽，不要喜歡阿恩。」

「咦?!」我震驚回頭，對上彤彤學姊的譴責目光。「學、學姊，我……」

她盯著我瞧，令我有些心虛感。「我應該，沒說錯吧？」

我不好意思地垂下頭，然不敢直接承認。

「果然啊。」她看出我的心思，轉身背著手走進廁所。「妳的眼神，和曾經的我一模一樣。」

「呃？彤彤學姊妳……」我又驚又愕地跟上她。「妳也喜歡阿恩學長？」

「過去式。」鏡中的她，露出澀澀的苦笑。「現在的我，差不多放棄了。」

「為什麼呢？」我不解學姊的表情，也對不上她這番話。「喜歡的話，更要堅持到底啊，才有機會。」

我到底在說什麼？既然彼此同樣喜歡阿恩學長，那麼彤彤學姊就是我的情敵，我卻鼓勵起她？

彤彤學姊在鏡中的映像，變得更為哀傷，這與她平常的精明形象十分不符。「小羽，妳知道嗎。我對阿恩的喜歡，從大一持續到現在，只可惜……」她的話語漸漸微弱，全數落進一聲無奈的嘆息之中。

我更震驚了。彤彤學姊的這段單戀，比我更長。而且，以她的個性，應不會只默默看著阿恩學長，想必是告白過了。所以，阿恩學長沒有接受她？

三年的心意……我突然有點同情對方，卻不曉得該以什麼立場安慰。「彤彤學姊，明明妳那麼優秀。」

「先來後到，沒辦法。」她擠出笑容，開啟水龍頭，以沾溼的手拍了拍自己的臉頰。「記住，別喜歡阿恩，為了自己好。」說完，沒抽擦手紙，這麼溼著手和臉離開。

我怔怔地目送她，直到其背影轉個彎，徹底離開我的視線，才恍著神走出女廁，整顆腦袋還有些空白，一會兒後，目光落回阿恩學長的愛心餅乾上。

是對象問題吧，我想。學長沒接受彤彤學姊，但這不表示不會喜歡上我。

學長的手工餅乾，可以送給他班上想多吃的同學，又或是其他系友人，再不然把畢魯學長他們Call來也行……我相信，學長贈送餅乾，有隱藏著另一層暗示。

揚起自信的笑，我踏進正好抵達的電梯內。

「我不會放棄。堅持到底，可是汪柔羽的座右銘啊。」

期中考週到了，圖書館、系辦、各系的空教室、宿舍交誼廳，凡是能夠坐著閱讀的空間，幾乎人滿為患。

通識課基本上不考試，交小組報告居多，有的甚至只要交一份期末報告就好。由於小組成員就是同住的室友，無須一直喬攏報告的時間地點，再加上小組長娜娜的強勢監督，我們順利地一一完成所有報告；接下來只要顧好自己本科的期中考試即可，甚至有些本科必選修不用考試，也是交報告。

評量方式的懸殊差異，讓我深深感受到大學與高中的不同。

同時，也因為期中考，啦啦隊暫時停練一週。不過，考試結束的兩週後，即是正式啦啦隊比賽，因此下週就是各系的最後特訓時間，我們系已跟兩位舞蹈老師約好每晚練習，包括假日。同時沒了啦啦隊練習和社團，心靈空虛不少，但實際上更忙碌了，每天都在苦讀中渡過，相當難熬。

讀完一個段落，我暫時喝水放鬆一會。雖然眼睛需要歇息，但還是習慣性點開網頁瀏覽起臉書動態。

看到FB的生日通知——阿恩學長的生日，我怔了怔，再確認過目前時刻後鬆口氣，還沒過午夜都來得及。

前幾天，已經透過畢魯學長傳寫過阿恩學長的生日卡片，我不免好奇問不慶生嗎？獲得的回應是阿恩學長不喜高調，生日當天又適逢期中考週，他希望學弟妹們專心唸書，這也是他的一種貼心吧。

阿恩學長的臉書塗鴉牆被一大堆生日祝福占據，我不希望被洗版，於是決定傳私訊。

『阿恩學長，祝你生日快樂喔！雖然有點晚說：）』

「啊，好累喔……」身後傳來響亮的一聲，琇琇一頭撞在她的書桌上。「到底是誰說大學很好混的？」

我正揉著有些發疼的眼睛，打算按摩完畢再回歸書本懷抱，聞言不禁噗哧一笑。「好像是妳自己喔。」

「入住宿舍那天，琇琇說是妳的高中老師講的。」小蘭的記憶力也太好。

「可惡，我回高雄一定要跟老師抱怨他騙我！」

我不由得莞爾，其實大學並沒有傳言說的好混，當然教授本身放任的話就另當別論，而我為了盡可能多學，基本上不會選那些太輕鬆的課，也選不到。

筆電螢幕跳出通知，阿恩學長回我了。『沒關係，謝謝小羽學妹的祝福。』

短短幾句話，頓時令我忘卻期中考的壓力，明明學長只是幾句客套話，但我依舊為此雀躍不已。

『學長收到陶笛社大家寫的卡片了嗎？』

『收到了，謝謝你們的用心。』

『學長喜歡就好，不過我覺得應該辦個慶生會熱鬧一下呢！』

『這樣就夠，學長年紀不小，不用你們大費周章了。』

我再確認阿恩學長的臉書資訊，學長比應屆大四生多了兩歲，所以他曾經重考或留級過嗎？

正想著該回覆什麼，阿恩學長先傳了：『學妹應該在準備期中考吧，祝妳順利。』

『我會的，學長也是喔！』順勢傳張加油打氣的動態貼圖，而學長簡短回了謝謝，可能也在忙讀書。

第一次和學長的網路淺聊真開心，更找回不少元氣繼續與課本奮戰。這時我餘光忽然瞥見小蘭摸出一袋包裝精美的糖果，看來是讀書太耗腦力需要補充血糖。

「小蘭，那是誰送妳的？」

她嚇得雙肩一抽，尷尬地把包裝袋拿出來。「小羽沒拿到嗎？這是畢魯學長給的All Pass糖。」

我搖搖頭。「他是妳的直屬學長。」

「但，學長說過也會照顧妳……」

「那種話，聽聽就好。」娜娜淡然開口，我們都知道她被直屬學姊放生的事，雖然她本身不太在意。

「畢魯學長不是那種人——」小蘭急著澄清。

我的手機忽然鈴聲大作，〈命運交響曲〉的和弦。

「小羽。」娜娜語氣嚴肅，她要求大家這幾天手機調震動或靜音，好給彼此一個專心用功的氛圍。

我急忙按下拒接電話鍵，並立即將其調為靜音。「對、對不起。」

「是阿東吧？他又打來和妳打情罵俏？」琇琇飛也似地從桌上彈起，雙眼發光，方才疲態全然消失。

「……誰跟他打情罵俏。」我頓了頓，想起發生意外的那天晚上，琇琇說的那句話：

『阿東他一定喜歡小羽，不然怎麼會英雄救美。』

先不管是不是事實，這句心理暗示太可怕，害我那段時間每次遇到苗煜東都覺得怪怪的，他傳來刷存在感的訊息也僅已讀而不敢亂回。

不一會，來自「笨蛋喵喵東」的LINE對話框跳出。

『我在妳們宿舍門口，快下來。』

在琇琇和小蘭的曖昧眼神雙重攻勢下，我決定赴約。

當然不僅這個原因，苗煜東後來又連傳好幾個訊息：『快點，外面蚊子很多』、『害我得登革熱妳要負責』、『妳剛剛按拒接，別用洗澡勸退我』、『幹嘛已讀不回？』、『我等著妳下來、我等著妳下來～』……

「唉。」我嘆口氣，邊走邊讀完這一長串。

LINE文字版本的奪命連環Call，著實可怕。

為阻止他繼續再傳訊息，我先回張ＯＫ貼圖，再傳一句『下樓中』，他秒讀秒回ＯＫ，總算安靜下來。

我抵達宿舍一樓交誼廳，正推開大門，剛好看見苗煜東在外頭動來動去的身影，好像真的蚊子很多。

我走向他。「苗煜東。」

「汪汪妳很慢耶。」他加快腳步過來，我原想順勢止住步伐，卻被他一把拉走，沒說要去哪便罷，他長手長腳又不放慢速度，腿短的我得小跑步才跟得上。

「臭喵喵，到底要去哪裡？別走這麼快，我得回去念書——」

「我也要準備期中考啊。」他一派輕鬆地說著，不過跨出的步伐稍微縮小了些。

「感覺不出你的緊張。」我又反射性地嗆起他了。「可以別拉著我嗎，我自己會走。」

「才不要咧。」他扮個鬼臉。「這樣妳絕對會跑掉。」

「你實在是——」

我生著悶氣被他一路拉著走，這傢伙才不可能對我有意思，意外當時因為太危急，他才難得展現溫柔面吧。男生對喜歡的人貼心呵護都來不及了，哪會像他那麼粗魯。

最後，我們抵達學生餐廳，踏進便利商店。

我翻了個大白眼。「苗煜東，男二宿明明離這邊比較近，你繞遠路來女三宿揪我幹嘛？」

「念書很餓，吃宵夜當然要揪人囉。」他拉著我走到泡麵區停下。

「不找你室友？」揪人吃東西應該就近才對。

「他們還有存糧啊。」他聳了聳肩，拿起兩款比較中。「選一包一起吃吧，我請妳。」

「已經九點，我才不吃宵夜。」我彆扭地別過頭。「會胖。」

「反正你們系練啦啦隊暫停，別怕Base抗議。」他笑道，一把壓上我的頭。「妳就是省這些不該省的，才長那麼小隻，還沒啥長進。」

「喂你——」聽見那耳熟說詞，我直覺擋住胸口，抓起架上的一款杯麵丟他。「沒禮貌！」

苗煜東迅速一閃，撿起地上的杯麵看了看，直接走向櫃台。「包裝好像有點破掉，只好買了，要吃喔。」

……怎麼有股被擺一道的感覺？

我和苗煜東在學生餐廳的座位區，對坐著吃麵。吃著香噴噴的杯麵，我哀怨地在心中為體重默哀。

……等等回宿舍多爬幾趟樓梯吧。

「泡麵就是讚啦！」苗煜東滿足地吸了一大口麵，看向我。「汪汪吃得真慢，那碗好吃嗎？」

「……我哪像你們男生吃東西狼吞虎嚥的。」慢條斯理吞下嘴中的麵條，我維持自己的速度。

「妳不懂，好吃才吃得快嘛。」他嘖了聲，嘴裡滿滿的說話含糊不清。

「髒鬼，吞下去再講話。」我瞪向他，並將麵碗拉近自己一點。

「咳咳咳！」他很快就自食惡果了，急急忙忙衝到超商拿水舒緩，再去結帳。

「真的是笨蛋一個。」我竊笑，將目光落回宵夜上。

驀地，我抬起眼，看向餐廳末端的側門出入口，那個方向離開是機車和腳踏車的停車場。

剛剛，我是不是瞄到阿恩學長了？學長這個時間還在學校嗎？

「在看什麼？」猛地，一道冰涼貼上我的臉頰，令我一陣尖叫。

餐廳內人們的目光投來，我尷尬無比，立即低下頭假裝專心吃麵。

「汪汪的膽子太小了吧，這樣當Flyer沒問題嗎？」苗煜東竊笑著坐回我對座，將方才的偷襲「武器」——罐裝奶茶推向我。

「臭喵喵，你害我丟臉丟大了……」我小聲狂罵，在桌下狂踢他，而他一點懺悔的意思都沒有，僅哈哈笑完繼續吃麵，對我桌下的攻勢宛若無感。

「這不是給妳賠罪了嗎？」他指指那罐奶茶，見我完全沒消氣，便搖搖頭，將筷子上的物體伸來，扔進我的碗裡。「不然，再加碼。」

那是他吃的大份量泡麵中，所附的肉塊。

「誰要吃你口水。」我準備把肉挾回去還他。

他噗哧一聲，手中筷子阻擋我的意圖。「從小不都這樣吃到大，現在才介意？」

這傢伙是指以前我們兩家一起進餐時，根本沒用公筷母匙這件事，嚴格來說他那個說法沒有錯，但是……全被正好經過的路人聽到了，我甚至還聽見「好閃啊」的竊笑。

嗚，不要把我跟這傢伙配成對啦！

不想再引發別的丟人事件，我加速解決杯麵，苗煜東給的加碼肉塊也吃完了。

「汪汪很乖。」早已吃飽的苗煜東看我完食，表情很滿意的樣子。

一來一往太心累，我不想、也沒力氣繼續抗議了。

「陪你吃完宵夜，高興了吧？我要回宿舍念書了。」進行垃圾分類時，我沒好氣地開口。

「還有這個。」他將我沒喝的奶茶塞進我手裡。

「嗯，謝謝。」我淡淡地接過，很快踏出學生餐廳，急著離開。

「吶，汪汪！」身後忽然傳來他不小的音量。

我一陣臉紅，連忙看看周遭，還好附近沒有人。「太大聲了啦……」

「手。」他手心朝上伸向我，另手詭異地藏在身後。

我有些狐疑他的目的，沒有動作。「……要做什麼？」

他以蠻力拉過我的手，將東西放至掌心上。「別拖拖拉拉，這個給妳。」

是我愛吃的某品牌薄荷巧克力。「咦，但你那天給的我還沒吃完——」

「誰說是我送的？」苗煜東反駁得很快。「我直屬學姊啦，她太熱情送了很多，但我又沒那麼愛吃。想說妳沒直屬，就大方施捨妳一點，祝妳期中All Pass囉。」

我怔怔地望著巧克力，再看向他，突然覺得有點感動。

「……那就，謝謝你——的學姊囉。」雖然，還是很難正經跟他道謝。

回寢室的路上，一個念頭忽然浮現我的腦海——這才是他找我出來的真正目的。

時間過得很快，系上同學歡天喜地慶祝期中考週的結束，準備迎接下件大事——啦啦隊比賽。如火如荼地衝刺完最後一週的連日特訓，後勤組也大力參與，將完工的道具也加入我們的練習中。

到了啦啦隊比賽這天，Emma老師找來朋友幫我們女生上煙燻妝、眼角上亮粉，還梳起誇張的高馬尾並刷爆。看著鏡子中的自身映像，我幾乎快認不出那是誰了。

我們班的啦啦隊服裝是紅白相間配色，女生的無袖上衣是齊腰剪裁，進行動作大些的舞步時，肚子便會露出來，有股若隱若現的性感。大家的鞋子則統一穿白鞋白襪，手持左藍右金的彩球。

「小羽，來張照。」小蘭拿著手機替許多同學合照，她特別拍了我的獨照。「這樣很正呢。」

「我想趕快結束去卸妝……」再看一眼鏡中的自己，我覺得這妝容太過可怕。

「不行喔，我們寢都約好了，結束後要一起合照。」

我無奈地將鏡子還給小蘭，等待見真章的時刻到來。

Ｆ大的科系不少，全部表演完需要不少時間，起初幾個科系的演出還能保有興致地觀看，然隨著時間過去，新鮮感沒了，且舞步和特技也看得無感，像當年新生訓練的社團表演一樣。

「下一組，生命科學系。織品服裝系請準備。」

大家離開四樓看台區，啦啦隊組移動至準備位置，順勢就近欣賞前組表演；黑衣服的後勤組有的就定道具預備位置，有的仍留在看台上當觀眾和攝影。

生命科學系同學的裝扮相當雷同，我卻沒多久後，找到了琇琇和苗煜東的身影。琇琇笑得很燦爛，她與苗煜東的近距離特技完美無瑕，他們這組合頗具俊男美女的稱號——

等等，我在想什麼？為什麼會忽然冒出……跳起舞的苗煜東滿帥的想法？

「大家加油。」負責人悄聲道，示意我們手伸過去。「跟平常練習一樣，只是觀眾多了點。」

「加油、加油、加油！」

「下一組，織品服裝系。日文系請準備。」

我們連進場退場都考量進去表演之中，尖叫、充滿熱情地進場就準備位置；在此同時，後勤組會放下寫有科系名稱的長條布幕，好讓評審們有印象。並且，我們運用了科系專長，在服裝上頭做了變化：最初女生的下半身是過膝、較為優雅的半長裙，跳舞至三分之一後，迅速卸下，以短裙搭配大腿舞的舞步，讓評審眼睛一亮。

每個橋段的特技表演，我全心專注其中，毫無失誤，徹底將練習時的成果完美展現。

「織品！極品！We are NO.1！」口號亦十分響亮，幾乎要將體育館的屋頂掀開了。

最後，特技組Flyer手持科系名字和NO.1紙板，在音樂的最後一刻被撐上半空，全體Ending Pose。

數十秒的掌聲結束後，大家迅速集結整隊，揮著彩球並尖叫退場。

等各系皆表演完畢，我們聽完冗長的長官致詞以及評審總評，總算輪到期待已久的頒獎。

生命科學系因為特技動作熟練且新穎，獲得冠軍；音樂系是亞軍；織品系是季軍。除了前三名，尚包括幾個特殊獎項，其中娜娜的應用美術系，獲得最佳道具獎，果然是該系的專長。

頒獎結束，啦啦隊比賽正式告一段落，但各系學生仍待在體育館內，三五成群互相拍照留念。

「慶功啦，老師請客！」幾名班上同學纏著導師，她則一臉笑笑，不曉得會不會答應。

「辛苦囉。」小蘭走向我，興奮地和我雙手交握。

「真不敢相信，結束了。」滿腔情緒充斥著內心，有季軍的開心喜悅、未獲冠軍的些微失落，也有努力這麼久後，全於此刻畫下句點的滿足兼空虛感。

「小蘭！」畢魯學長燦笑著，拿著一杯手調飲料過來。「恭喜季軍，收下吧。」

小蘭道謝後接過，但糾結地望了身邊的我一眼。「學長又忘記小羽了。」

「小……羽？」學長一臉詫異打量我一遍。「哇賽變超正，我都認不出來。小蘭啊，妳沒跳真可惜。」

「人各有所長嘛。」她不好意思地笑道。「小羽比我強多了。」

「小蘭的畫畫能力也很棒，我們的好幾樣道具都是她設計的喔。」我也順勢捧回去，真心不騙。

「妳們都很厲害呢，但瞧我這金魚腦記憶，明明說好要一起照顧小羽的……不然，這飲料妳們共喝好了？」畢魯學長試著提出解套辦法，很快被別的學長一頭巴下。

「學妹很可憐欸！」

「我就……忘記了啊。」畢魯學長一臉無辜，我們忍不住被他的顏藝給逗笑。

「畢魯、小蘭學妹。」一道高挑的身影迎面而來，我不敢相信自己的眼睛，急忙低下頭。畢魯學長驚呼。「咦？阿恩學長怎麼會來？你們系不是在另一邊？」

「學長好。」小蘭點頭致意完，眼神悄悄地飄向我。

「順道過來。」阿恩學長簡短應著，目光轉了下，總算落在我身上。「小羽學妹？」

我不自在地將頭抬起來，相當不希望這身打扮讓他看見，但竟然還是被認出來了。「……阿恩學長。」

「害羞什麼啊，妳平常可不是這樣。」畢魯學長哈哈大笑。

「好看。」阿恩學長淺淺笑著，令我更難為情，接著他揚起手，將提著的飲料袋遞給我。「辛苦了。」

我為此受寵若驚。「送我？可——」我並不是學長的直屬學妹，甚至科系也不同。

「喔喔，學長對社團學妹也太好了吧？那小蘭的份呢？」

「你已經送了。」

「學長，我也喝不下兩杯。」我的耳邊，聽見小蘭小聲開口。

「啊，難怪學長剛剛問我有沒有買給學妹的飲料點心！」畢魯學長一個拍手，將事情連貫起來。「太感謝了，阿恩學長的解套救援，你果然是神隊友啊！」

「小羽學妹，收下吧。」阿恩學長不理會這段誇張化的說詞，見我還愣在當場，再將飲料朝我伸近一點。「見面禮。」

這下疑問的不只是我，畢魯學長更是大大地蛤了聲。

怕學長手痠，我趕緊接過他的愛心飲料。「謝謝學長。不過，你說的見面禮是……？」

「是小靜送的，她很想見妳一面。」阿恩學長說著，察覺什麼似的回過身，高高舉起他的手。

隨著他的目光，我看見一名身著連身花朵長裙的學姊揮著手走來，她的中長直髮綁成公主頭，隱約能看見上頭的蕾絲髮飾，搭配其裙裝更有一股說不上來的氣質。

「不好意思，剛剛和學妹聊太久了。」長裙學姊朝阿恩學長笑了笑，輪流對畢魯學長、小蘭打過招呼後，接著貌似從我手中的飲料推測出我的身分。「妳就是小羽學妹嗎？終於有機會見面了，妳好！」她熱情地同我握手。

「呃，妳好，是……小靜學姊？」

「賓果！」她笑著點頭。「小恩常提到妳，果然是個可愛的學妹。我們系的畢業音樂會終於有個進度，不用經常開會了，接下來社課我會和小恩一起來，請多指教囉。」

小恩？阿恩學長？

疑惑的我望向阿恩學長，他正看著小靜學姊，其所露出的溫柔目光令我無法直視。

「小羽……」小蘭的氣音在我耳邊提醒道。

我趕緊回神，回了個自認燦爛的笑容。「小靜學姊多多指教，不好意思剛剛有點放空，大概是跳啦啦隊太累。」

「呵，我懂。」小靜學姊甜甜地笑著，指向我手中的飲料。「喝飲料吧。我很喜歡這家的巧克力奶茶，喝了心情會很好喔。」

「真的嗎？不過，讓學姊破費了。」

「不會，小錢而已。」

「小羽、小蘭，拍大合照囉！」啦啦隊負責人的聲音在後方吆喝道。

「那，我們就不打擾，我和小恩等會也有事。」小靜學姊看出我們的兩難，很快開口道。

「學妹，我們先走了。」

「學長、學姊再見——」再見說到一半的我瞪大眼睛，目睹阿恩學長握上了小靜學姊的手。

「哈，明明就是約會還宣稱有事，學長姊很閃耶。」畢魯學長笑著調侃道。

畢魯學長本身就是愛鬧的性格，但阿恩學長和小靜學姊會被這樣拿來開玩笑，顯然並非最近的事。

小靜學姊露出不好意思的表情，再朝我揮了揮手。「小羽，下禮拜一社課見囉。」

揮手道別完，眼見小靜學姊依偎阿恩學長遠去的背影，我腦袋一片空白。

「小羽看樣子真的累翻，這是今天發呆第幾次啦？」畢魯學長拍拍我的背，將我推向小蘭。

「快去吧，結束後好好休息，學長等等也去找妳們拍照。」

「好，謝謝學長。」小蘭代表出聲，擔心地扶著我走向同學們。「小羽，妳還好嗎？」

「小蘭，阿恩學長……死會了？」緩緩道出這句已知答案的疑問，我知道自己的內心正湧進一大團烏雲，這片負面情緒正迅速掩蓋原先滿腔的複雜。

她愣了下，遲疑地點頭。

「妳早就知道吧？」

「對、對不起……」

原來，小蘭第一堂社課就知道了，因為那天阿恩學長和小靜學姊一起出席的。她得知我巧遇阿恩學長，還對他頗有好感的時候相當驚訝，本想道出事實，卻不忍心，怕講出口時也害我傷心。

「可是，妳應該講的……」晚痛不如早痛，已經陷進去了怎麼辦？

「真的很對不起，我不該隱瞞……」小蘭扭捏著，再度道歉。「可是……小羽的那位青梅竹馬，他的心意最近滿明顯，我以為妳會和他在一起，就……」

「苗煜東哪可能對我有意思，我對他也沒有。」我反駁著，覺得這一切太不真實了：大家自信滿滿的啦啦隊比賽，最終只獲得季軍；好不容易好像和阿恩學長拉近了距離，卻得知他已有女朋友……

彤彤學姊的「先來後到，沒辦法」，那句話忽然浮現腦海。

原來，那是代表阿恩學長已經和小靜學姊交往，即使是同系的彤彤學姊，也無法當第三者介入。

手裡的飲料袋，多麼沉重。

眾學生嗨了好久，總算開始散場。不一會，穿著紅色為主、黑色為輔啦啦隊服的娜娜迎面而來。

「娜娜，琇琇呢？」小蘭問道。

娜娜微聳肩，偏過頭，將視線落在館內正中央的喧嘩聲源處。「畢竟冠軍，看起來還很興奮，我們過去等。」

「好。小羽？」

「嗯？」直到小蘭喚了第二次，我才回神。「喔，走吧。」

「小羽去哪？」娜娜拉住我的手臂，那個方向是體育館出口。「我們先跟琇琇會合。」

「喔好……」我心不在焉地邊走邊滑手機，點開了阿恩學長的臉書頁面，他的感情狀態是空白——畢魯學長說過他不喜歡高調，難怪我一直認為他沒有女朋友。

不過，再仔細瀏覽學長的塗鴉牆，他不太發表文章，大多數是被標記上去的，但每則貼文仍有共通點——小靜學姊必會出現在按讚或留言名單裡。

啜飲了口小靜學姊送的巧克力奶茶，的確如她所言滋味相當好，然我的心情未能因此好轉起來。

「妳們兩個，怎麼完全不像季軍的表情？」娜娜難得主動提問，我們的樣子都太反常。

「是、是我的問題。」小蘭急忙開口，充滿歉意的目光瞄了過來。「小羽……對不起，妳還在生氣？」

將手機上螢幕鎖後，我搖頭，其實失落的情緒更多，然那並不是針對小蘭。「是我自作多情……」

「什麼意思？」

「one、two、down、up！」生科系宏亮的齊喊聲傳了來，他們以Ending Pose的姿勢大合照，表演組拍完了，後勤組也跟著加入，於是一身紅通通、相當醒目的娜娜被請過去幫忙。

「嗨——！」半空中的琇琇熱情地向我們揮著手，她正坐在苗煜東的肩膀上。

小蘭不好意思成為焦點，象徵性半舉起手回應，而我只是朝著他們輕點頭。

不知道是不是錯覺，總覺得苗煜東的表情變了一瞬。

總算結束拍照，娜娜忙著將相機和手機還給簇擁的眾人。而再一次的「one、two、down、up！」後，生科系的眾Flyer回到地面，止不住表情的興奮洋溢。

「久等了！」身著藍白相間啦啦隊服的琇琇飛奔而來，高高舉起她的手機。「來來來，我們一起拍照吧。」

「拍不膩啊。」娜娜不禁開口。

「好室友當然要合照嘛。」琇琇以自拍模式連拍幾張，不過似乎覺得不夠好，張望一會後，朝著某方招起手。「阿東——幫我們拍張照好嗎？」

「好啊。」苗煜東走來，因應琇琇的指示拍完，這次的照片成果總算讓手機主人滿意了。

「謝謝，這陣子也辛苦你了，我的好Base！」

「不會。」看著苗煜東交還手機，很快奔回系上同學行列，我總覺得各種詭異。

這傢伙……怎麼會有如此正經、不開玩笑的一面？

我正要和室友們離開，後面忽然傳來他的呼喊。「汪柔羽！」

才剛回頭，一個龐然大物被硬塞進我懷裡，那是冠軍獎杯。

「欸，很重！自己系的獎杯自己拿！」

大概是看我真的快拿不動了，苗煜東才接手回去。「不錯吧？我們冠軍喔。」

「我知道生科系冠軍，全校都知道，不用來跟我炫耀。」我沒好氣地說。

「我也知道織品系季軍，所以讓妳也感受一下冠軍的重量。」苗煜東嘿嘿笑著，一派輕鬆地單手抱那只我覺得很沉的獎杯。「看妳因為沒得冠軍很鬱卒的樣子，至少摸摸獎杯也好？」

我一怔，急忙捏捏自己的臉頰。不開心的表情，居然明顯到這個神經大條的傢伙都能看出來？

「才、才不是因為那件事，我得失心沒那麼重。」

「季軍欸，妳這樣是要其他沒得獎的系怎麼辦？」苗煜東笑道，上下打量起我。「果然……人要衣裝啊。」

「喂，我平常的打扮哪裡不好了？」我嘟起嘴巴抗議。

「除了以前學校制服，根本沒看過妳穿裙子。」

「我不喜歡裙子。」我搖頭，不願面對那段小時候被套上各種公主風洋裝的黑歷史。「行動不方便。」

「裙子不都這樣。重點是……」苗煜東忽地壓低音量，微彎身軀靠近身形相對矮小的我，聽清楚他在耳畔道出的話語後，我僵在當場。

「我去和室友聚餐囉，掰。」他很快拉開距離，絲毫不將那沉甸甸獎杯當作一回事，抱著飛奔而去。

「小羽，你們聊完了？阿東剛剛講什麼？」琇琇的聲音從後方漸近。

「小蘭，妳有沒有水借我喝？我覺得好熱、好渴喔。」我以手掌搧起風，完全沒回應琇琇。

小蘭一臉莫名其妙。「咦？喔好……」

「妳手上不是有飲料嗎？」娜娜皺了皺眉。

「這個……喝甜的解不了渴嘛。」

「小羽等等喔。」見小蘭翻找起包包，我搧得更加使勁，但降不了臉龐浮現的熱度。

剛剛，苗煜東這麼說：「穿裙子的汪汪，明明不錯看。」

以往的他不太正面讚美我，害我腦袋頓時當機，不知如何反應了。

七章 糾結之心

啦啦隊比賽正式結束，我總算能夠在七點準時踏進社團教室。

不過，新生的遲到狀況似乎相當嚴重。快七點半了，糖糖老師已將今天的新曲子教完，開始社員自行練習時間，但環顧四周都是認識的學長姊，沒見到我和小蘭以外的其他大一生。

「正常。」對於我的疑問，梅子學姊無奈地聳肩。「新生們因為啦啦隊練習，社課連續請假，就算現在不用練啦啦隊了，也不見得會再回來。」

「太久沒上社課，總會不好意思吧，人之常情。」補充開口的竹取學姊也是一臉莫可奈何。

「怎麼這樣……」我聞言有些失落，這麼聽來本屆新生只剩我和小蘭。

此時，有人伸來的手在我頭上揉了揉，是梅子學姊。「小羽別這個表情嘛，無法留住新生是社團吸引力不夠，明年招生再接再厲囉，我們反而很謝謝妳和小蘭留下來。」

「所以說，挺過啦啦隊比賽還待著的，就是社團正式新成員啦！」畢魯學長插嘴道，不知從哪翻出一罐台啤，高高舉起。「歡迎小蘭和小羽，乾了！」

「你別鬧，現在還在社課！」乖乖學姊起身去搶，早有預感的畢魯學長飛快抓起酒罐跳離座位，兩人失控地在教室滿場跑。

梅子學姊拍手大笑，一臉看好戲的玩味表情；阿松學長呵呵一笑，繼續彈他的吉他；竹取學姊試著想勸架，不過玩瘋的兩位學長姊根本沒聽見；彤彤學姊也打算阻止這場鬧劇，然而那兩人只是繞過她繼續玩我跑妳追。

「小羽，這段的演奏上有什麼問題嗎？試看看。」糖糖老師走近我問道。

我瞥了眼追逐的兩人，試著心無旁騖地吹奏完。

「很棒喔，前陣子學長姊輪流指導妳，效果很好。」

「謝謝糖糖老師。那個……」遲疑地望望仍在追逐戰的乖乖學姊和畢魯學長，他們都吵成這樣了……「不阻止學長姊嗎？」

「習慣了，他們常常這樣。不過妳很久沒來上社課，難免會傻眼吧。妳們小蘭可是一臉淡定呢。」

小蘭的雙手正持著陶笛但未吹奏，其視線正隨著學長姊的奔跑而移動著，表情好像有點羨慕？

「小蘭？」

「咦？啊，我沒發呆喔。」她急忙拿起陶笛吹，臉頰紅了起來。

這時，教室門被推開，小靜學姊和阿恩學長一前一後地進門，完全沒影響追逐的兩人。我自然地看向阿恩學長，他手提著大賣場的提袋。

「畢魯，你又在跟乖乖鬧什麼了？」小靜學姊似乎也見怪不怪，自然地朝在場眾人打起招呼。

「小靜學姊好久不見！」梅子學姊開心地揮手。

「學姊！」乖乖學姊暫停追逐，一臉抗議地迎向小靜學姊。「這個畢魯真是的，上課還那麼不正經……」

「好啦好啦，沒事。」小靜學姊拍拍她的背。「社課輕鬆一點沒關係。」

「就是說啊乖乖。」畢魯學長刻意跑到離門口最遠的白板位置才止步。「就叫妳別那麼一板一眼——」

「畢魯。」阿恩學長臉色一沉，畢魯學長見狀總算安靜下來。「都當學長了，別再幼稚。」

「學長對不起嘛。」

小靜學姊環顧大夥一圈，視線定格在我和小蘭身上。「看樣子今年是兩位新生了。我和小恩買了飲料，大家一起歡迎她們，也順便討論一下校慶的表演和擺攤。乖乖，上台主席吧。」

「好的，學姊。」

「那個……請問學姊，我們新生一起開會行嗎？」小蘭怯怯地舉起手。

「沒問題，妳們已經是正式成員囉，學長姊也很需要新血的意見。」小靜學姊俏皮地眨眨眼。

阿恩學長將袋子置於桌上撐開，裡頭是各種瓶裝飲料，眾人蜂擁而上挑選。我沒有動作，只是望著阿恩學長替小靜學姊選了瓶，學姊接過後，對學長柔柔一笑。

眼見這對情侶所流露出的氛圍，我心裡酸酸的。

「小羽學妹，剩妳沒拿。」

我回過神，對上阿恩學長的目光，他將僅剩的一瓶檸檬茶遞向我。

「謝謝學長。」接過後，我不經意看見他喝的飲料和我相同，心中又是一股雀躍湧上來。

接著，我無意間和彤彤學姊四目相交，急忙收回視線，旋開瓶蓋喝飲料，頓時有股心虛的感覺。

阿恩學長已經心有所屬，我根本不該再有所冀望，要像彤彤學姊一樣放下。心中明明很清楚，但……剛才又是為什麼，會因為一點和學長的巧合，而覺得開心呢？

難道，我的內心還放不下？但……這明明是場注定無望的暗戀，更是單戀。

校慶暨園遊會將在十一月初舉辦，社團將向陶笛師傅批發一些可愛造型的六孔陶笛，以吸引一定的親子客群；另外，為了真正感興趣、有心想學的顧客，社團也替他們批發數款音色不錯的六孔與十二孔陶笛。

校慶表演的位置，則是在司令台處的舞台區。我們決定表演耳熟能詳的卡通歌曲，分別是學長姊迎新時演奏過的〈龍貓〉，以及〈哆啦A夢〉。

「這次，我們練練看重奏吧，我有寫好的譜。」糖糖老師忽然開口，並為茫然的我和小蘭進一步解釋：她指的重奏，是運用不同調性的陶笛分部吹奏，沒有伴奏樂，卻能達到一定表現效果。不過，由於各部的樂譜不同，一起演奏的融合感與彼此間默契就很重要，因此難度相當高。

距離校慶所剩時間不多，也為了不讓新生過感壓力，最後決定以第二首曲子〈哆啦A夢〉來呈現重奏，〈龍貓〉則單純吹主旋律搭配伴奏樂即可。這次的校慶，將是我們新生的首度登台。

「小羽和小蘭都是第一次，負責主旋律就好。」糖糖老師安撫緊張的我們。「主旋律稍微快，但只要指法練熟就ＯＫ，而且這首歌旋律耳熟能詳，能很快上手的。」

「時間緊迫，先定平日中午或晚上練習，畢魯來統計一下時間。」乖乖學姊迅速下完結論退至一旁。

看來，像之前啦啦隊練習一樣，我們必須為了校慶表演，挪出時間練陶笛？同時也表示……我能在社課以外的時間，看見阿恩學長。之前雖是抄下餐旅系大四課表，下課後抽空晃過去，但總沒機會與阿恩學長來次「巧遇」。

悄悄瞄向學長的側臉，我不自覺地期待了起來。

統計結果，追加週二晚上，以及週三、四的中午時間。但週三週四織品系的課剛好較滿，我們必須下課後趕來活動中心練習，再迅速吃完午餐離開。

「咦？這幾堂課教授很嚴，小蘭確定沒問題嗎？」畢魯學長湊至小蘭身邊，偷看她的課表。

「可、可以……我和小羽同進同出。」小蘭緊張地開口，並拉我下水。

「還是以上課為主吧，有臨時狀況跟學長姊一聲就好。」小靜學姊微笑著，貼心說道。

「知道了，謝謝學姊。」我乖巧地應著，對這名學姊的感覺十分複雜。

我們盡量配合每次團練時間來到社團教室，偶有幾次晚到或早退，但大體上的出席率頗高。〈龍貓〉容易得多，將指法練順、能確實跟上音樂即沒問題，也因大家的譜相同，可以自己私下練習，因此我們的團練重點是〈哆啦A夢〉。

幾次團練後，三個分部各自吹順了，我們開始合起來練習，不得不說一開始的合奏實在是場大災難，非常容易被分部的旋律影響，導致吹錯，使得負責聆聽的小靜學姊頻頻搖頭——身為音樂系的她音感很好，難怪會是社團的顧問角色。

如同糖糖老師那天打的預防針，吹奏主旋律的我們能很快上手，進入合奏狀態時，只要專注跟著自己的負責旋律，就不容易被影響。隨著一再重練，練習次數多了，和學長姊的合奏默契總算愈來愈好。

多虧這段團練時間，與小薇學姊的互動機會也變多，雖然她本學期社課無法參與，但心仍在陶笛社，有好幾次的週二團練，是先和學長姊們約吃晚餐，吃飽了再一起練陶笛。

小薇學姊雖來自中文系，不過她的畫圖功力相當好，才擔任社團的文書兼美宣，迎新那天社員們戴的龍貓頭套正是她做的。為了校慶宣傳，她設計出漂亮的海報和宣傳單，我們練習的空檔，會在旁一起幫忙剪剪貼貼。

終於，來到校慶這一天，豔陽高照，是個大好天氣。

縱使私下練習已經完美無缺，但那與真正上台、被觀眾盯著看是完全兩回事，我和小蘭皆戴龍貓頭套、身著社服，在台邊準備區預備中，緊握著手裡陶笛，額上的汗分不清楚是緊張的冷汗，抑或天氣太熱的關係。

「一起加油啊！」畢魯學長完全不怕上台，一副老神在在的模樣。

「學長，我不像你那麼有台風。」小蘭臉色發白，抽出手帕擦起汗。「要是吹錯怎麼辦……」

「唉呀，妳可是我畢魯的學妹啊，肯定沒問題的。」他哈哈笑著，摸摸小蘭的頭。

小蘭低下頭，聲音還是緊張。「我、我會努力的。」

我在旁看著，莫名有點羨慕這對直屬學長學妹的互動。

「小羽，妳還好嗎？」小靜學姊的聲音傳來，我看向她，以及她身旁的阿恩學長，他們兩位一個等等才會上台，一個則在台下幫忙拍照和錄影。

「應該……還行吧。」我試著深呼吸緩和那份緊張。

「笑一個吧？」緊接著喀嚓一聲，反應不及的我被偷拍了。

「小、小靜學姊……！」我急忙抗議，擠過去看那張照片，幸好我的表情沒有太醜。

見小靜學姊興致勃勃地湊至阿恩學長身邊，和他一起分享剛剛的照片，我忽然接起來某條線索——迎新表演當天，拿著相機的阿恩學長被我撞到，接著有名學姊來接手拍照工作，那位就是小靜學姊吧……

再回溯到最初與阿恩學長的見面，他當時是暗樁型觀眾，剛好坐在我前面，印象中他身邊還有一名女生，更在學長上台表演之時錄起影來，顯然那位也是學姊。

他們，早在我來到F大前就開始交往，我……這個剛入社沒幾個月的小學妹，怎麼和學姊競爭呢？

「接下來，歡迎陶笛音樂社的演出！」聞司儀的唱名，我和小蘭不覺一驚。

「緊張吹錯很正常的。其實啊，我們學長姊也偶爾會這樣。」上台之時，梅子學姊在我們身後笑道。「重點是，好好享受妳們的第一次登台吧，小羽、小蘭。」

上台就位完畢，伴奏樂被播放出來，社員們隨著旋律輕輕搖擺，默契十足地開始吹奏。我完全不敢望向台下，雖然音貌似都有吹對，但清楚看見眼前的十根手指不斷發抖，總覺得這雙手完全不像自己的。

〈龍貓〉演奏完畢，我吁口氣，和大家一起齊鞠躬、拿下頭套。接著，阿恩學長和糖糖老師也踏上舞台。

我和小蘭、大二學長姊們吹奏主旋律的第一部，阿恩學長、彤彤學姊及糖糖老師是中音第二部，低音第三部是歲寒三友負責。深知這場表演重要，且是難得的與阿恩學長共台，我心中儘管多少有些緊張，仍拚命要求自己保持練習時的水準。

這是和阿恩學長的第一次同台演出，得要好好表現。

阿恩學長和糖糖老師的胸口另掛著另一支高音陶笛，糖糖老師負責前奏和尾奏的旋律，而阿恩學長在演出中間有獨奏，替整段表演增加層次感。

偷偷瞄向阿恩學長獨奏時的帥氣側臉，我覺得心情既喜悅，又有些失落，非常兩極。

升高三那年的自己，對阿恩學長一見鍾情，我因而立下決心考上F大、加入陶笛社，為了再與學長重逢。

心願一個個達成了，加入陶笛社的我，也未曾因跳啦啦放棄社團，而且最重要的目的——阿恩學長沒有畢業，我確實與他重逢了，甚至有過幾次令我心跳悸動的獨處⋯⋯

只不過，阿恩學長已有女朋友，等同我來F大的目標瞬間消失。

持續一年多的暗戀，儘管沒有彤彤學姊那麼久，但我很清楚，那股喜歡的感覺，是真實的⋯⋯

為展現獨奏而站出隊伍幾步的阿恩學長，此時重返隊伍，該回到主旋律了。我急忙按好指法，不過拍子沒抓準，只得先空按指法假裝在吹，整整空白兩個小節才接回來。後半段的演出恢復練習水準了，但⋯⋯這場與阿恩學長的首度合作，我竟然失誤了。

「好棒喔，大家！」我們下台後，前方傳來小靜學姊愉悅的聲音，她吆喝著社員們就定位合照。

「請路人幫忙拍，小靜也一起入鏡。」阿恩學長開口道。

小靜學姊不好意思地笑笑。「我可沒有上台。」

「但還是陶笛社的夥伴啊！」畢魯學長上前拿走相機，奔向行經的人群，很快發揮他的公關功力，找來一名阿姨幫我們合照。

我在大合照中努力露出笑容，拍好後，方才在台上的失誤與尷尬再度形成了陰霾，朝我席捲而來。

「好，擺攤囉！」畢魯學長依舊熱情，飛也似地朝攤位處奔了過去。

「終於結束了，我超緊張。」小蘭在我身邊說道，見我反常沒有回應，轉過頭才注意到我的表情。「咦，小、小羽妳怎麼了？」

「小羽？」人在前頭的梅子學姊回身走向我。「現在已經表演完了，怎麼還是苦瓜臉呢？」

「學姊，對不起……」我啞著嗓子開口，覺得語氣有點哽咽。「我吹錯了……」

她一怔，很快堆滿微笑，拍拍我的肩。「我不是說過，吹錯是正常的嗎？」

「可是，明明練習時表現很好，這下我變成社團的害群之馬……」失誤的低潮，或許還摻雜著那顆對阿恩學長的失戀之心，雙重情感夾擊，令我說著說著，淚水不由自主流了下來。

「小羽！」小蘭被我的失態嚇到，急忙翻起包包抽面紙給我。

來到攤位時，我的雙眼就像水龍頭一樣，源源不斷地湧出淚，這模樣肯定會讓學長姊相當錯愕，甚至影響到社團備攤，但……我也沒辦法，雖然自己的情緒來得快去得快，不過悲傷比較特別，一旦哭了，短時間是止不住的。

「小羽怎麼了嗎？」早一步抵達攤位的竹取學姊，一臉擔憂地跑過來。

「給她一張椅子吧。」我們進入空蕩蕩的攤位，梅子學姊攬著我坐下，要小蘭好好顧著我，接著她走向其他學長姊，似乎在說明我的狀況。

我不喜歡被眾人談論，低著頭，渾身非常臊熱，淚水還是停不下來。

「小羽，別……別哭了嘛。」小蘭不知該如何安慰，只能不斷抽面紙給我。

不一會，學長姊們的腳步聲接踵而至。

「真沒想到，小羽挺感性的嘛。」首先，是畢魯學長的音色，不想太嚴肅的他馬上被乖乖學姊斥責。

「正經點啦！」

「偷偷告訴妳，學長其實也有吹錯。」

「咦？」我吸著鼻子，錯愕地抬起頭。

「主旋律不是偏快嗎，中間某一句我的手指有點打結，就這樣含混過去了。學長加入社團一年還吹錯，小羽妳又是第一次上台，沒關係啦。」

我們第一部的旋律是同時的，事實上我聽不太出來，但聞此，似乎稍微獲得安慰。

「其實我也有。」有畢魯學長起頭，小蘭也怯怯地承認。「我的氣不足，好幾個長音沒能吹滿，換氣位置也不對。」

「感覺得出來，小羽很求好心切。」小靜學姊的聲音出現，她在我身前蹲下，我有股心虛感冒出。

「這沒有不好，我們系更刁鑽，教授對拍子、音準什麼的非常嚴格，所以我也得求好心切，連夢中都在彈鋼琴。」她說著，呵呵一笑，我曉得她在系上的主修正是鋼琴。

「今天這場不是正式比賽，輕鬆就好，別太苛求自己。」竹取學姊溫柔道，摸摸我的頭。

「別太在意結果，中間過程更重要喔。」乖乖學姊也說話了。「小羽團練沒缺席過，學長姊都有看到妳的努力和進步。上台偶爾會有突發狀況發生的，無法掌控的變數，就跟人生一樣。」

「小羽才大一，這些道理會不會太深。」小薇學姊微微一笑，捧著她做的龍貓頭套上前。「我們看優點吧，小羽的〈龍貓〉表演得很好不是嗎，所以要像龍貓一樣，掛著燦爛的笑容喔。」

「嗯……」又不自覺地淚水滴落，這次是滿滿感動所導致。

「怎麼又哭了。」小靜學姊見小蘭已用光她的面紙，無奈一笑，拿自己的一整包塞給我。「雖然你們好幾個都說吹錯，但第一部畢竟有五個人，大家失誤的點也不一樣，事實上，在台下的我聽不出來，瑕不掩瑜喔。」

「謝謝妳，學姊。」聞音感相當好的她這麼說，我覺得好過許多，輪流看向社團前輩們。「也謝謝學長姊的安慰……」

「小羽已經很棒了，比以前的學姊好很多。」小靜學姊輕柔地順起我頰邊的髮絲。「妳應該很難想像，但學姊以前啊，非常非常的沒有自信，也不愛笑。全要謝謝小恩，他幫我建立起信心。」

聽見阿恩學長，我心中再度湧現一股複雜的情愫。「……學姊是因為那件事，才喜歡上學長的嗎？」

在我臉旁的手掌頓了下，轉到我頭上一陣輕敲。「既然問起八卦，應該是沒事囉？」

「呃……」我一時語塞。

「發生什麼事？」阿恩學長剛剛一直不見人影，此時踏進攤位的他，手裡拿著兩支霜淇淋。

小靜學姊站起身，向阿恩學長迅速說明著，我再度垂下頭，不想讓阿恩學長看見我哭臉的樣子，就算現在眼淚不再流了，但雙眼肯定紅腫得很難看。

「小羽學妹。」阿恩學長終究走了過來。「還好嗎？」

我完全不敢抬起頭。「我沒事了……」就算還有事，為了讓阿恩學長快些離開，也得謊稱沒事。

「會融化，拿去吧。」

我一臉莫名地抬頭，只見阿恩學長將一支霜淇淋伸向我。

「學長，那不是……？」我狐疑地將眼神飄向小靜學姊，學姊則朝我聳聳肩，示意我拿去。

「哇嗚，也太好了！」畢魯學長湊過來嚷道。「那是每年餐旅系園遊會的招牌霜淇淋，要排超久的！」

「別多嘴，畢魯。」阿恩學長皺眉，瞥了對方一眼，接著他再度看向我。「吃點甜食，心情會好些。」

「謝、謝謝學長。」我小心翼翼地接過，舔了一口，那沁涼、充滿奶香的口感真的……「好好吃喔！」

阿恩學長朝我露出溫暖的微笑。「喜歡就好。第一次上台，別太執著小失誤，學長也是這樣過來的。」

「好，謝謝學長的安慰，還有霜淇淋。」

雖然不太應該，但多虧他，我的內心陰霾徹底消失了。

備攤事宜差不多後，阿恩學長和小靜學姊負責第一批的顧攤輪班，松梅兩位學長姊負責四處發放宣傳單，其他社員則鳥獸散去逛起各攤位。彤彤學姊忽然喊住我們新生，支開小蘭後，把我帶到一邊說話。

「小羽，妳還在喜歡阿恩？」她開門見山。

「對不起，但……」心情還停留在阿恩學長不久前的安慰，我實在好難割捨這段心意。

「妳啊，笨蛋。」她吁口氣，敲敲我的頭。「第三者，是會受傷的。」

「我知道的。」我遠遠望向攤位，看著阿恩學長吹陶笛以吸引顧客，而小靜學姊正以相機到處拍，也側拍好幾張男友。「我不會告白，只會這麼看著他。」這樣就好。

「這又是何苦呢？」

「反正等學長姊畢業了，到時候……喜歡的心自然會淡去。」想起這個事實，內心又是一陣翻攪。

「唉，真能這樣最好。」彤彤學姊語重心長地看向我。「壓抑好，千萬別讓妳的心失控。」

「我明白。彤彤學姊，我先去找小蘭。」我朝她揮揮手，自從得知彼此皆傾慕著阿恩學長之後，便對這位學姊不自覺地起了同理心。

其實，只在社團互動的我倒還好，和阿恩學長同系的她想必心情更難受吧。

我的手機鈴聲忽然響起，又是〈命運交響曲〉。

後方的彤彤學姊噗哧一笑。「小羽的手機鈴聲太驚人了。」

「哈哈。」我乾笑著，迅速接起。「喂？」

「汪汪快來，十萬火急，用最快的速度。」電話中的苗煜東語氣相當急迫，不曉得發生什麼事，接著他迅速報出體育館門口這個地點。「快快快，不見不散！」

「什、什麼啊？」我怔怔地看著他的通聯紀錄，這還是自己第一次被他切斷通話。

該不會真的發生什麼事了？

我立刻回電給他，但沒接，到底是什麼事情急成這樣？

我不放棄地繼續回撥，一面飛快跑到指定位置，但一時間沒能看見他的身影。正準備再打一次，他的人卻忽然從某根柱子後方冒出，那是我的視線死角。

「苗煜東，你——」

「這個超好吃的，吃吧。」那支眼熟的霜淇淋再現。

「蛤？你說很緊急，就是吃這個？」我瞪大雙眼看著他伸向我的霜淇淋，有股被打敗的無力感。

「對啊。」他一臉理所當然，又將那冰品朝我伸了伸，嘴裡津津有味地吃著另一支。「太陽那麼大，不快點是會融化的。欸，可別瞧不起這個啊，它不是一般的霜淇淋。」

「我知道，它是餐旅系的招牌。」我想起畢魯學長的介紹。

「呵，識貨喔。」他燦爛一笑。「手瘦了啦，知道還不快吃。」
「我……」正想說自己已經吃過，他卻猛地將霜淇淋的尖端塞往我的嘴。反射地抓住那冰品，我知道自己的嘴邊沾上一圈冰。「苗煜東！」
「白色落腮鬍，哈哈！」他指著我大笑。
急忙拿面紙擦拭乾淨，我大口吃起冰發洩憤恨。幸好上週生理期剛結束，這時多吃點冰大概無礙。「臭喵喵，你給我記住。」
苗煜東只是繼續嘲笑著我，我持續沒理他，不久後他沉默下來，安靜得有點反常。
「汪汪，妳……我剛剛有看見妳表演。」
「咦？你有來看？」我意外地看向他。
「路過。」已經吃完霜淇淋的他，朝我展現手機中的照片，裡頭的社員已將龍貓頭套取下，所以是表演〈哆啦A夢〉那時候的照片。
「你……覺得表演怎麼樣？」我緊張地發問，有些擔心他的回答。
「我是音癡，不太懂啦。」他聳聳肩道。「但我覺得滿好聽，妳加入社團進步滿多的。」
「真、真的？」我聞言十分驚喜，也頗訝異他如此坦誠地誇獎。
「懷疑啊？然後……」接著，他將下張照片我的部分放大，我的眼神正在偷瞄獨奏的阿恩學長。「妳還在看神隱學長？」
我驚嚇地朝四周看，所幸沒有認識的人，主角阿恩學長也仍在攤位。「不、不行嗎？關你什麼事。」

「學長是大四生吧？所以，明年的他就要畢業。」他正經地看著我，我當然明白他的言下之意。

反射性別開目光半晌，我才再度轉向他。「……苗煜東。」

「嗯？」他的眼神似乎沒離開我過。

「我……我想兌現。」我需要再找個人討論那件事實，室友們總是朝湊對方向走，無法諮詢。

他怔了怔，但沒多說什麼，只是點點頭，將手機滑至行事曆跟我確認時間。

擇日不如撞日，我們決定於校慶隔天出發。

社團攤位輪到我和小蘭顧攤時，正好是接近中午的熱門時段，學長姊安排班表時已考量到這點，因此還有三位大二學長姊一起幫忙，雖然不時會上演乖乖學姊和畢魯學長鬥嘴的戲碼。而阿恩學長和小靜學姊也沒有放風太久，大部分時間仍待在社團攤位協助。

這樣該算好還是不好呢？我是很高興看見阿恩學長，但小靜學姊也在就……他們這對情侶不太放閃，但從傳遞物品時的眼神交會中，即能感覺出兩人間的情意之深。

不同科系但感情很好的情侶，即使是同系的彤彤學姊，仍無法剪斷他們的羈絆。

別想了。我踏出攤位幾步，決定專心吹陶笛吸引顧客。心中是這麼想沒錯，但直到阿恩學長陪小靜學姊去買小吃而雙雙離開後，我才真正鬆口氣。

耳熟的旋律傳來，小蘭揚著我的手機從攤位內跑來。「小羽妳的手機。」

道謝後，我趕緊接聽。「喂，媽？」

「小羽啊，妳們學校活動怎麼多成這樣，一開始是啦啦隊，接著換期中考，然後今天說是校慶？」

「哈哈，對啊……」我打著哈哈，已能猜到媽媽打這通電話的原因。

「找天回來一趟吧，明明妳考上的是北部學校，怎麼回個家那麼難呢？」不出我所料。

「嗯好，我會回去啦，校慶後吧。不過明天不行，我跟苗煜東有約。下禮拜五晚上好不好？」

早知道別多說了。結果媽媽要我邀他一同返鄉，說是要為了我們，來場久違的親友聚餐。

「知道了，媽，但不一定成喔，總要人家有空吧。我要忙了，先這樣喔。」

電話那頭的聲音猛地被另道音色打斷。「姊——姊——」

是我那還就讀小學五年級的妹妹虹羽，全家人都喊她小虹。

「呃，小虹？妳不可以那麼沒禮貌，打斷媽媽講電話。」

「姊姊，妳什麼時候回家？小虹想妳。」

我不由得一怔，這個妹妹有那麼黏我嗎？「這……我剛剛跟媽媽說了，下禮拜五。」

「我知道了，下禮拜五喔，沒回來的話是小狗。」

只聽小虹笑著這麼回應完，便將電話還給媽媽。

結束這通來電後，我莫名升起希望日子過快一點的念頭，趕快到下週五，盡早和家人團聚。

顯然真的太久沒回家了哪。

「小羽？」小蘭拿著宣傳單在我眼前揮了揮，見我回神噗哧一笑。「發呆？」

「哪有，想事情而已。」

「……有關阿恩學長？」她遲疑地看看我，終究小聲問出口。

「我才沒有那麼花癡。」我急忙反駁，再說剛才自己的確沒想著學長。

小蘭拍拍我的肩，一副我明白的表情，似乎還夾帶著一絲無奈。「我覺得……好像能理解妳的心情了。」

原本想繼續辯解的我，察覺到對方語氣中的明顯異樣。「咦，什麼意思？小蘭妳——」

「陶笛社攤位歡迎參考看看，有很多可愛的造型陶笛喔！」她卻是揚聲喊起了宣傳用語逃避。

凝望她的身影片刻，我再度拿起陶笛吹奏，並盡力別讓回歸的那對情侶干擾我的心神。

連自己的事都處理不好了，要怎麼介入並幫忙朋友呢？

校慶翌日，枕邊的手機鬧鐘響了數聲，才被昏沉沉的我迅速關閉。

不過是校慶表演和擺攤活動，總共幾個小時的時間，竟然有休息不足的感覺。但記得娜娜是打工族，真正在上班的她想必更辛苦。

爬下床鋪，快速掃視過其他室友的床，我頗意外週日這天，以往賴床出名的琇琇，卻不知去哪了？

盥洗回來，外出準備完畢，這時忽地「叮咚」一聲，苗煜東傳來了訊息。

『早安啊～別賴床喔。』

『賴床的是你吧，我早就醒了好嗎。』我莞爾，回傳了訊息才踏出寢室。

「小羽早安啊！」進入餐廳，琇琇正迎面而來。

「琇琇，妳今天有約？」我驚豔地打量她的隆重裝扮：絲質小洋裝和高跟鞋，一副要去約會的感覺。「和男朋友對吧？什麼時候交的都沒說一聲？」

「才不是啦。」她笑著輕推我。「今天是系上女生聯誼，要跟T大的電機系高材生去KTV喔。」

我愣了下，再看看她的穿著。「這樣子去唱歌？我以為是去宴會。」

「當然要好好盛裝打扮，才有男生看見妳嘛，我該走囉……」

琇琇講到一半頓住，我順著她的眼神看去，發現正是走進餐廳的苗煜東。

她說過要把苗煜東讓給我這種話，不過這講法對應到我……喜歡的心意，沒那麼容易放棄吧？

「唷，早。何琇妳……」苗煜東看見琇琇，視線停留了一會。「聯誼打扮成這樣太誇張吧？」

「哪裡誇張，你們男生明明都愛看。」

「哈哈，也是。」苗煜東應著，手忽然湊到我頭上，又是仗身高優勢的一壓！「不像這傢伙，都不好好打扮。」

「喂！」真是，站在旁邊也中槍，我忙掙扎起來。「乾淨整齊就好，又沒礙到你。管我打扮幹嘛，我又不是跟你約會——」

苗煜東咦了聲，收回手，一副不敢置信的表情。「欸？我們今天不是約會嗎？」

「誰跟你——」

「你們今天要約會？」琇琇訝異的視線在我倆之間來回打轉。

「才不是呢，是這傢伙欠我的一餐。琇琇是不是該走了？穿這麼漂亮，要優雅地過去。」

「也對，我先走囉。」雖然，我覺得琇琇離開前的目光，還是有股覺得我們關係匪淺的誤會在。

琇琇曾經興致勃勃地與我分享她欣賞苗煜東的幾個優點，試圖說服我轉向，而我不予置評：

「阿東很高，在我們班數一數二。」

——如果他別老是用身高壓制我更好，且說到身高，阿恩學長比他更高。

「他有一雙會笑的眼睛，總是彎彎的很迷人。」

——這美化太過了，不是單眼皮、瞇瞇眼，看起來總是很想睡的樣子嗎？

「他很熱心助人，選幹部時主動跳出來當班代，做事效率也相當受師長同學讚賞喔。」

我最意外的，是他當自願當班代，不是推舉。至於做事效率，我就不確定了。

回到當下，我們已搭乘公車來到山下的商業鬧區，再走段路，抵達我指定的某間美式冰淇淋店。

十一月還是很熱，適合吃冰。我自顧自地吃起來，貪戀著每一口冰涼又美味的薄荷巧克力。

「……汪汪，妳要講了沒？」對座的他緩緩開口，他難得吃得比我慢。

「你不快吃嗎？會融化喔。」我望望他前方的香蕉聖代，看起來也相當可口，但想想……還是專心吃自己的就好，我們倆根本不是那種交換食物吃的關係。

「我不是問這個。」他抓起我握著湯匙的那隻手，阻止我繼續舀起冰。「妳不可能只為了吃冰才兌現，一定有什麼事情要說。」他總是這麼敏銳，能看穿我的心思。

「……苗煜東。」我握緊桌面的另隻手，正壓抑著情緒。「學長他，有女朋友了。」

他聞言呆住，慢了好幾拍才回我。「……現實，是殘酷的。所以，汪汪妳該放棄了。」

「為什麼大家都要我放棄？我做不到。」

問句中那個「都」字是誇飾了點，事實上，也只和彤彤學姊、苗煜東正式討論過這事而已。

「我喜歡學長的心是真的啊，沒那麼簡單就割捨。」

「汪柔羽，」苗煜東難得私下不喊我綽號，而是正經地叫本名。「不要當第三者。」

我咬著下唇。「我……我不能繼續看著學長嗎？我又不會跟他告白。」只要不告白，就行了。

苗煜東沉下臉，漠然地瞅著我，他生氣了？

他久久未說話，這樣僵持的氣氛讓我很不自在，但我的手仍被他握著，無法吃冰轉移注意力，而且那美味的冰也快融化了。

「苗煜東……你說話。」這樣的他，我覺得好陌生，又有點害怕。

他忽然鬆開對我的箝制，手伸上來朝我的頭一敲。「傻瓜。」

「會、會痛啦。」我突然結巴了起來。

「吃冰吧。」他表情回復正常了，一派輕鬆地再挖冰。「沒說不行，我也沒立場阻止，只是怕妳陷下去太深，會受傷。」

「我才不會。」我為此心中放心許多，習慣性反駁他。「不要一副很懂的樣子，你又沒談過戀愛。」

「誰說沒有？」

我心中八卦雷達旋即啟動。「咦？什麼時候的事？別那麼小氣講一下啊。」

「小時候的事不重要啦。」他滿足地嚥下嘴中的冰，湯匙伸了過來。「這個不錯吃耶，再給我一口。」

我急忙擋起他的意圖。「等——你剛剛偷吃我的？」

他呵呵一笑。「反應有點慢啊汪汪。別那麼小氣，好歹看在我出錢的份上，不然交換吃幾口吧？反正份量很多。」

糾結看一眼他推向我的那份聖代，我終究是敗給了心中的貪吃鬼。

不得不說他實在很會轉移話題，事後我數次想問他八卦卻老被巧妙轉走。

哼，放棄。這傢伙的八卦又關我何事。

八章　報佳音與陶笛營

由於交通不便，我和苗煜東儘管都是北部人，反而比中南部人的室友更少回家。確定苗煜東那個禮拜五也有空，可以一起回十分，媽媽再一次要我帶苗煜東回家，她也邀請苗媽媽和幾個熟識的親友、鄰居共進晚餐。

這些阿姨婆婆從小看我們到大，總將我們湊成對，那天甚至有阿姨詢問何時可以辦喜宴。

「阿姨別鬧了啦，我跟他怎麼可能。」我急忙否認，並用手肘輕撞隔壁的他，苗煜東卻是反常地沒說話，自顧自用餐，時不時誇獎哪道菜好吃，樂得媽媽不斷挾菜給他。

餐桌下方，我的腳踢過他好幾下，他總算看著我開口：「怎麼說都會愈描愈黑，還不如別解釋囉。」

是有道理。但不解釋豈不是代表……「苗煜東，你就這麼想跟我湊成對喔？」

他噗哧一聲，目光飄向同桌的親友團，我再度接收一連串的八卦視線。

這才意識到自己講了什麼。可惡，我又被陷害了！這個老捉弄我的傢伙哪可能對我有意思！

就算大一這段時間，他展現過好幾次稍微成熟的模樣，但……既定成見沒那麼容易扭轉。

讓我更訝異的是妹妹小虹，我們姊妹之間相差歲數大，也因此從小到大，我這個姊姊成了代替爸媽最佳的照護者，但我總覺得小虹幼稚、又頑皮，忙課業時也只能應付地陪玩，還被抗議要我認真點。

不過，這趟回家時，她比以前更愛撒嬌了，不管是拿飯後水果來塞我嘴巴，捧著她課堂的勞作成品向我獻寶，或是抱枕頭來我房間說要一起睡……會是太久沒見的關係嗎？我不禁開始覺得她好可愛。

不知不覺，我來到F大已將近一個學期。

陶笛社的下個活動是報佳音與交換禮物，我們早在節日前夕練熟了好幾首聖誕歌，並安排在聖誕節當週社課，走出教室，在校園繞境並吹奏陶笛，向行經的學生或師長道聲聖誕快樂。繞完校園後，我們再返回社團教室，進行刺激的交換禮物活動。

這次活動模式更加輕鬆，並因戶外放音樂不方便，阿松學長重拾吉他，擔任全場伴奏。

活動當晚正值寒流來襲的第二天，糖糖老師不知從哪借來紅色聖誕帽和鹿角髮箍，要大家戴上。我和小蘭都戴上鹿角，望著彼此呵呵笑，這樣更有節日的氣氛了。

我朝手心呵著氣，看向選擇聖誕帽的阿恩學長，覺得這樣的他依舊帥氣。

「We Wish You a Merry Christmas　We Wish You a Merry Christmas……」

我們原本規劃邊走邊吹陶笛聖誕歌，後來畢魯學長跟朋友借了小蜜蜂，直接沿途唱歌，我們的演出更引人注目，效果更加成了。

身邊有學長姊和小蘭陪伴著一起，連續幾首聖誕歌演奏下來，慢慢地我沒那麼緊張了，開始能享受其中，以及帶給行經路人耶誕氣氛的溫馨感。

「畢魯學長真的好會唱歌喔。」一曲結束，我們邊走邊喝水，小蘭雙眼發光地對我說道。

「對啊，前陣子的系上卡拉ＯＫ比賽他還得了名，而且長得帥又很會打扮，滿多女生都對他……小蘭？」我說著，有些介意她臉上不自然的紅暈，再想起剛剛的話題，不由得一陣驚訝。

「妳……莫非──」連忙壓低音量，看了眼前方繼續唱歌的畢魯學長，再轉回小蘭。

她的臉變得更紅，害羞地點頭承認：「就是那個『莫非』。」

「原來妳校慶那天，是指暗戀畢魯學長這件事……那，小蘭很有優勢啊。」訝異完的我開始替她分析。「他不但是妳的直屬，又同社團，平常也滿照顧妳的。」

小蘭微微點頭同意，但又搖搖頭。「我……不敢想那麼多。」

「畢魯學長沒女朋友，這點大家都知道。」不像我暗戀已久的阿恩學長早就死會。

她若有所思貌，皺起眉頭。「搞不好，他已經有喜歡的人了。」

「不會吧？」我反射答道，突然想起我們共同認識的某個人。「乖乖學姊？但，她和學長的互動是打鬧居多。」

「就跟小羽和苗同學，相處模式一樣啊。」她澀澀笑著，再度持起陶笛吹奏，跟上大家的腳步。

「我和那傢伙才不可能……」我喃喃抗議著，這段對話，便因為她主動結束話題而中斷。

結束報佳音的校園繞境，我們搓著凍得紅紅的雙手、縮緊身軀，迅速趕回社團教室，室內總算溫暖多了。阿恩學長較晚進門，他再度提著一袋飲料，這次是便利商店購買的熱飲。

「小恩真貼心！」小靜學姊燦笑著，接過阿恩學長首先遞給她的熱可可。

我沒來由地不想看這幕畫面。不行，該壓抑心情的，學姊人很好，我不該對她有所妒忌……可能因為我就在小靜學姊附近，阿恩學長第二個將熱飲給我，這行為又令我的心情飛揚起來。

汪柔羽，妳這人也太容易滿足，且陰晴不定。我內心自嘲著。

交換禮物活動開始，學長姊鼓吹糖糖老師最先抽號碼，看抽到誰的禮物，下一位即是那個人抽，依次輪下去，並且當場拆禮物，更具刺激感。

經過一番折騰後，小靜學姊抽中我送的巧克力禮盒，總算輪到我了，將取得之號碼牌翻至背面，赫然發現那是阿恩學長的禮物，我心中興奮尖叫，然不好意思太張揚，急忙裝鎮定地將禮物拆開。

是個很有質感的淺藍色資料夾，適合存放樂譜。

「謝謝阿恩學長，它好漂亮也很實用。」我抱緊它，開心地向贈禮者道謝。

「不客氣。」阿恩學長的笑容依舊。「恭喜學妹抽中它。」

接著，阿恩學長抽中的是畢魯學長的文具組，而小蘭的禮物行動電源，正巧被畢魯學長抽到。

「哇，我行動電源剛好壞了，謝啦小蘭，不愧是我的好學妹！」他開心地摸摸小蘭的頭，這令小蘭的雙頰又是一波紅暈。

我和小蘭的交換禮物是一起去挑的，當時小蘭僅淺笑著表示這禮物實用，在知道她的心意後，很顯然，送給畢魯學長正是唯一目的吧，她的運氣也很好，被心儀對象抽中了。

說不定這兩人頗有機會，至少，機率比我和阿恩學長更大。凝望這對學長學妹的互動，我默默心想。

坐在對面的小靜學姊剛拆開巧克力包裝紙，分了一半給阿恩學長。

唉，我還在奢望什麼呢？

結束交換禮物，社員們手捧戰利品拍張大合照，才相互道別，陶笛社的耶誕活動正式畫下句點。

甫離開社團教室，我的雙手沒多久便漸漸失溫，身邊小蘭也是雷同狀況，不由得同時加速腳步。

遠遠看清女三宿門口等待著的那人，我一陣訝異，懷著內心不解地迎上前。

「吼，汪汪妳也太慢了吧。」苗煜東雙手插在墨綠羽絨背心的口袋裡，一臉埋怨地走來。

小蘭沒聽見苗煜東對我的稱呼，只是有些意味深長地看了看我和他。「你們聊，我先進去。」

「別誤會喔。」我朝小蘭的背影提醒道，望向抵達我跟前的苗煜東，不太懂他為何而來。「苗煜東，我和你沒約吧？有事打電話或傳訊息就好。」

「妳根本沒看手機好嗎。」他無奈聳肩，目光瞄向我懷中的資料夾。「那是社團的交換禮物？」

我點頭並掏出手機，這才發現來自他的未接來電與訊息，那時間正在交換禮物，由於我手機轉震動模式，一直放在外套口袋，剛剛在室內脫掉了，完全沒察覺震動聲。

「大概活動太嗨，才沒注意到。有什麼事？」收起手機，我再度看向他，想像不出是什麼重要的事，讓他特地來宿舍門口等我。

「提前給妳，」苗煜東總算將雙手從口袋裡伸出，他兩手各持一只毛絨絨的橘色手套。「聖誕禮物。」

我十足驚嚇。「咦？我們之前根本沒有送禮的習慣……」再說這禮物也沒包裝。

「我心情好想送，高興吧？」

「……喂，送禮至少有誠意點好嗎。」

「別推託，快拿去。」他將兩只手套同時塞進我手裡，令我訝然的是，難怪他剛才把手套塞口袋，且這所謂的「禮物」刻意裸裝——口袋內能保溫，因此這雙手套全然暖烘烘的。

「苗煜東你……」我握住手套，一時間竟不知道該回應什麼才好。

「汪汪肯定沒準備禮物，不如妳在社團換到的送我好了？我正好需要。」他說著，作勢將手伸來。

「不、不行——」我急忙側身，擋去他的意圖。「我也要用它放社團的樂譜，你不能拿。」

「莫非那是神隱學長送的？」他看看我的反應，一語道破。

「不關你的事。」抱緊懷中資料夾，我賭氣道，討厭老是被他揭穿內心。

他搖搖頭，嘆口氣。「汪汪啊，這個我們不是討論過了嗎。學長死會了，妳只能放棄，不然會受傷。」

「我也回答過你，自己知道分寸。」我逕自繞過他，某方面來說也是逃避這個話題。

「汪汪，那我的禮物就先欠著囉。」身後傳來他的喊聲。

「好啦，臭喵喵。」這個人真是，完全送禮就想討回禮的心態。

「我不要資料夾喔。」

聞言的我錯愕回頭。「呃？」可他剛剛明明說……

「這次輪汪汪欠我。」他衝著我咧嘴笑道。「等我想到再告訴妳。」

「欸你——」哪有人討回禮還自己選的？

「汪汪晚安，快回寢室吧，外頭很冷。」他朝我揮揮手，轉身離開。

目送幾步，再望向他送的手套，我不自覺扁扁嘴，儘管收到禮物，卻還是被他吃得死死的。

解除大門門禁，準備踏進宿舍的我，再度聽見苗煜東的聲音。

「汪汪，先提前跟妳說，聖誕快樂。」

我回頭，他掛著淺笑凝望我，神情少了平常的戲謔。

「……嗯，聖誕快樂。」

期末考週結束後，正式迎來寒假，同寢室的夥伴中，娜娜早考完試返鄉了，再來是我和小蘭。

「琇琇，妳沒問題嗎？」小蘭出門前，擔心地望向還在寢室忙碌的她。

「沒問題啦，應該。」琇琇打著哈哈，從眾多雜物堆中抬起頭。

宿舍一次住滿一學年，如果未申請寒假住宿，不需要清空個人物品，只需擺放整齊即可，直到下學期開學前再回來。不過，琇琇原本的東西已經夠多，加上她到處跑聯誼、活動，她的姣好外貌獲得不少異性的關注與小禮物。而……不擅長整理的她，將那些東西放得到處都是，平時也就罷，然隔日即為舍監檢查的底限，期末考結束較晚的她欲哭無淚。

「娜娜一直要妳提早收，妳還是拖到現在啊。」我無奈地開口，有些同情她，不過我們系結束期末考的時間和她相近，因此幫不了太多忙。

「大不了，全部東西丟進箱子裡，藏起來。」琇琇將目光飄向預備好的大紙箱，打著這樣的主意。

「那是惡性循環。」小蘭低聲地道出事實。

「妳們不是要去趕火車嗎？快去吧，我會想辦法弄好的。下學期見囉！」

「琇琇再見！」

我與小蘭同行，一起參加陶笛社的下個活動寒假營隊，活動地點在十分國小，正是我的小學母校。另外，更巧合的一件事，社員們住的民宿，剛好是家裡營業的，我也拜託爸爸算我們便宜一點，這點他很乾脆。

真沒想到，寒假期間還有機會看見阿恩學長，這令我十分期待。

移動的火車上，我收到苗煜東的簡短訊息，他曉得在忙什麼，竟然申請了寒宿。

『不要陷進去。』即使未做額外贅述，我仍明白他的意思。

這點，我當然知道，直接已讀未回。

營隊的總召是阿松學長，竹取學姊是副召兼關主。經驗豐富的阿恩學長擔任顧問角色，會到現場但不會實質參與，將這活動放手給他們規劃。另外，因為社員人數不多，大四的小靜學姊和彤彤學姊在本營隊中也有職務分配。

我和小蘭除了對陶笛社的向心力，參加營隊的另個潛在原因很明顯——因為阿恩學長會去，所以我加入，推測小蘭也是類似的心情，這點我們兩人心照不宣。

這個寒假營隊，與十分國小的陶笛班合作舉辦，為了配合小朋友，因此大家好好地惡補了六孔陶笛。早學會指法的我只要回復手感即可，而從十二孔陶笛轉學六孔陶笛的小蘭較為吃虧，不過，即使私下抱怨指法很難，她還是順利練起來了。

營隊活動為兩天一夜，參與的孩童都是本地人，並為了安全取向，不讓小朋友在學校過夜。社團成員提前兩天到達我家民宿放東西，便浩浩蕩蕩前往十分國小。第一天走輕鬆路線，熟悉環境兼場佈；第二天是彩排，跑活動流程與討論確認；第三、四天即為正式營隊。

校園於寒假期間會開放，供本地居民運動，也因此，前兩天準備中的我們，與部分營隊成員的小朋友已先行見面過。然而，對我來說，這不只是初次見面。

「小羽姊姊——」好幾位大大小小的孩子，見到我興奮地蜂擁而上。

畢竟十分區就這麼大，家鄉長輩們彼此都認識，所以本地小孩幾乎是從小玩在一塊長大的，其中自然也有國小陶笛班的成員。

「小羽姊姊怎麼在這裡？」、「陶笛營的時候小羽姊姊會在嗎？」、「小羽姊姊的陶笛好不一樣喔！」

左一句接著右一句的小羽姊姊，讓我既開心又不好意思，擔心影響大家的活動預演進度。

「好啦，營隊時我會一直在，現在先去旁邊玩，小羽姊姊要先忙了，這樣明天你們才會開心知道嗎？」

「好——」頓時，鳥獸散去。

「學長學姊，不好意思。」我歉然地返回正與阿恩學長討論中的總副召身邊。「我們繼續流程預演吧。」

「小羽姊姊真受歡迎。」竹取學姊呵呵笑道。

阿恩學長也微笑看向我。「看來，小羽學妹的工作很適合妳。」

我在這次營隊擔任小隊長，要帶領五六位小朋友湊成的小隊跑活動，並注意安全與秩序等等，更像個小保姆。

我回望他的笑顏，內心怦怦直跳。「不過，這畢竟還是第一次，雖然很緊張，但我會努力。」

阿恩學長只是點點頭，給了我一個讚許的笑容。

十分陶笛營隊第一天正式到來，我們用《妖怪手錶》卡通主題曲，由畢魯學長引領大家跳早操，顯然孩子們都聽過，跳得非常嗨，最初甚至不需要特別指導舞步。

自我介紹、破冰遊戲後，營隊的第一個課程開始，糖糖老師負責的營隊合奏曲〈哆啦A夢〉教學，但由於教學對象是小朋友，這堂課不分部吹奏，只教主旋律。

課程結束，休息十五分鐘，換梅子學姊帶領眾人在中庭玩團康，全場孩子尖叫歡笑聲連連。由於我的身分是小隊長，也必須下海一起玩，一開始雖覺得彆扭與幼稚，不過沒多久即被孩子們的笑容所感染，跟著放開與玩瘋了。

午飯後，為讓小朋友保有體力繼續活動，我必須盯著他們午休。但是，有些較為好動的孩子，即使狀似趴著，卻一直偷睜眼看我，或者去干擾其他人的睡眠。

「安靜。」我走過去沉聲道，試著讓語氣嚴肅一點。「小昱，別鬧大家。」

這男孩是小學二年級，在家鄉出了名的調皮。他暫停止騷擾別人，眨著鬼靈精怪的雙眼瞧向我。「我不想睡，小羽姊姊陪我聊天。」

「不行。那閉著眼睛，不睡也可以。」

「不要——」他還想頂嘴，卻忽地迅速趴下，頓時乖了。

我困惑地看向窗外，是巡堂中的阿恩學長正巧經過，他不笑的時候確實頗具威嚴。

見他暫停在教室後門，我再瞥了眼全體孩童，全數皆乖乖趴著沒有動，我便輕快地走向他。

「感謝阿恩學長的相救。」我笑著，朝他作揖。

「相救，這話有點過頭了。」他因我的話與動作而恢復一絲笑意。

「學長，我是很真心地道謝喔，不然小朋友們都把我當大姊姊看待，有時候很難管秩序。」

「辛苦了。」

「不會。」我搖著頭，是真的不覺得累。「跟著小朋友一起玩很有趣，而且，我只是個小隊長，策劃整個活動的阿松學長他們一定更辛苦。」

阿恩學長一聲輕笑，沒有多說什麼，接著表示他得繼續巡視而離去。

我目送著他的背影，右拳握緊，緩緩壓上怦怦直跳的左胸位置。

不要陷進去，不行。學長的行為完全出自對學妹的關心，他已經死會了。

下午是大地遊戲，有三個關卡，這個部分也是我們小隊長較辛苦的地方，必須帶領小隊在校園到處奔走，至各關的指定位置挑戰關卡遊戲。我們也先預估了玩遊戲時間、跑關及到達時間，難免有誤差，但要控制別影響進度，否則就要真的「跑」關了。

我的小隊第二關來到小蘭負責的關卡，對上畢魯學長帶領的小隊，這個關卡是水杯吹乒乓球遊戲，添滿水的五個杯子連著排列，每個小隊員一人負責一顆，最快將全部十顆球吹進終點盆子中的小隊獲勝。球若中途掉出去，便得從頭開始，因此也急不得。

「加油、加油！」我在旁緊張地打氣，慢慢地差距被拉開了，我們這一隊略勝一籌，有機會取勝。

最後一顆球輪到小昱負責，他鼓著腮幫子吹了又吹，卻在乒乓球落進第三個杯子之後，狀況發生了。

球順利落進，但同時亦有別的什麼落進杯子中暈染開來。

「小昱！」我急忙拿出面紙替他擦，而他看見紙上所沾上的血紅，頓時嚎啕大哭。

血，小昱流鼻血了。

「怎、怎麼辦……？」關主小蘭也手足無措。

「小羽，送他去小薇那，我幫妳找小靜學姊接手小隊長。」畢魯學長很快反應過來，迅速發號司令，腦筋一團亂的我只能愣愣點頭照做，以衛生紙捲塞進小昱鼻孔後，急忙攬著大哭的他離開。

身後，隱約聽見畢魯學長指派我的另名隊員，接替小昱未完成的關卡。

「沒事的小昱，別哭啊……」

我著急地從操場另一端，奔回活動教室的營隊辦公區，小薇學姊以醫護兼後勤組的身分在這裡待命。

「小薇學姊，小昱流鼻血了！」我急急忙忙地衝進門。

她愣了下，被我的表情嚇著。「小羽妳別跟著哭啊，只不過是鼻血而已。」並趕緊為小昱做處理，柔聲安撫著，並輕輕替他按壓鼻樑。

「我……哭了？」緩緩將手摸上臉龐，我此時才發覺自己情緒失控，所以小昱才也跟著哭不停嗎？

匆忙抹過眼淚，我低著頭離開。「小薇學姊，小昱拜託妳了。」

在門外走來走去，我不斷深呼吸，欲使紊亂的心早些冷靜。

沒多久，我便見阿恩學長迎面而來。「小羽學妹？」

「阿恩學長……」糟糕，看見他之後，不由得又哽咽了。

他了解情況後，隨即進門向小薇學姊詢問狀況，不一會他走出來，朝我豎起大拇指。

「小昱沒事嗎？」我目眶噙著淚水，語氣些微顫抖。

「不要緊了，他大概哭累，現在已經睡著。」

我聞言總算放下心，頓時身子一陣酥軟，跌坐在地。

阿恩學長擔心地上前幾步，似乎想扶我，我只是搖搖頭，忙拭去眼角的淚，表示休息一下就好。

然後，我訝異地瞥見他也跟著我席地而坐。

阿恩學長往隨身腰包中摸了摸，取出一顆堅果巧克力遞向我。「來。」

我怔怔地望著學長手心的巧克力，再看向他，屬於冬季的微暖陽光，恰時透過薄雲灑落我倆，冬陽照亮他的頭髮、雙眼、臉龐……令他整個人更加耀眼。

「妳需要補充血糖，緩和情緒。」他淡淡地開口，見我還是沒反應，便將那巧克力放入我手心。

輕輕握緊那顆巧克力、放開，才將它放進嘴裡，感受到那甜蜜緩緩在口中化開，我心中的感動無以言喻。「……謝謝你，阿恩學長。」

「這沒什麼。」

阿恩學長的行為……即使他沒那個意思，卻是令我愈陷愈深，再這樣下去，我會無法自拔的。

「學妹喜歡小朋友，對嗎？」身邊的阿恩學長凝視著晴朗的冬季天空，忽然冒出一句。

「呃，喜歡……嗎？」我不確定他從哪裡推論而來。

「不然，也就不會在小昱發生狀況後，著急地掉眼淚。」

我渾身浮現熱意，看樣子是剛剛小薇學姊轉述的。

「……我有個小學五年級的妹妹，叫做虹羽。」沉默半晌，我輕輕地開口，阿恩學長聞言怔了下。「從小爸媽常要我多照顧她。她天真活潑，很好動，不過總是小孩子，有時候實在頑皮到不行，我老覺得她很幼稚。」

「但是啊，住校後，我反而開始懷念起在家一起玩的時光，幾趟回家，還發現她更愛撒嬌，整個人變可愛了。這真的很矛盾。」我暫停片刻，不自覺輕笑出聲。「我想，是身為姊姊的角色投射吧，不過小昱的調皮還是事實。」

「這就是……手足。」阿恩學長吁口氣，幽幽開口。「無論如何，血緣關係是不變的事實。」

我點頭同意，接著聽見他繼續說：「學長也有個妹妹。」

這樣的共同點，再次令我一陣喜悅。「我想，學長人這麼好，一定跟妹妹關係很不錯。」

「現在是不錯。」他笑了笑，看看錶之後站起身。「大地遊戲時間差不多快結束，各小隊該回來了。」

我也跟著起身，拍拍身子。

「小羽學妹，心情怎麼樣了？」

我揚起燦笑，大力點頭。「好多了，多虧學長陪我說話，我接下來的活動會繼續努力。」

「妳一定沒問題。」他回給我一道肯定的目光。

凝望學長，我笑著，內心澎拜不已。

大地遊戲後，全體隨著糖糖老師的帶領，吹奏過幾遍合奏曲〈哆啦A夢〉，最後在〈妖怪手錶〉輕快且活潑的帶動跳下，營隊第一天進入尾聲。睡過一覺的小昱彷彿把下午的意外忘得一乾二淨，見他開心無比地跳著舞，我也放心不少。

不久後，家長們陸續前來接孩子回家，該說的還是得說。

「小昱媽媽，真的非常抱歉，妳把小昱交給我們，但我沒能顧好。」簡單說明今日狀況後，我向對方鞠躬致歉。

「別這樣小羽，應該是這孩子愛挖鼻孔，玩遊戲一用力鼻血才流出來。」說著，小昱媽媽念了兒子幾句，要他好好謝謝我們的看顧。

「謝謝小羽姊姊。」躲在母親背後的小昱，探頭瞧向我並小小聲說完，即一溜煙跑掉。

「這孩子……」小昱媽媽匆匆向我道別後，忙追了上去。

我從校門口走回校內，小蘭旋即迎了上來。「幸好阿姨沒有太責怪我們。」

「畢竟，是認識的同鄉嘛。」不幸中的大幸。

社團夥伴們簡單地針對今日流程與意外做了檢討，其中畢魯學長臨機應變得當，頗受學長姊肯定。不過，他緊接著提出想買酒慶祝的想法馬上被駁回。

今日行程到此為止，社員們自行至十分老街區買晚餐與逛街，我熟門熟路地領著小蘭來到一間小吃店用餐，這裡是苗煜東他媽媽經營的店面。

「既然是自己人，就不要客氣了，這頓算阿姨請客，盡量吃喔。」苗媽媽笑咪咪地端上好幾盤菜。

「不好意思……謝謝、謝謝阿姨。」小蘭難以推卻對方的盛情。

「阿姨謝謝，這樣就好了，妳會把我們養胖啦。」我趕緊起身阻止似乎打算繼續加菜的苗媽媽。

「要吃飽啊，千萬別客氣。」她回望我，拍拍我的頭。「小羽該多吃點，那麼小隻、營養不良可不行哪。」

「……我知道，這些菜已經很夠了，真的。」雷同的話語，她跟苗煜東果真是母子。

我正準備回座，苗媽媽再度喊住我，語帶猶疑。「小羽啊，妳……知不知道小東在學校忙什麼？」

我聞言愣了愣，她則上前握住我的手。「如果是配合妳的行程，那孩子少回家我能理解，但小羽都回來了，他卻要到年假前才回來，我有點擔心。」

苗媽媽誤會大了。苗煜東分明是把握假日玩遊戲，才不回家，畢竟回來就得幫忙家中生意，哪可能是配合我。我敢肯定他申請寒宿也是相同理由，不過，因為他也沒向我爸媽告密考F大主因，我得還他這份情。

「阿姨別想太多，他可能另有安排吧，至少過年會回來啊。」好不容易哄騙完苗媽媽，我鬆口氣回座用餐。大概因為是唯一的親人與兒子，苗媽媽幾乎全心全意都關注著苗煜東。

冬季的夜晚來得早，老街的店面也與夜生活的都市截然不同，我和小蘭吃飽後，外頭已是一片黑，僅有少數幾盞街燈亮著昏黃的光芒。

一面閒聊一面返回我家民宿，經過十分國小的外牆時，耳聞一段熟悉旋律的我，頓時止住腳步。

「小羽？」

我示意小蘭禁聲，靠近牆邊一聽，果真沒錯，是陶笛聲，而且是〈永遠常在〉的旋律。

「我進去看看。」

「咦，小羽，但我想……」

我微微一笑，曉得她的意思。畢魯學長在解散前，吆喝著大家吃飽後回民宿玩撲克牌和桌遊，暗戀著對方的她肯定想跟。「小蘭，妳去吧。」

她聞言有些遲疑地看向我。「可是——」

「不然，『妳的』畢魯學長就要被搶走囉。」我笑著恐嚇她道。

「小羽好壞。」小蘭假裝生氣地嘟起嘴巴，朝民宿方向小跑步而去。

踏入校門，細細聆聽著那優美旋律，逐漸靠近，樂聲愈來愈清晰了，我好像猜得到演奏者是誰。

轉過彎，抵達中庭，我毫不意外看見阿恩學長正吹奏陶笛的背影。

此處僅剩中庭的燈光亮著，彷彿阿恩學長就站在一座專屬他的舞台、正被舞台燈光照射著一般。相同的樂聲持續中，我靜靜望著阿恩學長，將此刻的他，與當年暑假的他，兩幅畫面緩緩重疊。

阿恩學長，我喜歡你。微微動著唇，此話我只敢講在心中。

耳聞樂曲已進入尾聲，我不由自主地緩緩步向那道背影。

似乎是聽見腳步聲，剛放下陶笛的阿恩學長正巧回頭。「小羽學妹？怎麼來了？」

我指向他手中的陶笛。「被吸引過來的。」

學長點點頭表示了解，接著他忽然朝我輕輕彎腰鞠躬。

我被他的動作嚇到。「呃，學長，你這是……？」

「接下來，為學妹帶來〈永遠常在〉。」他朗聲說道，並再度拿起陶笛吹奏。

我記起那日，被學長姊慫恿表演的阿恩學長，原本欲依我這首指定曲演奏，然因沒有伴奏樂而換歌。

雖然此時此刻，依然沒有伴奏樂的搭配，但……萬萬沒想到，學長還記得這件事。望著他吹奏中的專注臉龐，我的眼眶微微溼潤。

一曲終了，阿恩學長再度對現場唯一聽眾的我行禮致意。

我慢好幾拍才回神並鼓掌。「阿恩學長，你真的好厲害。」

「畢竟，在社團待上三年半了。」他淺淺一笑，繼續說。「不好意思，現在才有機會表演給妳聽。」

我微笑搖頭。「學長，謝謝你記得，我真的很喜歡這首歌。」

「我也是。」

「因為《神隱少女》這部動畫好看嗎？」難得再找到彼此的共通點，我忍不住好奇問下去。

「感同身受。」

對於聞此答覆一臉不解的我，阿恩學長簡單說明，他以前就像動畫女主角一樣，為了生活而提前進入職場工作，當年的他尚未升高中。

「好辛苦喔。」反觀，國中畢業那時的自己做過什麼，我其實記不太起來。

也因此，學長才能將這首曲子之中，所蘊含的情感表現得如此極致嗎？

「不過，現在回頭看，反倒會感謝那段時光，也是個成長的契機。」

道出此話的學長，是多麼地成熟穩重，我又不自覺為他所吸引。

「……學長，你應該不曉得，我喜歡〈永遠常在〉的原因吧？」

他看看我，微微搖了頭。

「我曾經，被一個人用陶笛演奏的這首歌感動到，那是場……非常完美的表演。」我始終忘不了那天、那個午後。

學長聽到這裡，欣慰地揚起笑容。「那麼，學長也必須感謝那個人，多虧有他，才有學妹這名生力軍的加入。」

「生、生力軍？」我聞話有些害臊地撓撓頭。「今天的我太丟臉了，還勞煩學長安慰我。」

「明天，學妹會表現更好的。」

學長，謝謝你對我的肯定，我想告訴你……「學長，我……那個——」那個表演者，正是你。

「叮咚」，我口袋的手機忽然傳出訊息提示音，這在寂靜的夜晚校園中特別明顯。來不及拿出來確認，一連串的響亮「叮咚」聲令我尷尬無比。

「學、學長，呃……」

「快回吧，對方應該很急。」阿恩學長無所謂的樣子，再度持起陶笛逕自吹奏著走遠。

拿出手機的我大翻白眼。苗煜東，你是不是太會挑時間傳訊息了？

但我也得慶幸，幸好他不是打電話，不然那來電鈴聲更……

「苗煜東，都是你害的，破壞氣氛。」我懶得看訊息，直接打電話過去。「我原本，原本正想要——」

「要對學長告白？」電話中的他語氣一沉。「別鬧，妳說過不會。」

「才不是。」我急忙辯解，正想確認阿恩學長的距離是否會聽見，卻剛好看到小靜學妹提著飲料過來，便朝她點頭示意，也壓低音量。「只是想說，我被他的表演感動，才考上本校見他……」

「笨蛋汪汪，那能改變什麼嗎？」他涼涼地反問一句。「妳只不過是個觀眾，沒有其他互動，他不可能記得妳。」

「我——」無從反駁。我想，他說的對。

目光放遠，阿恩學長正坐在中庭的階梯上吹陶笛，小靜學姊靜靜地走過去，將飲料放下後，就這麼坐在他身旁近距離聆聽，她的側臉洋溢著幸福的微笑……

「……汪汪，汪柔羽！」耳邊猛地響起他的吼聲，我頓時驚嚇回神。

「你，不要那麼大聲啦，耳朵很痛！」

「是誰剛剛老半天都沒回話，看誰看到出神了呢？」他暫停片刻，沒等我回話，又繼續說下去。「糟了，妳根本沒把我的忠告聽進去，看來我得把妳從學長的泥淖拉出來。」

「拉？」我的確是不該繼續深陷，但苗煜東何時這麼雞婆，想拉我一把？

「下學期實行，掰。」再次由他切斷通話，我愣愣地盯著這段大約一分多鐘的通聯紀錄。

他究竟想怎麼做？

陶笛營隊的第二天傍晚，將以全體小朋友與社員的大合奏，為這場營隊畫下句點。表演位置和那時候一樣，就在十分老街鬧區街角處，那棵枝枒茂密的榕樹下。

一年半前的昔與今，當年那個炎熱的傍晚、精湛的聽覺饗宴，以及迷人的阿恩學長，歷歷在目……

「小——羽，這個高度可以吧？」梅子學姊一手按壓著樹幹上的手繪海報，一手朝我招呼確認。

我連忙自記憶回溯中回神。「啊？可、可以。」學姊則微笑點頭，要身旁的小蘭剪膠帶給她。「小羽這邊。」不遠處傳來竹取學姊的喊聲，她剛擺好譜架，正微調著音箱的位置。「等等阿松會播放伴奏樂，再請妳到鐵軌那頭幫我們聽聽看音量。」

十分老街的位置相當特別，道路中間由鐵軌貫穿，行經的火車速度緩慢，抵達前亦有警告聲，故沒太大危險性——無火車時人來人往，火車經過時人潮兩側散開，更成為本地的獨特景觀。

仔細聆聽後，我在頭上比了個圈，不一會某位同鄉婆婆喊住我，得知等會有表演，她讚賞地拍拍我的頭，熱情表示會帶孫子前來聆聽。

這時，喧鬧無比的童音漸近，其他學長姊們正領著小朋友過來，熟門熟路的幾個小男生跑得比領隊的畢魯學長更快，乖乖學姊則不住地喊著要他們注意看路。

沒多久，我的目光落在殿後負責壓隊的阿恩學長身上，他依舊如此耀眼，即使處於人群中，我仍輕易地捕捉到他的身影。小靜學姊暫停在我前方不遠處，她手持相機進行活動側照，鏡頭有幾度轉向阿恩學長，應該是偷拍男友吧……

「小羽？」肩膀忽地被一個拍擊，我因小蘭的聲音受驚不小。「咦，嚇到妳了嗎……」

「沒、沒事。」

我急忙拉走小蘭，她則看看我方才目光駐留的方向，再開口的語氣有些欲言又止。「小羽，難道妳……」

「我沒事啦。」心虛的我加快腳步，小蘭則驚呼著，被我拉得腳步跌跌撞撞。

旁邊的彤彤學姊順勢幫了小蘭一把。「小心點啊。不用急的，小羽，表演時間還沒到。」

我忽然想起學姊在園遊會的叮嚀。『壓抑好妳的心，千萬，別讓它失控。』不能再這樣下去了。

全體營隊成員的大合奏〈哆啦A夢〉相當完美，博得觀眾的熱情掌聲，陶笛營隊順利落幕，小朋友都離開，我們社員返回十分國小，進入心得分享時間。

我和小蘭投入活動不多，感觸沒那麼深，卻也因學姊們感性的分享，跟著紅了目眶。本來打算藉著這場合，向阿恩學長再次感謝昨日的鼓勵，最後還是將其吞入腹內。

畢竟太刻意了，又是面對當事人重述當時狀況，要是情緒再度失控會很麻煩的。

九章 暗戀的心意

寒假結束，迎來本學年的第二學期。這學期的科系選修多了晚上的課，幸好沒跟陶笛社的週一社課撞到，學長姊在選課時也都會將這個時間留給社團。

我一直不懂的，社團營隊那晚，苗煜東於電話中所說的話，終於在社團第一次上課獲得解答。

「小蘭小羽，今天有個新生喔，生命科學系的。」我和小蘭剛踏進門，畢魯學長便上前來。

「唷。」

甫聽見科系名，我已升起不祥的預感，當看見那個眼熟的人影在室內揮著手，先是一驚，接著不管身旁錯愕想發問的小蘭，立馬衝過去將他拉出去。

「你到底在搞什麼？」我沒好氣地問道。

苗煜東則聳聳肩，一派輕鬆。「之前說過，以防妳陷入學長泥淖囉。」

「加入陶笛社這個辦法？你不是宣稱『回宿舍』的嗎？」

他頓時哈哈大笑。「汪汪還記得喔？記憶力不錯。」

「你少給我轉移話題！」

他忽然正色看向我身後。「你好，學長，初次見面。」

我急忙禁聲，緊張回頭，卻發現根本不見任何人，頓時暴跳如雷。「臭喵喵你耍我！」

「從剛剛的實驗結果得知，這位病患汪汪的『學長病』確實不輕，要對症下藥。」他一臉正經開口。

「下你的頭啦！」

沒多久，阿恩學長和小靜學姊真的來了，我佯裝自然地與他們打過招呼，便跟上兩人腳步進教室。

「汪汪。」身後的他猛然拉住我，微微地朝我搖頭。「妳再這樣下去，只有受傷一條路。」

「我自有分寸。」我握緊拳，緩緩地開口，並瞪他一眼。「你少在社團捉弄我、害我沒形象。」

苗煜東噗哧一聲。「原來汪汪也有形象可言嗎？」

「你！」心中又是一團火冒出來，而這時忽然響起小蘭的聲音。

「小羽，要上社課了……」從教室門內探出頭的她愣了下，似乎注意到我和苗煜東相連的手。

我急忙甩開苗煜東的掌握。「好，我這就進去。」

正式開始這堂社課之前，乖乖學姊先要苗煜東自我介紹。

「大家好，我是苗煜東，可以叫我阿東，生命科學系大一，和這傢伙是同鄉。」站起身的他，說到最後一句，他的手順勢地壓上我的頭。

「不要壓我的頭。」礙於阿恩學長也在現場看著，我不敢隨意發脾氣。

畢魯學長吹了聲口哨，曖昧地輪流看著我倆。「有八卦喔。」

「學長請別亂說。」無法自在澄清的當下，有股很不像自己的感覺。

「阿東，所以你是被小羽影響，對陶笛也有了興趣？」乖乖學姊提問道，打破此時氣氛的微僵。

「這個嘛……」苗煜東意味深長地瞥了我一眼，令我頓時有點心虛。「算是吧。但我是音癡，不知道跟不跟得上大家。」

「陶笛，是個特別的樂器，其實算好上手。」糖糖老師簡單展現了段陶笛的音階指法。「既然有興趣，肯定沒問題。」

「那太好了，請老師和學長姊多多指教。」苗煜東微微一笑，朝社團老師與前輩們行點頭禮。

此時掛著笑容的苗煜東，其真實心聲為何，我判斷不出來，只覺得相當不習慣這樣正經的他。

眾社員自我介紹完，正式進入社課，糖糖老師先演奏一遍當日課程的樂曲，再指點幾處需要注意的小節，分段帶領吹奏後，即放手讓大家各自練。而對全新手的苗煜東，則是先教完基本指法，然後指定了我擔任他的個人小老師。

「糖糖老師——」我抗議出聲，希望她能換別的學長姊。

「小羽，妳已經有相當基礎，當小老師不會有問題的，而且教別人更容易進步喔。」她笑著，僅給我個加油手勢，未接受我的抗議，轉身去看其他社員的練習狀況了。

「唔……」內心相當糾結，我是願意以自己微薄的基礎教別人吹陶笛，但，對象可以別是苗煜東嗎？

「多多指教，汪汪老師。」苗煜東笑笑，附於我耳邊道。

我瞪他一眼，不敢亂開罵。他絕對是故意的！

「陶笛一共十三個音，剛才糖糖老師已教過指法了，只要記好每個音怎麼按，就可以慢慢吹奏好一首歌。」我耐著性子正經解說，和苗煜東之間從未有過這種互動模式，有股說不上來的奇怪。

「就和國小的直笛差不多嘛。」他拿著社團的練習用塑膠笛，笨拙地吹完中音Do到高音Do。

「呵，指法不一樣啊。」我因他的不熟練被逗得輕笑一聲，卻從他身上，看見了去年初進社團、勤練習的自己，從那時候到現在，我確實進步不少。「塑膠笛輕很多，不過音質沒那麼好，比不上陶製的。但如果你換成像我這種的陶製笛，就要先習慣它的重量——苗煜東！」

我被他的動作嚇得不輕，他竟然拿起我的陶笛，直接就著吹了起來。這、這……

「發生什麼事？」梅子學姊從練習中抬起頭，狀似要起身過來。

「沒、沒事啦，學姊不用過來，哈哈。」我狂擺手，打著哈哈要她回座。

Do、Re、Mi、Fa……

苗煜東再重複一遍剛才練習的音階，才將我的陶笛遞回來。「嗯，真的滿有重量的，還妳。」

「苗煜東，你、你……」拿回已沾上他口水的陶笛，我結巴著，不知該從何罵起。

「不過，陶製笛的音色是真的好聽很多，看來我也要登記買一支了，剛剛社長說過有團購吧……」眼見苗煜東自顧自地說話，彷彿剛才的動作是自然也不過的行為。

他這傢伙，難道不知道這是間接接吻嗎？

「汪汪老師，妳在發什麼呆？」他在我的眼前揮了揮，見我倉皇回神，笑著指向課本上高音的指法圖示。「這個我看不懂，吹給我聽。」

我瞪大眼睛，反射性想打他。

他裝模作樣地顫了顫身體，一臉無辜貌。「汪汪老師好暴力。」

我大翻白眼，有股自己在對小孩子說話的錯覺。

「你……先問糖糖老師，我要先去廁所一趟。」順便洗陶笛。

「帶著陶笛上廁所？」他馬上反問道。

「對，我喜歡陶笛，喜歡到要帶著去廁所，更喜歡在廁所吹，不行嗎？」順著他的說法胡亂接下去，我握緊陶笛逃出教室。

在洗手台迅速沖洗著陶笛，我發現鏡中的己身映像，其雙頰正泛起不該有的紅暈。

苗煜東只吹我的陶笛那麼一次，他向學長姊團購的草綠色陶笛，一週後到貨，不需再跟社團借了。

我凝望著手中自己的白色陶笛，心中有股奇異的感覺，明明已經洗乾淨了，但每每想起苗煜東吹過它，就覺得很不自在，好像吹奏的時候正與那傢伙——

嗯，我在胡思亂想什麼？

再看看坐在身邊的苗煜東，他出乎我意料之外，相當認真投入社團課程、很快便背好指法，此時正吹奏快板〈小蜜蜂〉中。上禮拜擅自拿我的陶笛吹後，他的正常表情和現在差不多，一臉無異狀……我自己是不是反應過度了？

「誰要吃你口水。」「從小不都這樣吃到大，現在才介意？」那晚吃泡麵的對話，忽然浮現腦海。

對嘛，又不是沒吃過他的口水，重點是陶笛洗乾淨了，還顧慮什麼？什麼都沒有。

看著本次社課的數字簡譜，我在心中如此說服自己道，發愣許久總算開始練習。

苗煜東這個人還算識相，雖是加入陶笛社，與我多了每週一日的社課互動，但他不會在社課期間白目，整個人收斂、成熟很多。我也因此慢慢放心下來，至少不會擔心形象破滅了。

在阿恩學長面前，我希望能保有良好的一面。

透過小蘭的轉述，室友們也得知苗煜東加入陶笛社，還相當投入的這件事。

「我就說吧，阿東對小羽有意思！」琇琇興奮地從床鋪直接跳下，向小蘭追問最新消息。

「地震了，琇琇。」娜娜翻著《海賊王》的最新單行本，眉頭微微皺起。

「欸，娜美別亂說，我過年可沒變胖喔。」琇琇埋怨似地推了娜娜一把，再轉回我和小蘭這邊。「我打包票，阿東只是害羞不敢告白，都這麼明顯了。」

我不禁笑出聲。「苗煜東這個人根本沒形象，哪可能害羞。」無法把這個詞與他兜在一起。

「小羽妳啊，是不是把事情想得太單純了？」

「單純？」笑著反問，我繼續將包包中的物品歸位，其中有份為這日社課後，我向乖乖學姊索取的〈永遠常在〉樂譜，不禁期待起之後的練習。「單純好啊，事情太複雜很頭痛的。」

娜娜忽地啪的一聲闔起她的漫畫，看向我。「咳，小羽。」

她只要不看漫畫，就是正經的時候，我不自覺地縮了縮身子。「喔拜託，該不會連娜娜也想來湊一咖？別再亂點鴛鴦譜了好嗎。我明明——」

「小羽，那個……」小蘭拉拉我的衣服，表情有些不安。「我暫時不會亂配對，但——」

「妳們，知道我怎麼喜歡上學長的嗎？」我制止小蘭的發言，決定此刻爆料這個祕密。

「不就是社博的時候嗎？」琇琇歪著頭回答。

我搖頭，在室友們的錯愕目光下，將那段充滿粉紅泡泡的回憶娓娓道來，整間寢室靜默半晌。

「……果然沒那麼單純。」娜娜凝望我，首先打破寂靜。

但，我解讀不出她的表情，此刻的自己只希望多個人認同我的心意，而不是一味地反對。

琇琇嘆口氣。「小羽啊，就算這樣，妳還是不可以繼續這樣了。」

「畢竟，阿恩學長已經有小靜學姊了……」小蘭也接著開口，我的坦承沒能改變什麼。

再度被這個事實戳中內心的痛，我彆扭地別過頭。「這點，我又不是不知道，我最清楚了……」

娜娜持續瞅著我，她充滿深意的目光讓我愈加不自在。

「我、我先去洗澡了。」低下頭，迅速抓了盥洗用具和睡衣逃出寢室。

「只能等她自己想通。」關門前，聽見娜娜的聲音這麼說。

想通，我又不是不想。呆站在門口好一會，我才緩步向浴室移動。

正因是真正的喜歡，這股心意，才無法說放就放，不是嗎？

苗煜東說過，為防我繼續陷進喜歡阿恩學長的泥淖中，這話和他加入陶笛社的關聯性乍看無關，但貌似有點幫助。再加上糖糖老師指派給我的小老師工作，我必須看顧苗煜東的學習狀況，好像已經有好一段時間，沒有好好地看阿恩學長了。音樂性社團的聯合活動「音樂祭」，也因為剛好在忙系上課業，刻意沒去參與。

這樣子……也好吧？也許，我暗戀他的心情，能夠這麼隨時間淡去。

期中考過後，某個沒課的下午，室友們剛好都有行程，不想一個人待在宿舍的我，決定在學校附近咖啡廳度過，這段期間，我配著拿鐵咖啡，看完了一本言情小說。

這本小說是喜劇收場，令我好羨慕故事中的男女主角。

失戀不能聽情歌，不能閱讀言情小說增添悲傷，單戀是不是也不該讀？我翻起與回顧著精采劇情，不禁心想。

咖啡廳的玻璃門被推開，清脆的風鈴叮噹響起，距離門口近的我自然地看過去，不覺怔了。

只有阿恩學長一個人，不過他沒注意到我，踏進內部座位區一會又微皺眉走出，顯然沒找到位子。

「阿恩學長，」我反射性地揚起手喊他。「這邊。」

「小羽學妹？」阿恩學長看見我，有些意外地走來。「只有妳一個？」

我點點頭，要他放心坐下。「學長也一個人？」

「小靜和教授談事情。」他放下背包，從中取出筆記本和鉛筆袋置於桌面後，便前往櫃檯點餐。

學長的文具走低調風格，都是較樸素的暗色系，也因此，筆袋上所掛著的一個彩色吊飾，相當突兀。

那吊飾怎麼愈看愈眼熟……不正是學長臉書大頭貼的那隻玩具花栗鼠公仔？可能怕摩擦到毀損，公仔先是整個包覆在夾鏈袋之中，才被懸掛於筆袋拉鍊扣的。

「學妹？」阿恩學長的音色忽然於頭頂響起。

我急忙從趴姿坐正，窘迫地抓起頭髮。「不好意思，學長，我只是覺得這個吊飾很可愛。」

他微微一笑，將托盤放下，上頭只有一杯黑咖啡。「那是小靜送的。」

心中，微微地被刺戳中。「難怪學長那麼珍惜它，不只隨身攜帶，還保護得這麼好。」

「嗯。」學長小心翼翼將吊飾扣取下，讓花栗鼠公仔連同夾鏈袋躺在掌心中，他那道端詳的目光，就和凝視小靜學姊的眼神一樣溫柔。「小靜送的，所以很重要。」

儘管坐在同張桌子對座，距離如此之近，我仍覺得學長離得好遙遠。

「……阿恩學長，我有個問題想請教你。」

已經將吊飾扣回筆袋的他頓了頓，疑惑地看向我。「社團的事？」

「和社團沒關係。」我搖搖頭，沉默好一會，放在腿上的雙手握成拳，終於緊張地啟齒：「我很想知道，學長是怎麼和小靜學姊交往的？」

阿恩學長一愣，似乎頗意外我這個天外飛來的提問。

不過，他沒有馬上回答，只是靜靜低頭看向那個花栗鼠吊飾，其溫柔的目光依舊，似乎陷入了過去的記憶漩渦之中。顯然是相當值得回憶的浪漫過往吧？

「當我沒問好了……學長如果覺得這個問題太隱私，可以不用回答。」我終究緩緩啟齒，給他一個台階下，內心隱隱的酸楚使我有點想哭。「真的只是好奇，因為學長讀餐旅系，學姊是音樂系，如果學長是和同系的彤彤學姊交往我還能夠理解——呃……」

我是不是不小心爆出彤彤學姊的祕密了？一時語塞的我，頓時僵在當場。

阿恩學長抬起頭，嘴角微微一揚。「這並不是什麼隱私。」

「那……」學長肯跟我說嗎？

「大一時，通識課的報告同組，我們是這麼認識的。」

「通識課？」這樣的初次相見還算尋常，但就我所知，通識課認識的外系朋友，通常僅該學期的緣分而已，未必會持續互動。而我通識課大多和跟室友同組，不過也結識了幾名不錯的外系友人，但因為本學期沒有共同課了，交集就此剩下臉書或ＩＧ的動態按讚。

對座的他點頭，撫摸著那個吊飾並握緊它，沉默好段時間。

「學長有個很重要的朋友，在準備報告的期間往生。」當阿恩學長終於再度開口，並輕聲道出這段話時，讓我不由得瞪大眼睛。「我打擊很大，也沒心情和動力做每件事，是小靜在旁安慰，陪伴我度過了那段時光，我才能走過。」

「學、學長……」我一陣鼻酸，不僅同情他的過去，更為了自己這份注定無望的心意感到哀傷。學長是怎麼喜歡上小靜學姊的，我頓時懂了，對人生黑暗期的學長來說，那段陪伴是很大的一股力量。

小靜學姊也提過，學長幫她建立自信的事，無論那發生在學長朋友往生的前或後，一個人會這麼幫助或陪伴另個人，一定有著相當的好感和在乎吧。

「學妹，我沒事。」他看見我的表情，忙遞張餐巾紙給我。「已經走過來了，別這個表情。」

「學長對不起……」我匆匆擦去湧現的淚水，嗓子有點沙啞。

「為什麼道歉？」

「我不該亂問的……」同時，這聲對不起也是對小靜學姊說的，我不應該隨便喜歡上她的阿恩學長……

討厭，眼淚怎麼一直流出來擦不乾？

「不是說過沒事了？」他無奈一笑，再抽幾張餐巾紙塞進我手心。

這時，阿恩學長的手機忽然響起，他從口袋取出看見來電顯示，很快接起。「小靜？」

我覺得更心虛了，勉力壓抑著情緒，匆匆忙忙收拾起自己的物品。

耳邊，從學長片段的話語得知，小靜學姊剛和教授討論完事情，正要過來找他。

汪柔羽，妳這個壞心的第三者，該退下舞台了。

「小羽學妹？」結束通話的阿恩學長，有些錯愕我的起身。

「學長，真的很不好意思，我臨時想起還有事情，先走一步。」

他狀似擔憂地跟著站起來，就算只是學長對學妹的關心，我還是不該接受他的溫柔。

硬擠出笑容表示自己不要緊，朝他揮揮手。「學長再見。」

我的暗戀、單戀，再見。

離開咖啡廳後，心中的酸楚愈加明顯，我沒命似地奔跑，希望能擺脫這股悲傷。

匆匆閃避於轉角，順利躲開了小靜學姊，我繼續跑，卻在沒幾步後，於學校對面的岔路，與路人來個狠狠相撞，害對方帶著的書籍散落滿地。

「妳這人怎麼轉彎還用跑的——小羽？」

我認命挨罵，默默幫忙撿，卻被那道耳熟音色驚得抬起頭。

是娜娜，看來她剛結束租書店的打工，順勢借漫畫回來。

心中的痛楚仍在，再加上相撞的身軀疼痛，又撞見熟悉的友人——

我忍不住當場大哭，抱上她。「嗚……娜娜……」

「小羽妳……妳是怎麼回事？」她也被我的失態嚇著。

娜娜就近帶我來到學校附近的小公園，讓我坐在長椅上休息，我一路上不斷哭著，她怎麼問我又搖頭不答，一籌莫展的她決定聯絡其他室友過來。

沒過多久，去聯誼的琇琇和去家聚的小蘭匆匆趕來，看來她們的聚會地點不遠。

「小羽是怎麼了？」琇琇詢問的聲音，緊接著是娜娜的無奈嘆氣。

「小羽？」小蘭走近，坐到我身邊，手輕輕拍起我的背。「妳還好嗎？出了什麼事？」

小蘭她，明明是和喜歡的畢魯學長家聚，卻因為我的事情特地趕來這……

當事人的我什麼也不說，室友們亦不知如何是好，只能靜靜陪著我發洩，並拍拍我的肩與背。

就這麼哭了好一段時間，我因淚水而模糊的目光，緩緩望向擔憂的她們。「大家，我……我想通了。」

「什麼想通？」琇琇一時沒能反應過來。

「暗戀學長的事？」敏銳的娜娜迅速猜中，我點點頭。

「小羽……妳決定放棄阿恩學長？」小蘭小心且遲疑地問，我再點頭。

「並投向阿東的懷抱？」琇琇接的這話令娜娜瞪向她。

「但是，小羽的反應不像真的放棄。」小蘭此話，令我再度滑下兩行淚。

「我會放棄的，再怎麼難受也得放棄……」我哽咽開口，想起方才和阿恩學長的對話。「我根本比不上小靜學姊，不可能有能耐介入她和學長……」

這件事實，多麼沉重。

堅持，又或者固執了這麼久，該是時候放棄。

「小羽，妳很棒，勝過自己的心。」娜娜拍拍我的頭。「主動放棄一段感情，是需要勇氣的。」

「我一點也不勇敢，不然不會這樣一直哭……」我不認同她的說法，緊捏著手帕，而暫擱在腿上、自己所製造出的溼透衛生紙團愈來愈多。

「哭泣，並不代表懦弱。」一向冷淡的娜娜，此時淺淺一笑，將我壓進她的懷抱。「小羽很勇敢，撐過去就沒事了。」

我急著想離開。「娜娜妳的衣服會……」

「不要緊。」我感覺到娜娜再摸起我的頭，接著又有另一隻手做相同動作。

「小羽乖，妳真的很棒。」是小蘭的聲音。「想哭，就盡量哭吧，我們在這陪妳。」

「琇琇，妳這種時候講什麼電話？」娜娜語鋒一轉，有些責怪的語氣，令我不由得身軀一顫。

「是重要電話啦。」回話的琇琇聲音相當無辜。「我打給阿東，說現在小羽需要他。」

「琇琇妳……」我急忙從娜娜懷中掙脫，看向剛放下手機的琇琇。「我有妳們就夠了，才——」

「阿東他人正好在附近，說馬上就到。」琇琇將手機收好，朝我走近，稍稍彎下身軀，漂亮的眼睛深深望著我。「小羽知道那是什麼意思吧？」

「我……不知道。」

「沒關係，等等就知道囉。」她嫣然一笑，緊接著投來的目光更認真了。「去過的聯誼數不出來了，我還是覺得阿東是個極品，他這麼好又專情，我只願意讓給好姊妹……啊，說讓也不對，一開始聽到阿東和妳是青梅竹馬，我就知道自己不可能了。」

「琇琇……」

「汪柔羽！」

我望向琇琇身後，苗煜東正朝著這邊飛奔過來，其表情是我沒見過的緊張。

他這是為我而來嗎？因為琇琇說的話……「我需要他」而來？

琇琇瞥了後方一眼，繼續說下去：「如果小羽沒和他在一起，我真的要動手搶喔。那我們走吧，別當電燈泡。」她朝苗煜東點點頭，便推著小蘭和娜娜離開。

苗煜東於長椅前止步，我視線對上他一瞬旋即低下頭，不知該怎麼解釋自己現在的樣子，唯有沉默不語，幸好眼淚差不多停了。

不久，他的雙手進入我的視野，將我腿上那些衛生紙團撈走，暫放長椅另側，最後在我身邊坐下。

「汪汪……妳，還好嗎？」他小心翼翼地開口詢問。

「嗯，還好。」我不自在地捏緊手中溼透的手帕，現在語氣蘊含關心的他，不像我認識的他。

「妳會哭成這樣，是不是和阿恩學長……告白，然後被拒？」

我搖頭。「我沒有告白。」也幸虧沒有。

「那，是……？」

「我問學長他怎麼和學姊交往的，然後……覺得我輸了，輸得很徹底。」我輕聲嘆息。忽然覺得，這就是人生：有高低潮，有起伏跌宕，有歡笑喜悅，自然也有悲傷無奈。

「所以，決定放棄學長嗎？也不繼續看他了？」耳邊，再度傳來他的提問。

「就算認真倒追學長，他也不可能會看我，小靜學姊是他的全部……而且，學姊人那麼好，她真心地愛護學弟妹，我怎麼可以這樣對她……」

再想起園遊會那時學姊的鼓舞，我忽地一陣鼻酸，即使自己和學長什麼都沒有，但這種第三者的心態實在太糟糕……思緒至此，我無地自容地，將臉埋進溼透的手帕。「該放手、就此打住了，雖然早就該這樣的。你和彤彤學姊、小蘭她們都說得對，我不能這樣陷下去，結果現在，心痛難過的是我……」

鄰座的他輕輕一嘆。「我早說過了。」

「嗯……你對。」放下手帕，我朝自己的額頭一拍。「千錯萬錯都是我，當什麼第三者嘛，變成這樣是我自找的。第三者，就是不應該，還有活該。」

「汪汪。」苗煜東的手忽然從我另側肩頭施加力量，將我的頭按在他的胸口。

「苗——」我一怔，當下直覺想掙脫，但因他的力氣太大而無法做到。「苗煜東你做什——」

「不哭出來嗎？」他的聲音，由於我緊貼著他，音量放大不少。「妳明明這麼難過，需要抒發。」

「我不要……剛剛已經哭過，眼淚流夠多了。」

「所以，不在我面前哭？」我莫名覺得他這句話另有玄機。

印象中，我們一塊長大，各種醜態都見過，但袒露悲傷這部分貌似沒有，再說我最在意的是……「你會笑我。」

「為什麼覺得我會笑妳？」

「因為我自作自受、我活該，不聽老人言——」

忽然，我的背感受到他的輕拍安撫。「傻瓜，我不會落井下石。」

我再一陣哽咽，似乎又要掉淚了。這個人，真的是我認識的苗煜東嗎？他莫名轉性，還是吃錯藥？

「既然難過，就好好釋放出來，多久都可以。」他繼續說著，手緩緩向上，摸起我的頭，這少有的溫柔舉止，就像催化劑一般，崩解了我內心那層最後的防備。

「苗煜東，你，很壞心……嗚……」洩憤地捶他胸膛，我咬緊下唇，真的在他面前哭出來了。

為什麼忽然這麼溫柔？為什麼不像以往一樣，對我惡作劇或是冷嘲熱諷？不要讓我露出這麼脆弱不堪的一面啊，為什麼——

「我啊，只會對妳這樣，只有妳。」他緩緩開口，安撫我的動作持續著。

那句話是什麼意思？

「阿東他一定喜歡小羽」，琇琇篤定無比的這句話，忽然在腦海中浮現。

苗煜東，他真的對我……？

如果這是真的，但他之前的行為又是為什麼？若真喜歡一個女生，不是不應該一直捉弄對方，導致反效果不就糟了嗎？就像阿恩學長，總是對小靜學姊那麼溫柔……

「嗚嗚……」感覺到眼淚愈流愈多，我不能再想學長了，說好的放棄呢？

苗煜東另手將我攬緊，順背的動作未曾停過。「都別想了，汪汪。好好哭完，明天又是新的開始。」

「嗚嗯……」我哽咽點頭，感受著他難得的柔情。

我這麼在哭累睡著、醒了繼續哭的迴圈下重複，不曉得經過多久，等情緒好不容易平穩，天色已經完全暗下，我的人仍在苗煜東懷裡。

「我……好了。」掙扎著欲起身，此時我的嗓子相當啞。「不好意思，讓你陪我這麼久。」

苗煜東沒有為此埋怨什麼，只是默默地攬緊我一會才放開，逕自替我收拾與丟棄那些衛生紙團。

「等等還想去哪裡嗎？」他走回來時，向我問道。

我看看手機時間，竟已是八點半，於是搖搖頭，儘管心中的確有個答案悄悄浮現。

「吃點東西呢？」

我還是搖頭，實在沒多少胃口。

「那換妳陪我吃吧。」他上前，自作主張地拉了我就走。

我順從著配合他，畢竟自己先佔據他的時間。冷靜下來之後，也對他濕透的衣服胸口處感到愧疚。

這個時間學生餐廳早結束營業，附近的餐館也陸續打烊了，只剩一間豆漿店，別無選擇。

原本我抱持陪苗煜東、自己不吃的心態來這，經他一再堅持之下，勉為其難地點了蛋餅和豆漿。

點完餐，他推著我入座。「吃東西也是一種發洩的方式，而且哭太耗神了，妳現在很需要補充血糖恢復體力。」

「妳需要補充血糖，緩和情緒」，阿恩學長也說過類似的話。

可、可惡，淚腺怎麼又……

我匆匆抽張餐巾紙壓眼角，一定被苗煜東看見了，他只是沉默下來，伸手按住我的肩膀。

我們這樣不語地，直至餐點送上桌，我佯裝自然地用起餐，努力忽視身邊的他投來的視線。

他總算收回按在我肩上的手。「……汪汪，如果想去哪裡轉移心情，我可以陪妳。」

不久前萌發的念頭，再度重回我心。

失戀的難過情緒，已發洩了一大部分，尚有那顆暗戀的心正等待抒發。

我突然好想去那裡。

「苗煜東，你明天早上有課嗎？」

他想了下。「記得……系上選修，不過教授不怎麼點名，很涼。」

「我要去個地方，陪我蹺課。」

他聞言笑出聲。「汪汪學壞了，居然想蹺課。好啊，我陪妳，去哪？」

我跟他說完，並約好隔日的一大早，搭早班火車前往。

翌日清晨，我起了個大早，這天早上的課是系上不算艱深的選修課，任課老師也不太管出缺席。為了去那個地方，我決定蹺掉這堂課。

享用早餐時，我想起昨晚回宿舍後，與室友們的對話。

我總算放下對阿恩學長的暗戀之心，這是件好事，但她們進一步關心後，皆相當意外我和苗煜東沒有因此在一起。

為什麼我和他一定要在一起？他又沒有告白。

假如他告白了呢？曾鍾情他的琇琇繼續追問。

這種假設性問題……我無法回答。苗煜東他喜歡我嗎？這個答案，我原本總是笑稱不可能，然經過昨天的事情後，我懵了。

不過，就和以往她們勸我放棄學長一樣，心態轉換後的我，再度面對這個湊對行為，還是選擇了逃避。老實說，我完全沒想過自己和苗煜東關係轉變的一天。

放棄深思下去，我加速吃完早餐，來到約定的宿舍門口，但看時間已是略超過約定時刻。這傢伙，明明約好了，竟敢睡過頭？

正想撥電話叫醒他，手機卻恰時地接收到一句他的訊息。

『學校後門見。』

我皺起眉赴約，不過無法理解他想做什麼。宿舍離後門近沒錯，但從那裡出發是繞遠路。

直至抵達靜悄悄的後門停車場，忽然有道響亮的鳴喇叭聲自外頭傳來。

那兒有輛銀灰色的摩托車，坐在上頭的騎士正是苗煜東，他掀起眼前的安全帽擋風板，朝我招手。

我訝異地走近他。「苗煜東，你這車……」

「雖然是二手車，不過好看吧？存超久的。」他自豪地拍著車頭，並將一頂白色半罩式安全帽塞進我懷裡。「上車，我們騎過去。」

「你有駕照？」

「嗯，寒假考到的。」

頓時，我明白了他申請寒宿的原因。「那——」

「問題很多耶，還不快上車。」

「喔。」我戴上安全帽，跨坐於機車後座，卻一時不曉得手該放哪裡。

被爸爸騎車載時，我習慣抱他的腰，但現在騎車的人是苗煜東……

於是，我握住車尾的扶手。

「這樣不安全。」他手伸過來，將我的手搭上他的腰。「抱好，安全起見。」

我還是覺得怪怪的，正欲放開，他卻忽地催起油門。「出發！」

因那衝勁嚇得尖叫出聲的我，反射性抱緊，他一直飆至路口才停下，戲謔地笑了。「妳還真熱情啊，汪汪。」

「什、什麼啦，還不是你騎那麼快害我嚇到！」我空出一隻手打他的背。

「所以我說，抱好以策安全囉。」苗煜東輕笑著，哼起了不成調的小曲。

純粹為了安全，我如此說服著自己，輕輕抱住他，此時，忽然有股熟悉的氣味竄進我的鼻腔。

「……苗煜東，你的沐浴乳是什麼味道？」

他頓了下，爆笑出聲。「原來汪汪對我的味道感興趣喔。」

「才不是呢！」我臉一紅，捏起他的腰——我知道他的腰部很怕癢，他抖著身軀哀哀求饒。綠燈了，他連忙正經要我別鬧，再度催油門，這次的速度沒一開始那麼快。

「薄荷口味啦，妳也想用？」他迎著風回答我方才的問題。

「沒。」果然沒錯，還剛好和阿恩學長用同款品牌。那時候練啦啦隊摔下來的我，迷迷糊糊中只聞到薄荷香，才誤以為救我的人是阿恩學長。「只是很意外，現在才知道。」

「妳不知道的事可多著呢。」他呵呵一笑，道出這句話。

「比如說？你之前說過談戀愛的對象嗎？還是……」我追問著，忽地有些茫然，沒想到我們認識這麼久，還真有好幾項對他不瞭解的事。

「欸，不回答嗎？」等過幾秒未聞他的回應，我不禁戳起他的背。

「妳剛剛有說話嗎？風聲太大沒聽到。」

「……算了。」突然覺得不好意思再問一次。

我們一路上各種閒聊，就是不說社團和學長的事，幸好苗煜東也識相沒提。

先沉澱一下心情也好，等到時候……再來好好面對。

從學校騎車至目的地，時間相當長，等我們好不容易抵達，已將近九點。

「時間剛剛好。」苗煜東收好安全帽，看向園區管制門的告示牌，開放時間從上午九點開始。

我們來到了十分瀑布公園。

雖是本地人，我已經很久沒來了，但小時候很常來，無論是和家人、和友人、和師長。

平常日的今天，時間才剛開放入園，除了我們不見任何觀光客，這樣正好。

步行好一段路，路上我和苗煜東沒特別交談，只是靜靜地走著，這段通往瀑布的人工步道，於林間蜿蜒，有上坡也有下坡的路段，多以下坡路為主。此時雖是初夏時分，不過早晨的樹林有股微微的涼爽，我嗅著天然芬多精，覺得心情舒暢不少，同時被勾起了兒時來此遊憩的記憶。

數十分鐘後，我們已能隱隱聽見瀑布的怒吼聲，沒多久便從樹葉縫隙捕捉到它若隱若現的倩影，看見目標以後，頓時來精神了，我不自覺地加快腳步，很快抵達觀瀑平台。

好久不見，十分瀑布，我凝視著她，在心中對她說道。

我喜歡這裡，不僅因為她的美麗壯觀，小時候心情不好時，只要來到此處，看著她，心靈便會被充分洗滌與淨化。

瀑布女神，現在，小羽又來打擾您了。

打開側背包，我從裡頭拿出當年為了學長所購買的粉色卵形陶笛，也聽見身後苗煜東咦了一聲。

朝著瀑布輕輕鞠躬，我吹起陶笛，演奏那段令我魂牽夢縈的旋律，〈永遠常在〉。

這首曲子，牽起我與阿恩學長的羈絆，以及我對他的傾慕與愛戀。

旋律繚繞耳邊，我憶及當年阿恩學長的表演，腦海中不自覺播放起跑馬燈，全是有關他的一切。

學長那雙漂亮的丹鳳眼，淺淺、卻讓人覺得溫暖的笑容，他親手做的美味餅乾，校慶時安慰我的霜淇淋，以及陶笛營隊那時的巧克力和送我的獨奏曲，他那令人感動不已的每次演奏——

我邊吹陶笛，回憶著這一切，淚水不自覺地滾滾而下，傷透了這段旋律。

「汪汪，妳別——」苗煜東想阻止我繼續吹奏。

我噙著淚水看向他，搖起頭，不願停下吹奏的動作。

「唉。」苗煜東清晰地嘆口氣，拍拍我的肩膀，無聲表示他會陪著。

繼續吹著〈永遠常在〉，一遍又一遍，眼淚不停地落下，我在心中緩緩對這段將近兩年的暗戀道別，在最後一個音用盡肺中的空氣，笛音止歇。

我喘過幾口氣，再深吸進一大口，接下來，是最後一道儀式。

「阿恩學長——」朝著瀑布大喊，不一會山林間響起了回音。

「我——喜——歡——你——」

「但，我不應該喜歡你，我會放棄的——祝福你，和學姊永遠幸福——」

回音迴盪著一遍又一遍，愈漸轉小，恢復原先的寧靜。

瀑布女神，謝謝您聽小羽發洩，抱歉打擾您了。

無力地蹲下身，我將臉龐埋進手心中，啜泣著。

「做得很好。」苗煜東的嗓音於耳邊響起。

就算形式上釋放了這段暗戀的心意，我還是怎麼擦都止不了淚水，忽然有張面紙被遞來我眼前。

「擦一擦吧，愛哭鬼，眼睛是水龍頭嗎。」雖是調侃的話語，他輕摸我頭的動作卻是無比溫柔，我再度被他感動——又或者是，自己太需要一個依靠，不由得大哭出聲，投入他的懷裡。

十章　交錯之情

好不容易，情緒徹底釋放了，但……記憶中，自己從未在苗煜東面前這樣狼狽過，還連續兩天，和他如此緊貼的尷尬，更是隨著時間的流逝而愈加浮現。

「汪汪，妳真的放下對學長的心意了？」苗煜東的音量，因我們之間的貼近，變得無比清晰。

我咬緊下唇，原以為止住的淚又漸湧出。可不可以別再強調這件事？

「……真的，不要懷疑。」這決定是痛苦的，不過我一旦下定決心，不會輕易反悔。

「那就別哭了吧。」他輕順起我的髮絲。

「……這是兩回事。」感受著他的碰觸，我默默閉上雙眼。

耳邊，聽見苗煜東嘆了口氣。「妳這樣一直哭，要我怎麼相信妳是真的放下了呢？」

「是真的，我只是——眼淚暫時停不了……」匆匆抹去再溢出眼眶的淚液，我繼續強調著，也同時說服自己。「我自己知道就好，要不要相信隨你。」

「妳就不能果斷一點嗎？這很重要。」

「重要？」

「當然重要啊，因為——」他猛地閉口，即將脫口而出的話便這麼斷了。

「因為什麼？怎麼不說完？」我抬起頭，他的表情因為背光而有些看不清楚。

「反正，妳趕快冷靜下來就對了，至少，這東西要處理掉……」

苗煜東猛地放開我站起，失去他的體溫依偎，我不由得縮了縮身軀，接著我看見大步走向瀑布的他，手中握著一只眼熟的物品——

探進包包確認後，我大驚失色，但來不及阻止，只見他使勁一擲，湖面激起的浪花令我一陣無力。

「苗煜東！你幹嘛亂丟我的陶笛！」

「與其觸景傷情，不如永遠別看見它。」他慢條斯理遞了張面紙給我。「又哭了，果然還沒放下吧。」

我摸起臉頰，才發覺自己再度流淚，忙慌亂地擦起來。「這——我只是克制不住……還、還有，就算那樣，那好歹是花錢買的陶笛——」

「我再賠妳一模一樣的不就好了？再說，我們平常上社課，用的又不是這種六孔笛不是嗎？」

——是沒錯。我望向瀑布，闔上雙眼，感受著此地的沁涼與寧靜，心中還有些小遺憾，不過似乎因為他丟掉陶笛的動作，有種真正解脫的感覺。

「……也好，就讓這份感情，永遠沉澱在這吧。一樣的陶笛，看了會難過，你不用賠沒差。」

「陶笛不會一樣。」

我不解地轉頭看他，他正與我相同動作地凝視瀑布。

「妳為學長買的陶笛，和我為妳重買的陶笛，本質是不一樣的。」

這句話，好像哪裡不太對勁？

「呃，苗煜東……？」

「心情好些了？回去吧。」他吁了口氣，兀自旋身離開。

「阿東他一定喜歡小羽」，回程路上，我再度想起琇琇的這句話。這幾天的跡象如此顯著：要是不喜歡我，怎麼會讓我在他懷中哭泣？怎會大老遠陪我來到這裡？又怎會……在意我是否真正放下？這些，都不是純友誼關係會做的，太超過了。

可是，我喜歡苗煜東嗎？我和他，長期相處的熟悉感之下，模糊了男女之間的界線。此時，我正式問自己這個問題，依舊是回答不出來。

山區的收訊及網路不太好，等回到F大，我拿出手機，只見一串未接來電，連上網路後，一堆訊息更是全數跳出，少數來自系上同學，大多是室友們的關切。

小蘭過度操心，很怕我歷經昨夜失戀的悲傷，今早又蹺課，會不會到哪裡去想不開等等，她想太多了。琇琇和苗煜東同系，因此知道他蹺課，於是樂觀地認為我們在一起，要小蘭不用這麼擔憂，而她的確是說中了。至於理性的娜娜，相信我不會那麼無知去做傻事，不過她隱晦提到小蘭似乎昨天也發生什麼，僅表示見面再講清楚。

看來是小蘭家聚的時候發生的吧，不曉得是什麼事。

邊走路邊看手機回覆訊息的我，忽地踢到地面突起而差點跌倒，被身後的苗煜東恰時拉住衣領順利搶救，雖然他有些刻意地提著我衣領一會兒，像把我當成小動物拎著的感覺。
「欸，救人可以認真一點，別這樣鬧嗎？」我扭起身軀想掙脫。「雖然，還是得謝謝你……」
「汪汪自己走路也沒多專心不是嗎？」他呵呵一笑，才鬆開我衣領。「誰傳的LINE？」
「我室友，小蘭好像有什麼狀況……」
「自己事情還沒處理完就在管其他人？」
「我已經沒問題了，可別小看我的決心。」儘管內心的惆悵還需要時間淡化。
「是嗎。」他若有所思。
抵達我的宿舍大門口，我向他揮手，也謝謝他願意蹺課陪我完成這個道別儀式。
他指指手錶。「汪汪，已經中午了，不一起吃飯？」
「你肚子餓的話先吃，我要回宿舍了解一下，還有準備下午上課的東西。」
「這樣啊，好吧。」
拿出門禁卡，我準備刷卡進入宿舍，身後卻傳來了苗煜東的喚聲。
「汪汪……汪柔羽。」
我回頭，困惑地望著他一臉正經朝我走來，愈來愈近，已經不是一般對話的正常距離，而是令人開始覺得壓迫。「呃……還有什麼事？」
他沉默瞅著我片刻，接著傾身向我，突如其來的擁抱，讓我腦袋頓時空白。
「你——」
「我喜歡妳。」他在我耳邊說著，輕柔的低喃，卻又如此清晰。

我呆愣片刻才將神智找回，急忙雙手推開苗煜東。「……等、等一下。」

「我不想等了。」他開口，作勢又要抱過來，我趕緊揚手制止。

「苗煜東，拜託，我現在不想聽你開玩笑，至少這種事情不行。」

「開玩笑？」他語氣一轉，迅雷不及掩耳地握住我的手腕，將我的掌心貼上他胸膛。「看著我、感覺看看，妳覺得是玩笑嗎？」

抽不回手的我，埋怨地朝他使眼色，卻看見他的目光直勾勾瞧著我，眼神深邃、熾熱，蘊含著柔情，甚至能看見他瞳仁中倒映著的，我的影像。我很快別開視線，手部的觸覺清晰地傳遞過來……

我能感受到他胸膛下那急促的心跳震動，他在緊張，至於為什麼他會緊張——

「汪柔羽，我喜歡妳，現在相信了嗎？我很認真。」他一陣施力，再度將我拉入懷抱。

他是真的在向我告白，告白！

稍早前才猜中他的心意，他的告白又來得比我想像中快且突然，我還沒釐清自己的心啊。而且，許多小說故事都是這樣編劇的：因為不願打破彼此的關係平衡，使得一對相互喜歡的異性好友這麼錯失彼此，又或者其中一方僅將對方當作朋友，於是雙方友誼因告白而瓦解了。

琇琇昨晚的假設性發言成真，苗煜東告白了，可我……依舊不知該如何應對才好。他這個人雖然常有討人厭的話語和行為，有時卻相當敏銳與細膩，尤其是這幾天……不只是青梅竹馬的關心，而是因為喜歡我才這麼做吧。

我和苗煜東的互動，打打鬧鬧是慣例，但——每次吵過頭時，他都是第一個賠罪和低頭。也呼應了這句話：吵架後先道歉的那一方，是最看重這段關係的人。

我們之間的平衡自兒時維持到現在，今天……會不會因為這個告白，也變成漸行漸遠的例子？

我不知道，但不希望那樣發展。

「同學啊，別在宿舍門口放閃好嗎？」舍監阿姨的聲音猛然響起，我們嚇得迅速拉開距離。阿姨皺著眉頭，揮揮手要我們到偏僻的地方，我陪笑點頭，她才叨念著關門入內。

「呃，那個……」目送舍監回宿舍後，我尷尬地看向苗熤東。

「走吧。」苗熤東的手伸來，牢牢握緊我的手，帶我離開宿舍大門。

雖非第一次被他牽著走，但心態不一樣了，開始覺得彆扭。

我們來到校園靠近後門的偏僻地帶，並肩坐在長椅上，我盯著對面的造景樹木發怔，再瞥了眼我倆緊緊相連的手，而身邊的苗熤東，表情看得出有些緊繃。

「苗熤東，為什麼你會……」我當場語塞，不好意思講完後面的話。

「為什麼喜歡妳嗎？」見我點頭，他揚起苦笑。「很意外，對吧？」

再一個點頭。「嗯，其實我……從沒想過，雖然這幾天有點猜到。」

「我是真的喜歡妳。」他再次強調道，手握得更緊。「很久了，大概……小五開始的吧。」

「咦?!」

「更小的時候，我們感情很好，還會手牽手上學……」

在我的訝異表情之下，他緩緩道出我幾乎已淡忘的兒時記憶。我們從幼稚園時期開始密切往來，不覺得有什麼問題，但隨著年歲增長，開始出現同儕間的瞎起鬨和送作堆。我很受不了，而他為了平息大家的八卦，決定把互動方式轉變為打打鬧鬧。也為了長時間維持互動，他透過各種旁敲側擊，高中、大學的學校皆跟從我的選擇。

只不過，去年新鮮人入住那時，知道我暗戀學長的事情，他覺得該展開行動了；不過他也很清楚我一旦下定決心就難以轉念的個性，決定守在我身邊，至少我受傷的話能有人陪伴與安慰。

「對男人婆沒興趣，這不是你說的嗎……」我依舊震驚著，從過去的一些對話翻出矛盾處。

「呵，那當然是反話啊。」他輕笑一聲，另手伸來摸起我的頭。「妳開朗、活潑，做事全力以赴、有責任感，也很替朋友著想，我喜歡和妳相處，每分每秒都很開心、自在。男人婆什麼的都是假的，妳最可愛了，我好喜歡這樣的妳……」

「別、別說了。」他的動作已經夠讓人害羞，緊接著的長串讚美，更是令我一股熱意竄上臉龐，腦袋也跟著當機。「呃……所以，你的那些話和動作——」全是避免誤會，而刻意說的反話？事到如今才揭曉，真的讓人好混亂。

「嗯，全是反話。只是，有時白目模式做過頭了害妳不開心，這點我很抱歉，以後絕對不會這樣。」

「以後……」我看向他，愣愣地重複道，腦袋還沒完全吸收這段話。

「交往以後，我會好好對妳，那些動作都不會再出現。」他微微一笑，將我的手貼近他的臉龐。

我因他的動作嚇了一跳，急著想抽開。「苗煜東，我……你別這樣。」

「太快了嗎？抱歉。」他將我的手放下，但仍握著。

我不敢面對他眼神中的期盼，於是別開臉，同時趁他稍微放鬆時，將手抽離。「對、對不起……」

「為什麼要說對不起？」他雙手按住我雙肩，逼得我不得不面對他。

「我還不清楚自己的心，而且我真的沒想過你喜歡我，所以，我們……先保持朋友關係好不好？」或許，朋友這詞只是個推託，或是搪塞，告白之後很難繼續原本的純友誼吧？

「汪柔羽，我不想這樣下去，才終於踏出這步的。」他搖頭，眼神有些受挫。「妳不是放棄學長了嗎？」

「才剛放下學長，我怎麼能馬上和你交往？那樣好膚淺。」

而且，也代表我對學長的心不夠真誠——我不是那種人，我相信不是，所以我不能答應他的告白。

「妳覺得，和我在一起很膚淺，是這樣嗎？」他搖起我，語氣蘊含壓抑中的激動。

「不是……你不要曲解我的意思。」

「妳知道嗎，開啟一段新戀情，是忘記情傷的最好方式。」他緩緩開口，目光中夾帶著小心翼翼，以及些微的期待。「所、所以……」

「那不適合我。」我搖搖頭，掙脫了他的掌握並跑開幾步。「我只需要時間來沖淡。」

「我以為……妳願意被我安慰，是種暗示。」來自苗煜東的腳步聲由後靠近，他的話語帶有試探。

我因他的話升起一股沒來由的悲從中來，那是放下對學長心意的感傷吧，也意謂著我沒有徹底放下，這樣的我更不該接受苗煜東的心，那樣也對他不公平。

「脆弱的時候，都需要有人陪。」我輕抹眼角的泛淚，繼續背著他說。「苗煜東，這兩天，謝謝你陪我。」

「妳知道，我要的才不是一句謝謝。」他的語氣有著隱約的惆悵。

「對不——」

「更不是道歉啊。」他一把拉住我，硬是將我轉向他。「妳對我，真的沒有半點喜歡？」

我緩緩搖頭，當真不知道自己的內心。

他的目光閃爍著，手勁緊了又鬆、鬆了又緊，最後完全放開。「原來，一直都是我一廂情願嗎……」

「害你有所期待，真的很對不起。」我還是道歉了，深深覺得道出這話、這樣的自己像個壞人。

我提步走開，沒幾步又回頭看向呆站原地的他。「苗煜東，我們……還可以繼續當朋友。」

「……朋友，嗯。」他遲了半晌才啞聲回應。

他這次的語氣中，惆悵更是藏不住了。

我們，還可以繼續當朋友……嗎？

雖然剛剛那樣對苗煜東說了，但想像起未來與他一如既往嬉鬧，彷彿告白這事從沒發生過時，還是覺得不自在。說比做更容易，真要實行起來，好像……有點難啊。

跟小說中常有的好朋友告白劇情一樣，一旦那道平衡被打破，結果相當兩極——不是交往就是變陌生人。失敗的告白，宛如一道利刃般，切斷了異性好友間維繫已久的羈絆。

苗煜東不想繼續朋友關係，才決定向我告白，但沒料過我沒有答應，至於我們兩個今後該怎麼互動——

我實在不知道。

腳下的步伐愈來愈快，但他明明沒有追上來。還是說，我自己想逃避些什麼呢？

滿腔的情緒綳緊著內心，就像漲滿氣、已達極限的氣球，隨時會砰的一聲爆破，我……究竟是為什麼覺得難受？既然釐不清，那麼婉拒告白是最適當的選擇，不該為了不打壞關係而答應他。

所謂接受他，應是兩人心意相通的情況下才算吧，他對我的情感如此之久且深，我不能衝動下決定。

返回宿舍前，我為了轉移注意力而繞去操場跑步。在初夏正午陽光下，我很快便大汗淋漓，一圈緊接一圈，心臟部位愈漸發疼……我刻意不去看跑道附近的那棟建築——大禮堂，我和阿恩學長的正式認識時間地點。

陶笛已被丟棄，也進行過告別儀式，為什麼依然覺得內心緊揪？還有，果決替我丟掉陶笛的他——

愈來愈喘不過氣了，我逐漸放慢腳步讓呼吸平順，邊走回宿舍，幸虧他沒有守在門口堵我。

回到寢室，我剛踏進門，迎面而來的便是琇琇異常燦爛的笑臉。

「嘻嘻……我看到了喔！」

我抹了把汗，一時只覺她的發言莫名其妙。

「琇琇妳是指——啊……」

畢竟苗煜東選擇在宿舍門口告白，更高調地抱住我，怎麼可能只有舍監阿姨看見？

我邊擦汗，環視一遍房間沒見到小蘭，只有桌前趕工系上畫圖作業的娜娜。

「小羽小羽，妳休息夠了吧？快說說妳和阿東的新消息，我可是親眼看見妳和他抱在一起喔！超閃的你們！」

「這……」禁不住她的纏人攻勢，我也必須將事情全盤托出，順便徵詢意見，雖說我大概能猜到室友的反應了。「那一幕……是他跟我告白沒錯。」

琇琇吹了聲口哨，雙眼發亮。「終於啊，阿東告白了！然後呢？」

「可是，我……拒絕他了。」

「咦?!」一向平靜無波的娜娜，也和琇琇一起，發出不小的驚呼聲。

「為什麼啊小羽？阿東不是對妳告白了嗎？」琇琇激動地搖起我，令我當下有些恍惚，不由得想起我婉拒他時，他的激動反應。

「告白後一定要在一起嗎？」我還是覺得內心悶悶的，撥開琇琇的雙手坐下。「……我今天早上，正式對學長告別了。」

「咦……？」琇琇繼續搭上來的手縮了縮。

我對她們簡單說明完畢，將臉部埋進雙手中。「就算從來沒和學長在一起過，我也不希望，妳們把我當成短時間能談下一場戀愛的人。」

「呃，我完全不會那樣想耶。」琇琇的手按上我的背。「先別管我們怎麼看，小羽對阿東是怎麼想呢？」

我顫了下，遲疑半晌後搖頭。「……不知道，我真的沒想過。」

「所以，拒絕阿東不是因為討厭他吧？那阿東的反應呢？」

「我想跟他繼續當朋友，他也同意了。」

「真的假的？」琇琇一聲驚呼，語氣相當不敢置信。「可是妳現在根本——」

「難免一開始會彆扭吧。」我抬起頭，露出一絲苦笑。「我跟他都講清楚了，接下來會努力當他沒告白過。」

「那社團那邊呢？」

「可能……等心情調適好後，再回去吧。」無論是對苗煜東，或者阿恩學長，都是。

「妳喔……」

「啊，小蘭呢？」我趕緊轉移話題，看向沒發言的娜娜。「娜娜妳說小蘭怎麼了？我有點擔心。」

「她去廁所——」琇琇搶著回答我第一個問題。

寢室的門被打開，恰時回來的小蘭，瞧向我的眼神似乎有些飄忽不定。

「小蘭，妳還好嗎？」

「讓她自己說吧。」娜娜將注意力回歸作業。

我狐疑地望向小蘭，她只是確認起包包物品。「小羽，我們等下有課吧？」

「對喔。」我看看錶，記起最初返回宿舍的另個原因。「吃過飯了嗎？我們一起吃？」

小蘭點頭應允，率先收完走出寢室，我很快跟上她，心中盤算著要怎麼問，推測琇琇和娜娜都知道了，而依小蘭的個性，大概比較希望兩人獨處時說。

「小羽。」不出我所料，沒多久她主動開口了。「妳為什麼……要拒絕阿東的告白？」

「原來妳聽到了啊。」我先是一愣，接著無奈笑笑。「那妳應該也知道我的為難。」

「可是我怎麼辦？」她忽地握住我的手臂，眼神有些閃爍。「如果妳和阿東為了避嫌，都不去陶笛社了……」

「不會斷那麼徹底啦，我只是要時間調適……而且，就算我不去，社團不是還有畢魯學長嗎？」

「學長他——」提及暗戀的對象，小蘭雙頰泛起紅暈，有話如鯁在喉貌，最後低聲說完剩下的話。「他跟我告白。」

「咦咦？家聚的時候？很好啊，我早猜到畢魯學長不只把妳當作學妹——」我驚喜地握住她的雙手搖了又搖，但見她的表情愈看愈怪，情緒連帶斂下。「……等等小蘭，妳被告白怎麼是——妳拒絕了？」

「不是拒絕，只是說過幾天回覆。」

「妳明明也喜歡學長啊，為什麼還要考慮？」

「因為……小羽妳。」

「我？」

那天下午，小蘭參加的家聚只是個幌子，畢魯學長假借家聚名義，約小蘭單獨相處，並在餐後安排時機告白。不過娜娜又剛好來電，小蘭儘管心中驚喜，仍擔心哭泣中的我而匆匆離開，先給學長等待時間而未馬上回覆，但如今又知道我和苗煜東沒有在一起——

我急忙喊停。「妳答應學長告白，和我跟苗煜東沒關係吧？」

「不行啊……小羽失戀，我怎麼能和學長交往刺激妳？」

「小蘭，妳……」我愣了愣，沒想到小蘭考慮那麼多。

「我不想，害小羽看了更難過。而且妳會陷得這麼深，都是我沒講清楚的關係。小羽是我上大學交的第一個朋友，也因為妳，我的大學時光很快樂，所以我希望妳也能幸福。」

「小蘭……」我聞言很感動，然也替她覺得心疼。「妳可以別這樣的啊。」

「小羽，答應我，好好釐清對阿東的感覺。」小蘭深吸口氣，鄭重地凝望我。「等到時候，我也會好好面對學長的心意。」

「……好。」我不禁上前，給了她一個輕擁，相互給予無聲的鼓舞。

我們都該正視自己的心，特別是我，不能因為自己的拖延，壞了一對男女的感情路。

為了避免與暫時不想看見的對象碰面，我選擇裝病，而小蘭藉口裝忙不去陶笛社社課，已經第二週了，我們兩個連社遊都雙雙沒參加。不對，只有我是這個理由。小蘭肯定想天天見到畢魯學長，即使她沒去社團，學長仍會傳訊息給她，關心課業生活等瑣事，就是不提告白的回應，大概不想給小蘭壓力吧。不過再這麼拖下去，不只小蘭，我更是壓力山大啊。

雖說很想釐清自己對苗煜東的感情，可……從小到大相處那麼久，我實在說不出我們之間還有個什麼所以然，而他偏偏告白了。就不能繼續當朋友，也單純許多不是嗎？

苗煜東這幾週，沒再用莫名其妙的訊息刷存在感了，起初我覺得他貼心，是給我時間的意思，但不聞不問久了，心理上只覺愈來愈反常。問同系的琇琇，僅得知他在系上一如既往……那樣不是更怪？

畢竟，好不容易選擇告白這條路，卻被我拒絕了。

「擔心的話，打個電話或傳訊息給他吧。」剛洗澡回房的琇琇，拍了拍我的手背。

「他也沒打過來啊，我想應該沒事。」我急忙將握著的手機收進抽屜。「假如有事，妳會跟我說吧？」

琇琇苦笑著聳肩。「我是滿想雞婆的，不過娜美要我別多管閒事，因為那是你們的問題。」

「呃，該不會真的有事，只是琇琇隱瞞了？」我被她說得有股不祥感升起。

「啊啊，妳說什麼，我什麼都沒聽見，去吹頭髮了囉——」琇琇裝模作樣地摀起雙耳，回到座位開啟吹風機，頓時轟轟的噪音充斥整間寢室。

我再將手機取出，點開和苗煜東停滯很久的LINE對話框。以往，就算兩人各自忙碌完全沒見面，至少會傳訊息聊一些五四三，現在……果然，會難以適應；果然，還是需要去了解一下狀況。

思考一會，我決定先到社團教室看看，雖然不是很確定，沒有我的陶笛社社課，他是否會去參與。

活動中心十點閉館，現在已經九點半了，久違的社團教室還亮著燈，但沒有陶笛聲傳出來。

我一步步走近，小心翼翼踏進睽違兩週的社團教室，環顧一圈空蕩蕩的室內。「連學長姊都回去了吧，不過為什麼沒關門關燈？」

「小羽學妹？」

我雙肩一抽，愕然回頭，與剛從教室內側桌面下探出頭的阿恩學長對上眼。

沒有見到苗煜東讓我稍鬆口氣，不過巧遇學長實在令我始料未及。「……阿恩學長。」

心態上，我應是放下了，然而對學長的暗戀，彷彿一根卡在心中的細刺，表面看似痊癒，每當想起他仍會使得心頭悄悄一揪，有些酸酸的、澀澀的，我想這就是初戀的感覺，會在心底長時間佔據一小塊。

學長將一枝筆放上桌面，朝我走來。「身體有沒有好點？」

「嗯……應該快好了吧。」

「要好好休息和多喝水。」

「好，我知道。」和學長兩人共處一室，我感到愈來愈不自在，急著想走，想想覺得可笑，以前的自己根本巴不得和學長多點相處時間吧。「我是來找苗煜東的，既然他不在——」

「他剛離開不久，學妹可以打電話給他？」

「好，等等再打……」我彆扭地握緊手機。

「小羽學妹，乖乖和妳提過了嗎？」

「什麼？」

「雖然應該由她來說，但學長這邊也想問問妳的想法。不曉得學妹，願不願意接任下一屆陶笛社社長？」

「咦？」我當場傻住。

「學長姊前陣子剛開完會，社團該準備交接了，我們一致同意，學妹很適合這個職位。」

「但，為什麼是我……？」

學長說明，除非社團沒新生，不然通常會將幹部交接給準大二生，社團新生中，苗煜東只待不到一學期，資歷較淺暫不考慮；我和小蘭資歷相同，但學長姊評估過後，認為個性靦腆、擅長美工的她擔任文宣工作較恰當；而我的個性活潑開朗、有責任心，且最重要的理由是：很喜歡社團。

「如果不喜歡，學妹就不會在練啦啦隊那期間，社團與練習兩邊跑。」學長淺笑著，這麼回答。

「其實，我……」那時，是因為學長在社團的關係啊。

「當然，這些只是學長姊的討論結果，會尊重妳的意願，別有壓力。」

「我沒當過幹部，什麼都不會……」

「每個人都有第一次。學妹別擔心，乖乖會帶妳的。」

乖乖學姊帶我，對了，學長再一個月就要畢業了，即使我繼續待在社團——

「學長……請問，你畢業之後，會回來看我們嗎？」

等等等等！我在幹嘛？這種話怎能這樣脫口而出？

但，來不及了，就像潑出去的水一樣收不回來。我尷尬地低下頭，不敢再開口。

我看不見阿恩學長的表情，只知道他沉默好一會，最後輕吁口氣。

「學弟妹需要的話，我們有空會回來。」

「你！」

我耳邊猛地響起一聲怒吼，一陣風也同時掠過，當我回過神抬起頭，只見苗煜東怒氣沖沖貌，其拳頭正與阿恩學長的僵持不下。阿恩學長目光凜凜，單掌包覆著呈防守動作，看來一派輕鬆，我很訝異文質彬彬的學長似乎……力氣不小？

「唔……可惡！」苗煜東再出一拳，再度被學長出掌化解。

學長壓制著苗煜東的雙拳，緩緩將其壓下。「學弟，請你冷靜。」

「我哪冷靜得下來？你說那種話，要我怎麼冷靜！」

「住手，苗煜東！」我總算找回身體的主控權，直覺朝苗煜東一推。

他重心不穩踉蹌幾步，中斷了對學長的攻勢。「汪柔羽，妳幹什麼啦？」

「人家可是學長，你這樣很沒禮貌！」

苗煜東冷哼一聲。「學長？真是個好藉口，妳才不是這麼看待他的吧？」

「反正，你動手動腳就是不對！」

「那妳呢？說好的當朋友，結果避不碰面又是什麼意思？」

「這……這是兩回事，不要混為一談。」

「對我來說完全是同件事！反正只要有學長妳什麼都好，可以吸引妳入社、參加營隊，現在還可以說服妳接任社長不是嗎？」

「你別再說了——」我急著阻止他說下去，抓住他的手，與他拉拉扯扯起來。就算我不否認他這些發言，重點是當事人阿恩學長也在場啊。

「我就是要說！總之，妳在他眼中的形象，永遠都擺第一位——」

「才沒……苗煜東，你夠了！不要管我好不好！」我大吼出聲，聲音入耳才察覺夾帶著些許哭腔。

「……好啊！我再也不想管妳了。」他很快揮開我的手，語氣冷漠不少，眼神憤恨中多了分陌生，我被他那冰冷目光看得頭皮發麻。「汪柔羽，妳就繼續沉淪下去，心痛到死吧！」

看他衝出教室的背影，我不禁感到一股無力，跌坐在地。

怎麼會變成這樣？我的腦袋一片混亂。

苗煜東離開前的那張臉、那段狠話，就像一顆巨石，在我的心湖內激起大浪，久久不能平息。

「學妹……」走近探視我的阿恩學長忽地腳步一滯，匆匆回頭不知去拿什麼，見重返我身邊的他抽取面紙塞進我手心，我才發覺自己淚流滿面。

以往，我和苗煜東兩人再怎麼吵，皆未曾這樣過，而且總是他替發火的我澆熄冷卻的模式。此時，這個負責滅火的人也火大了，再也不會回來，沒有人來幫我的情緒冷卻，安撫我止不住的淚水……這和上回一樣哭得極慘，可身邊沒有他的陪伴。

為什麼總是，等到真正失去時，才覺得想念，才升起想挽回的念頭？

「嗚嗚……學長——」我直覺投向身邊最近的體溫尋求倚靠，然而阿恩學長不著痕跡地避開了。

學長站起身退後，與我保持幾步之距。「抱歉，學妹，我不能。」

我哭著搖頭，手忙腳亂地擦淚，嘴裡吐出的話無比哽咽。「我很清楚……只是、只是——」就算只是尋求安慰的動作，這樣的溫柔，學長仍不願意施捨給我嗎？

正是因為很重視小靜學姊，儘管沒有任何意思，依舊會在乎她看見後的感受，才盡可能與我保持一定距離……尤其，對我這個曾經暗戀他一陣子的學妹。

活動中心閉館的音樂與廣播聲恰時響起，我耳裡聽見了，但完全不打算起身，現在哭得悽慘的模樣也不好離開，不想給任何人看見，無論生人熟人。

「學妹，要閉館了。」隱隱聽見學長一聲輕嘆，他仍沒有上前扶我。我繼續流著淚未回應，縱使努力想克制，然悲傷就是種很難短時間平復下來的麻煩情緒。

不遠處有腳步聲跑近這裡，我不由得升起一絲他會回來的期待，然而當來人踏進門、將我擁入懷中時，對方身上淡雅的清香撲鼻而來，我才明白那依舊不是熟悉的他。

「沒事了，小羽乖，阿東學弟只是一時的氣話，別哭……」小靜學姊的嗓音在我耳邊柔聲響起，她邊安撫著，邊嘗試扶起我。「走吧，我們到餐廳去。難過的時候，吃點甜的會好些喔，學姊請妳。」

「學姊……對不起、對不起……」對不起，我不該喜歡妳的阿恩學長；對不起，我分明是妳的情敵，妳卻不計前嫌願意安慰我；對不起、對不起——

這樣的我，妳為什麼還是選擇了我，擔任未來社長呢？

小靜學姊攬著我，溫和地拍起我背，一面道出「沒事了、乖」這些柔聲話語。

我渾渾噩噩地，邊淚流不止哭著，邊跌跌撞撞跟隨學姊的腳步離開活動中心，最後也不知怎麼地，趴在學生餐廳的某張長桌哭累睡著了。

待我清醒時，眼前一片矇矓，我揉著眼睛坐起身，原先披著的外套滑了下來，我認出那是小靜學姊的。

「小羽，好點了嗎？」鄰座傳來學姊的聲音，並感覺到她在我頭頂上的輕撫。

「嗯……」接觸到學姊眼中的關切，我有些不自在地別開臉，直覺看手機確認時間，還不到宿舍的門禁，但學姊一定覺得我這學妹很麻煩吧。「學姊對不起，打擾到妳休息，我已經沒事了，學姊趕快回去——」

小靜學姊只是笑笑搖頭，將手中的保溫瓶塞進我懷裡。「喝吧，熱可可。學姊住外面，平常這個時間也還沒睡，沒關係的。」

喝完濃濃的熱可可，不只疲憊的心情，體力似乎也恢復許多，我替學姊沖洗她的保溫瓶，心中介意著某件事。「……學姊，真的很對不起。」

「小羽妳喔，說太多次了。」她噗哧一笑，揉起我的頭髮。

「學姊，我還是得說，因為其實我……曾經，我對阿恩學長——」

學姊的手忽地伸來，指頭輕輕點上我的唇，只見她眼中笑意不減，微微搖頭。「我知道，不用講出來。」

「我不懂……既然這樣，為什麼學姊還能沒有顧忌地對我好？」

「小羽是個好學妹，更非常投入社團活動，不衝突喔。」

我將保溫瓶物歸原主，覺得沒得到答案。「我還是，很難理解……」公與私，能分得那麼清楚嗎？學姊這樣的情操，太高尚了。

「這個嘛……我們邊走邊講吧。」學姊表示要送我回宿舍，她直到踏出餐廳才真正回應。「我和小恩認識到交往的過程，經過了很多事，風雨後的寧靜更值得珍惜啊，這三年來，我們一起前進並信任著對方，而『相信』這一點，非常重要。」

那些事中，也包括學長提過的，他朋友往生的那段日子吧。或許，因為歷經了生死別離，才對彼此更加重視，堅固了兩人的感情，更持續至今。

走在身邊的學姊笑容稍斂，緩緩再啟齒：「還有，其實學姊以前……被霸凌過，所以我缺乏自信，人際交流也有很大障礙。所以現在的我，希望能和人相處融洽，不願破壞建立起來的關係。」

小蘭高中時曾被排擠，因此她提防心重、無法馬上融入新環境，沒想到這麼溫柔的小靜學姊也有相同經歷……

「學姊妳以前一定很辛苦……」

「都過去了，我沒事。」她只是擺擺手，又恢復了原先的笑顏。「小羽宿舍到囉。」

「謝謝學姊，不早了，妳也快回去休息吧。」

「小羽啊……其實，還有一個最主要的原因。」

「最主要的原因？」準備解門禁的我狐疑地回過頭。

「妳和小恩的事，學姊除了相信小恩，也相信妳，相信妳對小恩只是一時的迷戀，而在妳的心中，早就入住了一位更重要的人喔。」說到此，她意有所指地朝我眨眨眼。

「我的心中……？更重要？」思考一會，那個人的身影浮現腦海時，一股熱意猛地竄上整張臉。「我對苗煜東不是那樣，而且——而且……」

而且，他不會再管我了不是嗎？就算此時此刻，我的情緒已平復不少，然想起當時他的狠話與表情，依舊令我心頭一窒，難受到難以呼吸。

學姊呵呵笑出聲。「第一個想到的答案，十之八九跑不掉喔。小羽，好好正視自己的心吧，妳對阿東，當局者迷，旁觀者清，我們看得更清楚呢。」

「學姊我——」連我自己都搞不懂了，外人當真看得準嗎？

小靜學姊噙著笑意，表示她該走了，揮揮手便離開。

我喜歡苗煜東嗎？返回寢室的路上，腦海中迴盪著學姊的話語，我再度捫心自問。

即使依舊弄不明白，但有件事是肯定的：我不喜歡和他鬧翻成這樣，可以的話，想和他重歸舊好。

十一章 畢業音樂會

跟以往的吵架相反，這次是我頭一次主動想與苗煜東和好，只不過……自從那晚爭執之後，我再也沒能聯繫到他。直到第二天按捺不住，決定去系館堵人，然依舊碰了個灰。

「阿東之前都沒蹺課過，已經是連續第二天了。」琇琇抓抓頭髮，一臉無奈。「這很反常，但不只妳，同學都聯絡不到他。第一次也就算了，如果下週他還是缺席，他的期末成績會很危險。」

「那真的得趕快找到他……」我掏出手機，沒有任何來電和訊息，決定當場打電話。

和我撕破臉，因而不想管我是能夠理解，但學生的本分該顧好才是啊。

「您撥的電話將轉入語音信箱，嘟聲後……」聞那枯燥的系統女音，我嘆息著結束通話。

「小羽，我保證，如果阿東回來上課，會馬上跟妳說。」琇琇瞭然地拍拍我的肩。「假如他就是要躲妳，我就說小羽很擔心他，無時無刻在想他——唔！」

我面紅耳赤地一把摀住她的嘴。「別亂說啦……我才沒有那樣想。」

琇琇沒一會即掙脫開，淘氣地笑了笑。「但至少有擔心吧？才會親自跑來確認，而不是傳LINE。」

「唔，這個……」我彆扭地別開頭，還真的無法反駁。

「你們兩個實在是喔。」琇琇嘖嘖地將雙手捧上我的臉，眼神非常認真。「原本都和小蘭說好，妳要好好釐清對阿東的感情，結果卻大吵一架……還好小蘭那位告白學長還算堅持，只不過再拖下去真的難說。所以啊，妳更要連同我的份，加倍地去喜歡阿東。」

「欸——這什麼結論！」我更是雙頰發燙地抗議出聲。

「你們社團學姊不也發現了嗎？」

「喜不喜歡，我真的不知道，只是不喜歡這種鬧翻的感覺……」

「再深入思考，應該就知道了喔。」

「有那麼簡單嗎……？」自己已經為此煩惱好幾天了。

離開理學院後，我腦海迴盪著與琇琇的對話，不住地低頭確認手機。

仍然不見他的回訊，他的室友昨晚也說他沒回去過夜。

學生的生活費有限，他不可能為了賭一口氣，去住外面旅館吧？

等等，我腳步一滯。

他會不會……回老家十分了呢？

我邊小跑步趕回系館，邊打給媽媽，沒有接通。

這節是系上的選修，但課堂中媽媽忽然回電了，我選擇忙線，改傳訊息過去：『媽，我下課再打給妳。』

不一會，令我震驚的回應傳來：『小東有沒有回學校？他和苗媽媽吵架，離家出走了！』

「啊……咳！」我急忙將呼之欲出的驚呼，轉為一聲有點刻意的咳嗽。

看了看台上口沫橫飛的教授，我緊張地不知如何是好，先簡單回傳一句：『我也找不到他。』

『找到時記得通知苗媽媽。』

『好。』

怎麼辦……？

看來他是真的回家而能避開我，只是他怎麼會跟媽媽吵架？因為受我的氣，才遷怒媽媽？我是該回十分一趟。但上課怎麼辦？教授都會點名，很重視出缺席——

『怎麼了嗎？』小蘭的LINE對話框跳出來，我抬頭與鄰座的她對上眼。

我壓低音量回答她：「有他的消息了，但……」

沒等我說完，小蘭將我的頭猛地壓向桌面，突然的撞擊令我悶哼一聲。

「小羽、小羽妳怎麼了？還好嗎？」只聞小蘭語氣充滿擔憂地搖起我。

我們的大動作頓時引來教授與同學的關切。我大概已猜到小蘭的意圖，於是埋著頭假裝身體不適，讓小蘭說明狀況，不一會，在教授的應允之下，她替我提背包，扶著我離開教室。

「原本那麼乖的小蘭居然說起謊了。」遠離系館，我道謝拿回自己的背包，忍不住調侃她。

「大概被學長影響吧，雖然我剛剛超緊張……」她撓撓頭，或許因為提到學長，表情有些黯然。

「小蘭，謝謝妳，妳做很多了。」我忍不住握上她雙手，真心感謝。「別再壓抑了，好好面對畢魯學長吧。」

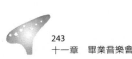

「可是……小羽妳和阿東——」她頓了頓，眼神飄開。

「不用管我們沒關係。」緊了緊手中力道，我苦笑著搖頭。「人啊，總是這樣，失去了什麼，才發現什麼很重要，我就是個典型例子。原本只是以為不喜歡鬧翻，卻在接到通知時，發現自己真的——非常擔心、在意他，忍不住亂想，怕他跑去哪裡出了意外……我太後知後覺，假如我們最後錯過了，全是我的問題。但是，小蘭妳不一樣，妳就早清楚自己的心意，畢魯學長還在等妳啊。」

「小羽別想太多……不會的，阿東絕對不會有事。」小蘭掙扎著搖起頭。「妳一定要找到他，跟他和好，然後真正在一起。」

「等找到人再說吧。」我聳聳肩嘆息完，鬆手跑開。「我先去趕火車了，小蘭別忘記我說的話喔。」

「……好。」

但願小蘭能真的，別再顧忌我的心情，並與畢魯學長成為一對佳偶。

我快速衝向校門，邊分心查看手機APP，現在不是尖鋒時間，只有一班通往火車站的公車顯示進站中，拜託要趕上啊。

但我太著急了，甫奔出校門口，只見一台機車朝我疾馳而來，伴隨刺耳的剎車聲——

我的雙腳因驚嚇動彈不得，而腦中只想著一件事。

假如，我和苗煜東，最終就這麼錯過……

「嘰——」機車騎士緊急轉向，擦過我身側才煞住，而我因那衝勁而摔倒在地。

我驚魂未定地喘著氣，方才與死神擦身而過的那幕刻骨銘心。

「妳還好嗎——學妹？」

震驚地抬起頭，我與掀起全罩式安全帽擋風板的騎士——阿恩學長對上眼，這會不會太巧了？

「小羽！」後座的小靜學姊匆匆下車，趕來扶我。「有沒有哪裡受了傷？」

「唔，應該沒事。」我揉了揉剛剛受到撞擊的腰際，推測只是點瘀青。

「確定嗎？」將車暫停於路邊後，阿恩學長走近我們。「去保健室檢查一下。」

「不，我現在很急——」我沒那個時間啊，但再確認公車動態時，只覺一陣崩潰。「啊！公車走了……」

「小羽要去哪裡？這麼慌張。」

「火車站，我要回十分去，苗煜東可能在那裡。」

其他班公車至少要等半小時，我是不是該改搭計程車？

「這幾天想聯絡學弟，的確找不到他。」

他的失聯不只對我，對系上、對社團都是嗎……我再打一次電話給苗煜東，依舊手機關機。

「不管了，一定要去親自確認——」車資也別管了，找到他才是當務之急。

小靜學姊忽然拉住我，面掛瞭然的笑容。「小羽，我想……妳應該找到答案了吧？對於阿東學弟。」

我愣了下，有些難為情地摸摸頭髮。「……嗯，所以我要趕快過去了。」

「小恩，載小羽去火車站吧。」小靜學姊忽然說，摘下戴著的安全帽塞進我懷裡。

「咦咦？學、學姊，這不行啦！」我急忙推辭，自己必須盡量避嫌才是，就像阿恩學長對我一樣。

小靜學姊閃避了幾次，手伸來摸我的頭，我從她的眼神看出認真。「沒關係，我知道現在的小羽不會，而我也相信小恩。」

「既然小靜這麼說……」阿恩學長只是上前，輕攬了下小靜學姊的肩，我隱約聽見他低語「很快回來」。

「快去吧，小羽，別讓阿東跑了喔。」小靜學姊推了我一把。

「謝、謝謝學姊……」我還是覺得有些尷尬，逕自將背包反揹在身前，跟上阿恩學長腳步。

「學長，不好意思麻煩你。」看清車型後，我相當意外，想不到斯文溫柔的他，竟是騎酷炫的檔車。

「學妹，請。」學長先讓我坐穩，自己才上車。所幸這台機車在車尾安裝了個置物箱，我除了身前的背包，還可往後靠著置物箱，不與學長有太多碰觸。

我朝站在校門的小靜學姊揮揮手，心中默默致歉與道謝，機車很快奔馳遠離F大校門，迎面而來的風有些夏天的暖意，並夾帶著一股熟悉的薄荷香。

「苗煜東，你的沐浴乳是什麼味道？」「原來汪汪對我的味道感興趣喔。」「才不是呢！」沒來由地，那天出發去十分瀑布的路上對話，於腦中重播。

當時與此刻的場景，多麼雷同啊。

明明是相同的氣味，我卻莫名地更加渴望見到苗煜東，好想念與他的拌嘴，好希望聽見他的聲音，甚至，也懷念起坐在他後座的感覺。

苗煜東，你現在到底在哪裡？千萬，別出什麼意外，拜託……

「小羽學妹？」等紅燈時，學長忽然喊我，他有些擔心的目光，透過後照鏡的反射傳遞而來。

我佯裝鎮定回看他。「學長，什麼事？」

「別自己嚇自己。」

「……嗯，好。」

多虧學長的載送，縮短了不少搭車時間，抵達十分車站後，我飛快直奔第一站——苗家。

「小東、小東是你嗎？」苗媽媽很快前來應門。「……原來是小羽，妳找到小東了嗎？」

看來這段時間他還沒回來。我不忍讓她難過，但更不該撒謊。「還沒……不過別擔心，我還會再找找。阿姨找過哪裡了嗎？」

十分老街、車站，和幾個家鄉的重點地標可以先跳過，幾位鄰居叔叔在那鎮守與搜索。剔除掉那些地方後，我皺起眉頭，這樣都找不到，他還有哪裡能去？

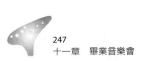

「他騎摩托車，所以也可能離開十分了吧，希望別出什麼意外……」

「阿姨別緊張，不要自己嚇自己。」用稍早學長的話語，安撫起頹喪的苗媽媽，我腦海則飛轉著，總有股直覺告訴我他還在家鄉。「……啊，阿姨，十分瀑布呢？」

「記得小東很少去那裡呢。」

「因為少去，所以才更可能啊。」我安撫地摟了摟苗媽媽。「阿姨，我過去看看，有消息會通知妳。」

「小羽，拜託妳了。阿姨的腳踏車停在門口，借妳騎，從這走路過去太遠了。」

「好，謝謝阿姨。對了，我可以問你們是怎麼吵架的嗎？」

十分瀑布公園的開放時間至下午四點半，而現在兩點多了，再算上園內的步行時間，得快點趕去才行。不過，既然他騎車，如果在園區門口發現他的機車，大概就八九不離十了。

苗媽媽說，苗煜東在我們吵架當天半夜即回到家裡，以學校沒課的說法搪塞。然在今天，從我家人口中證明是謊言，多唸了他幾句，結果苗煜東就氣跑了，他衝出家門前的最後一句話，正好是我那晚情急之下吼出的「不要管我好不好」……

大概是想起那晚的爭執，才跑掉的吧。

這麼說來，他和媽媽會吵架，還是跟我脫不了關係。找到他後，即使他真的鐵了心不想再理我，至少我要勸他回家，也要為那天爭執向他道歉。

園區門口附近有台眼熟的銀灰色機車，看來我的直覺沒錯，現在只能祈禱他還在裡頭了。再打過電話發現仍是關機，我決定進入園區找人。

僅隔一週不到，再次回到這個地方，不過我的心境有著明顯不同：決定放棄暗戀阿恩學長已久的心意，來到此處徹底紓發。以及，總算意識到自己對苗煜東的情感，並因為擔心才找來這裡……

通往觀瀑平台的道路有些崎嶇難走、略為濕滑，我小心翼翼踏出每一步，並盡己所能放大步伐。

將抵達目的地前，隨風而來的除了瀑布的怒吼聲，更有道耳熟的音色——陶笛聲？莫非是他？

我不由得循著聲源加快腳步，剩最後一段往下階梯時，總算在瀑布前尋著了想見的身影。

他吹奏陶笛如此投入，我沒有出聲，只是靜靜地凝睇著他。苗煜東側臉給人的神情有些疲憊，但似乎沒影響到旋律。那首歌我記得，是社團期末發表的預定安可曲，也是小時候相當風靡的歌〈紅蜻蜓〉。

「我們都已經長大　好多夢正在飛　就像童年看到的紅色的蜻蜓……」

我輕聲跟著旋律哼唱，想起與他之間的童年，如他所說，我們有過一段兩小無猜的回憶——樂聲忽地止息，我愣了會才看向演奏者，正好與放下陶笛的他對上了眼。

「苗——」我揚起手喊他，他卻別開頭了——不過另個角度來看，這反應至少比拔腿就跑好些。

我三步併作兩步跳下階梯，小跑步向他。「苗煜東，終於找到你了。」

「找我幹嘛？我不想管妳，妳也別管我。」他將陶笛收進側背包裡，一副不打算看我的樣子。

「回去吧，大家都很擔心你，尤其是你媽媽。」

「那妳呢？」

我愣了下，才反應過來他此問隱藏的另層意思。「我當然也是，不然怎麼會來找你？」

「反正，重要程度還是比不上學長吧。」他哼了聲。

「……」會說這種話，擺明了心中很介意嘛。

我們之間沉默了會，見他持續別著頭生悶氣，我只好再開話題。「你剛剛的〈紅蜻蜓〉吹得很不錯喔。」

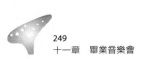

「哪有學長好。」

「你剛吃檸檬嗎？講話這麼酸。」

「哼，少管我。」

唉，沒幾句都會扯到學長去，他果然氣還沒消。

我煩惱著該如何讓對話氣氛平和一點，至少在這種時候，開口道歉不是個好時機。

「……吶，妳蹺課？」

「你這個連蹺兩天的人還敢說……」

既然會主動問問題，應該還有轉機吧，而我可能太習慣以前的互動模式，又反射性嗆起他，但在此同時忽然有些感動，這種感覺多麼令人懷念啊。

「苗煜東，你知道我怎麼回十分的嗎？」

「不就搭火車嗎？」

「嗯，沒錯，不過在搭火車之前啊……」瞄過一眼持續別著頭，就是不看我說話的苗煜東，我決定豁出去賭上一把。「我錯過公車了，所以請阿恩學長載我去車站——」

「什麼！妳怎麼可以！」苗煜東反應比我想像的更激烈，他猛地抓住我雙肩，雙眼總算正視我了。

「你反應這麼激動幹嘛，不是說不管我嗎？」我遏止著想笑的念頭，故作鎮定反問回去。

「這——」當場語塞的他，彆扭地轉開視線，不過雙手仍未放開我。

「我就照你說的，繼續沉淪下去囉，學長的後座太難得了……」我也故意不看他，再說起反話。

「不行！汪柔羽，妳不可以繼續喜歡學長，清醒點！」他搖起我，害我過程中有點暈眩。

「反正，有人說再也不想管我，既然沒有阻礙，那我當然——」

「那是氣話，不是真的好嗎！」他再搖了我一大下，轉而捧上我的臉，其又著急又認真的目光再一次與我相交。「汪柔羽，我還是喜歡妳，我就是無法不管妳，我不要妳和學長親近，更不想聽你們的進展……」

對於這次赤裸裸的告白，我開始覺得難為情起來。「那個……關於這點，我要跟你道歉。」

他嘆口氣放開我，走向瀑布的背影相當寂寥。「我不接受，那有什麼用？妳喜歡的還是學長，我就算和妳認識這麼多年，一樣比不上——」

「苗煜東，其實……我也喜歡你。」

他腳步一滯，不曉得聽清楚了沒，但願沒被瀑布聲掩蓋。

承認情感與當面說出口有層次上的落差，我默默低下頭，羞得連他的背影都不敢看。

「我前面道歉，是因為發現得太慢了。一直以來，我都把你當作很熟的男生朋友，這樣長期相處太習慣了。直到那天吵架，又聽到你兇媽媽之後跑掉，我才發現，我沒辦法適應你不在身邊，擔心你擔心得不得了。所以我衝回來，急著想找到你、想見你——」

一道身影令我的視野暗下，回到我跟前的苗煜東，猛地抱了過來，緊接著是道深深的吻……

「順、順序反了啦！」唇分後，我才從剛剛的熱情餘韻回神過來，又羞又惱地狂打起他。

「抱歉、抱歉，我太高興了……」他陪笑著舉雙手投降，抓住空隙握上我的手，這回的眼神是認真中夾帶著欣喜。「汪汪，我們交往，好嗎？」

我難為情地微笑應允，他笑得很開心，再將我攬進擁抱，忽然啊了一聲。「妳不喜歡我這樣喊妳吧？所以……呃，小、小羽？」

一陣雞皮疙瘩竄上，我反射性搓搓雙臂。「沒關係啦，反正都聽習慣了，就當作──呃……」

「什麼？」

「情、情侶專屬稱呼……」這種話講出口太肉麻了，我沒等講完便一把摀住臉龐。

「好啊，妳也可以繼續叫我喵喵，既然是『情侶專屬稱呼』，我不會再抗議了。」他笑著摸起我的頭，很刻意地將那六字放慢加重語氣。

「你很故意！臭喵喵！」

「哈哈──」

十分瀑布公園的道路只進不出，因此我們必須繼續往前走，才能離開園區。山區電信訊號不佳，我無法順利打給苗媽媽報平安，不死心地將手機高舉再試，卻差點腳滑跌倒。

「要看路啊。」好在，有苗煜東扶了我一把，他也順勢牽起我的手。「是打給誰？」

「你媽媽。」見他聞言身軀一震，我放下手機，正經地開口。「要跟她道歉喔，她是擔心你。」

他沉默良久才吶吶地回應。「……可以陪我一起嗎？」

「這還用說嗎。」我莞爾，接著感覺到他手握得更緊，屬於他的溫度暖暖地傳了過來。

我們再走了一段，苗煜東再晃了晃我們相連的手。「……那個，所以妳剛剛那段對學長還有感情的話，是假的？」果然是因為很介意才主動問吧，我為此悄悄一喜。

「我只是想確定你是不是真的不理我，不過，阿恩學長載我去車站是真的。」

他的手勁一緊，停下腳步，愕然地看過來。「妳——」

「因為我太著急，下班車又不知要等多久，所以……不過你別緊張，是學姊要我搭學長便車的，而且我有用背包隔著。還有很巧的是，學長用的沐浴乳味道和你的一樣，但明明是同樣的香味，我卻滿腦子都在想著那天被你載，一路上真的很擔心你會不會出意外——」

或許是被說服了，苗煜東再度將我拉進他的懷抱，我渾身頓時被他的體溫，以及薄荷香所包圍。

我靜靜享受著這段擁抱，有些羞赧，不一會聽見他開口：「……以後，只能搭我的車。」

「是、是。不過……我都解釋清楚了，你還在吃醋嗎？」我忍俊不禁地戳起他的腰。「真是大醋桶。」

「才不是，這是情侶間的潛規則。」他牽起我繼續往前走。「不然，我也可以跟班上女生搞曖昧啊。」

「你敢！」被激到的我，直接朝他最怕癢的部位捏了過去。

他咯咯笑著躲開。「誰才是醋桶呢，嗯？」

「哼，不理你了。」我嘟起嘴逕自超前他。

「對不起嘛，汪汪，我道歉。」不一會他便趕上，並從背後將我攬得緊緊。

其實我也不是真生氣，就像以往鬥嘴一樣，被哄過便氣消，而且不知為什麼，還有股異樣的甜蜜與欣喜感浮現……難不成自己有被虐屬性？

繼續向前走段路不久，他再度打破沉默。「對了汪汪，社團那邊妳打算怎麼辦？」

「我決定接任下屆社長。」見他震驚、有些懷疑我意圖的表情，我只是握緊了他的手笑笑。「和學長無關，我只是不想讓陶笛社倒社，因為這裡給了我很多珍貴回憶，學長姊人也都很好，這麼棒又溫馨的社團，我希望能盡己之力為它做些什麼。還有，我承認一開始玩陶笛是和學長有關，但現在不一樣了，可能真的玩出興趣了吧。我已經兩個禮拜沒吹到陶笛了，剛剛聽你吹，突然覺得很懷念……」

「既然妳這麼說，那我也會支持妳。」他說著，翻起包包拿出陶笛遞給我。「諾，吹吧。」

我眉頭一皺，直覺抗議：「誰要用你吹過的笛子啊。」呃……之前是不是也發生過類似的事？

「間接接吻？可是汪汪啊……」他竊笑著以陶笛吹嘴比比自己的唇。「『直接』都來過了，還介意嗎？」

「啊啊——才不要！」我羞紅著臉尖嚷，忽然想起某件事。「以後，不准沒經過我同意亂親我！」

他一臉晴天霹靂貌。「蛤——為什麼？」

「別蛤，沒有為什麼，你不害羞我會！」

「好嘛……」他頓時變得垂頭喪氣，手仍牽著我，不過其身上散發的低氣壓相當明顯。

直到我們走出瀑布園區，我瞥了眼依舊低靡的他，有些於心不忍。「喵喵，你先站著別動。」

他一臉不解地站定，而我先跨上兩步階梯，化解了身高差，能夠與他平視了。但由女生主動還是很難為情，最後我僅飛快地在他唇瓣啄了一下，便跑開。

「汪汪……」

「補送的聖誕禮物。」我害臊地別過臉。「你說過先欠著，我想說……你應該喜歡這個。」

「……啊。」他遲了兩三秒才恍然大悟。「可是，這樣感覺我吃虧耶。」

「還敢說，這明明是你占便宜……」

「哈哈，沒啦，我很喜歡。」他再度擁緊我，在我耳邊輕柔道謝，微微的吐息令我一陣戰慄。

相當羞於與他的新關係，但也感覺十分幸福。

和苗煜東交往後，日子變得更快了，除了要顧好各自學業、朋友圈，還要安排約會，另外最重要的——為了順利接任社長，乖乖學姊帶著我四處奔走，認識學校的課外活動組相關人員、指導我如何辦理活動，以及策劃細節、分派工作給社員，向學校申請補助款項等等，過得相當充實。

很快地，社團的期末成果發表會來臨，由於這場表演結束後一週，即是大四學長姊的畢業典禮，故也稱作他們的畢業音樂會，因此曲目中規劃了不少他們的獨奏或合奏曲。

從做中學，遠比空談來得容易理解，乖乖學姊是這場活動的總召，她將下任社長的我升格為副召，表示透過實作更能明白那些活動過程中的細節。

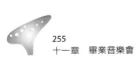

音樂會開場時間是晚上七點，地點在學生活動中心的四樓表演廳，我們早在下午兩三點便抵達，一起場佈、確認發給聽眾的節目表和回饋單，還有一起彩排，以確認場地的收音狀況和上下台

的流暢度。

六點半是進場時間，社員們皆已進入後台區預備，表演廳外只剩我和乖乖學姊，以及擔任接待員的畢魯學長和小蘭。我看向空空如也的電梯與樓梯方向，有些擔心會不會沒觀眾。

我的擔心多餘了，電梯方向開始傳來宣傳聲，在畢魯學長的高聲宣傳下，走向接待處這邊領取資料和簽到，從他們的交談中，得知是阿恩學長的學弟妹。

目送這批觀眾進入表演廳，乖乖學姊朝我一笑。「走吧小羽，最後一次表演前確認。」她忽然清了清喉嚨，戳戳畢魯學長的肩頭。「你可別把我們家小蘭吃掉啊。」

「哪、哪有。」畢魯學長倉皇將手從小蘭的腰際縮回來。「而且，小蘭明明就是我家直屬。」

而小蘭原本臉就有些紅潤，此時整個紅透了耳根。

我以唇語對小蘭說了句加油，便尾隨學姊的腳步離開。

當時小蘭顧慮我，拖延很久沒回應畢魯學長的告白，幸虧學長沒放棄，終於抱得了美人歸。雖說，我們這幾個社課藉口搞失蹤的一年級生，回社團成雙成對的模樣，讓梅子學姊玩笑數落了好幾回。

阿松學長和竹取學姊輪流負責整場的攝影。梅子學姊擔任場控，規劃大家的上下台方向和道具位置。苗煜東個性比較活潑，被畢魯學長推派為主持人。大四學長姊是多首曲目的表演者，未額外安排工作，不過在正式演出時，為了讓流程更順暢，凡是需要搬道具的換場，眾有空社員皆須支援。

「阿東，講稿還ＯＫ嗎？」乖乖學姊喊了站在主持台旁邊、貌似在順稿的苗煜東一聲。

「嗯……還行。」他咧嘴一笑回應。
「開場前十分鐘就回後台等吧。」
「好。」
我本欲再跟著學姊走，身後卻傳來他的喊聲，我的手也被拉住了。「汪汪……」
「怎麼了？」
他指指嘴唇。「我還是會緊張，需要妳的打氣。」
「欸，這裡可是公共場合——」我臉紅著抗議，此時後台區正好傳出不低的呼聲，我忙趁機溜走。
「發生什麼事？」我衝進後台區，訝異地看向正與糖糖老師和大四學長姊們擁抱的一名陌生女子。
「快開演就不打擾了，祝表演順利。」女子對阿恩學長說道，便離開後台，與我擦身而過時，她揚起美麗的笑容。「加油喔，未來社長。」
「那位是糖糖老師的恩師，但其實我們跟她不熟，她是阿恩學長大一那屆的指導老師。」
聽完小薇學姊的說明，我有些驚訝，這麼說已經過了三年，還願意前來聆聽這屆學生的演出，可見她與學長姊的感情非常不一般。
「陶笛音樂社期末成果發表音樂會，正式開始。我是今晚主持人阿東，感謝大家的蒞臨，也祝福大家能有一場愉快的聽覺饗宴。」

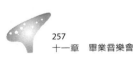

音樂會正式開始了，我在後台聽著苗煜東的流暢主持，不時逗得全場觀眾大笑，不禁暗地吐嘈：這哪裡叫緊張啊……

「阿東真的很認真在準備，我有次晚上九點經過運動場，看見他在司令台那邊練習講稿呢。」剛表演完下台的彤彤學姊，拿著水瓶走到我身邊。

「咦？」我非常訝異，也想起前陣子晚餐時間傳給他的訊息，他總等到十點多十一點才回覆，當時我為此不太開心，然對應到現在……正是他這麼努力，才有此刻的完美表現。

想起他不久前表示需要打氣，我再度感到一股熱意湧上。

「話說，還沒正式恭喜小羽和阿東呢。」彤彤學姊朝我笑笑。「恭喜你們修得正果，雖然閃得要命……」

「呃，很閃嗎？」我尷尬地抓抓頭，明明有要他公共場合別接吻的。

「無形之中的閃囉，至少，總算是給小羽找到了相互喜歡的另一半。」

「那，學姊呢？」我有點介意她是否已對學長釋懷。

「我一直沒退社，在這裡面對他，也是種看開的證明吧。多少還有些疙瘩，大概等命中注定那個人出現了，才能真正解脫。」她只是聳聳肩後離開。

我這時才注意到苗煜東剛結束這段主持，其背影剛退回後台區。

我走向他，遞了杯水過去。「辛苦了，學姊說你準備這場主持非常努力。」

「那我可以要獎勵嗎？」他瞥了我一眼，難為情地撓撓頭。

「結束後再說……好嗎？」我真的很不好意思公然放閃，安慰性地攬住他手臂。

「說好喔。」

整場表演共有十二首歌曲，包含社員的獨奏、小合奏、重奏等多元類型，都順利地演奏完成。最後一首是陶笛搭配鋼琴的合奏曲，聽說是阿恩學長與小靜學姊認識當年的共同創作。

我聽著苗煜東的主持，默默走至舞台邊緣，此處介於後台與舞台的中間點，可以從側方看清台上演出，而不會被台下觀眾發現我的身影。

兩位學長姊畢業前的最後一曲演奏，我想好好地聆聽。

鋼琴前奏結束後，正式進入陶笛的主旋律，整首歌曲輕快，給人一種喜悅的氛圍，會讓人忍不住嘴角上揚，身體隨之搖擺。學長姊們隨著演奏，不時有眼神上的交流，一吹一奏之間兩人默契十足，感覺得出這首歌對他們來說意義非凡。

「真羨慕……」

「羨慕什麼，妳已經有我了汪汪。」

我一陣驚跳，苗煜東不知何時走到我身前，有些刻意地遮住我的視線。

「別擋啦，我不是那個意思。」我只好動用撒嬌攻勢，蹭起他的手臂。「只是覺得……音樂中傳出的情感是騙不了人的，聽著這首合奏，我真心認同學長學姊這對才子佳人，也很羨慕他們。」

苗煜東一陣沉默後，揉起我的髮絲。「我們家汪汪真的長大了，不過妳不用羨慕，我們也可以像他們一樣。」

「呃，嗯……」我羞赧地輕靠向他，短暫溫存片刻後，他再度接回主持棒。

「感謝各位貴賓的蒞臨，陶笛社非常榮幸能與您們共度今晚，晚安——」

「安可！安可！」……

應是有學長姊安排的暗樁，主持人話尚未講完，就被一連串的「安可」聲打斷，且持續久久不止。

在觀眾席的「安可」聲包圍下，我深吸口氣，緩步走上舞台，接過苗煜東手上的麥克風。

「大家好，我是陶笛社的下任社長小羽。再次感謝大家的聆聽，在安可曲之前，讓我們歡迎即將畢業、邁向新人生階段的大四學長姊，阿恩學長、小靜學姊、彤彤學姊！」

隨著我的唱名，觀眾席掌聲大作，換穿學士服的學長姊依序登上舞台，見到那些畢業服裝，更有他們即將畢業的實感。

「學長、學姊，謝謝你們為社團的付出，以及規劃有趣的活動，帶給社員這麼多回憶，你們快要畢業了，我們心中多少捨不得，只能獻上滿滿的祝福歡送你們。在此，祝福學長姊畢業快樂、鵬程萬里。」

乖乖學姊也踏上舞台，將事先準備好的花束與卡片，轉交我遞給三位學長姊，這樣正式的道別儀式，令我眼眶有些泛淚，不過仍將它強忍住了。

「謝謝學妹。」

「小羽謝謝妳，學姊好感動。」

「謝謝小羽，你們很用心。」

這道儀式是一開始規劃節目時，沒被安排在內的——原本學長姊以為上台是單純發表感言而已，幸好他們的反應不錯。

「恭喜學長畢業！」觀眾席猛地爆出一道呼喊，緊接著是該方向開始的掌聲，全場歡聲雷動……

學長姊發表完感言後，我與他們一同朝觀眾席深深鞠躬，才將麥克風交還給苗煜東，他在那一剎那包覆我的手背，並施加些些力道——我知道那是他表示無聲支持的方式，便朝他微笑點頭。

「最後獻給大家的安可曲，相信許多觀眾都聽過，那是我們小時候的共同回憶，〈紅蜻蜓〉，請掌聲歡迎。」

眾社員陸續上台就定位，而苗煜東在介紹完畢後，也馬上放下麥克風，持起陶笛加入我們，大多數社員使用的是中音陶笛，用以增加層次感的高音笛則由阿恩學長吹奏。

我們隨著伴奏樂自然搖擺，第一段是純陶笛搭伴奏，第二段開始插入歌聲，由三位學長姊輪流傳遞麥克風歌唱，我則接替阿恩學長位置，吹奏新入手的高音笛。

「飛呀　飛呀　看那紅色蜻蜓飛在藍色天空　遊戲在風中不斷追逐牠的夢……」

彤彤學姊，謝謝妳對我的叮嚀與指點，雖然我直到很晚才真正醒來，希望妳也能和我一樣，找到一個妳喜歡，而對方也喜歡妳的好對象。

小靜學姊，謝謝妳的寬恕與諒解，我明知不該，卻深深陷入泥淖好些日子，如今的我總算是放下這份心意，並能夠由衷地祝福妳和學長。

阿恩學長，謝謝你的溫柔與照顧，儘管我知道那只是對待學妹的舉動，從今以後，我將慎重地把原有的愛慕轉為祝福，你和學姊要永遠幸福下去。

「我們都已經長大　好多夢正在飛　就像童年看到的紅色的蜻蜓……」

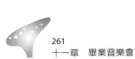

最重要的副歌，是學長姊們的齊唱，我吹奏著陶笛，也聆聽起他們的歌聲，三人聲線儘管有落差，合音搭配陶笛聲卻是如此完美無瑕……

——我更要謝謝學長姊，給了我們溫馨充實的社團回憶。

憶及獻花時學長姊們的道謝話語，我不由得如此心想。

「會唱的朋友可以一起唱喔！」

「我們都已經長大　好多夢正在飛　就像童年看到的紅色的蜻蜓……」

最後一段是副歌的重複，我默默將視線餘光飄向身邊的苗煜東。

喵喵，謝謝你從小到大的陪伴，現在我也知道你的心意了，那些共同成長的記憶，也許充斥著不悅和氣惱，但就像翻閱舊相簿一樣，如今每幅畫面帶給我的感覺，已轉為滿滿的懷念。

正呼應〈紅蜻蜓〉的歌詞，已經成年的我們，別再像個小孩惦記新仇舊恨，該活在當下、迎接每個嶄新的明日。

我們一起，攜手共創未來吧。

安可曲演奏結束，全場音樂會劃下真正的句點，來自觀眾席的掌聲久久未歇，舞台上的我們大鞠躬致謝，而上方紅幕緩緩垂降。

再精彩的表演，總有謝幕的時刻。

「陶笛音樂社的期末成果發表音樂會，在此正式告一段落，我們明年再相見，晚安！」

尾聲 暑訓

阿恩學長參與的最後那場音樂會，每段細節歷歷在目，於我腦海清晰重播好段時日，最後，如同過往的每場活動，終究成為社團活動紀錄的一張張回憶扉頁。

大二，我正式從乖乖學姊手中接棒陶笛社社長一職，並被眾學長姊寄予厚望，希望對陶笛如此熱衷的我，能帶領社團繼續下去。織品系的大二課程頗繁重，加上擔任社長的事務處理，壓力更大了。然而，當年的阿恩學長、小靜學姊和彤彤學姊，那時狀況更糟，甚至面臨倒社危機，他們都撐過來了，我也肯定可以。且，並非只有我一人孤軍奮戰，我身邊有小蘭，有苗煜東，更有其他學長姊一起努力呢。

課業、招生、報告、校慶、期末……這些日子忙碌不堪也無比充實，不知不覺間，一年又過去了。

增加一年的感情積累，我們感傷地送走畢業的歲寒三友學長姊，不過因為他們都考上了F大研究所，將來還會以研究生的身分重返陶笛社。

另外，這學年增加了好幾名新生，上學期五位、下學期三位，也與我們一樣相當投入陶笛演奏，並由衷喜歡社團氛圍而願意繼續待下去。

曾歷經倒社危機的阿恩學長他們，若是回來看見了這光景，想必很欣慰吧。

陶笛社的暑期訓練，在七、八月的交界期間展開，我們再度選擇十分做為集訓地點。糖糖老師指導大家吹奏頗有難度的合奏曲，並要我們在最後一天的成果發表會上演奏，這件事讓學弟妹們哀聲連連。

不過，哀號也只是裝裝樣子而已，為了屆時的完美演出，我相信學弟妹會盡己所能做到最好。

課程間的短暫下課，我去了趟廁所，回到教室時，一名學妹哭喪著臉湊過來，將她的樂譜翻開至某頁。「小羽學姊，教教我這個裝飾音該怎麼吹好不好？糖糖老師身邊圍了好多人我擠不進去。」

「好啊。這裡，要這樣子……」我拿起自己的陶笛示範，並指導她吹奏的技巧。

「學姊真厲害，不愧是社長！」她似乎掌握到訣竅了，眼睛發亮著離開。

我只是微笑點頭，目送她返回座位繼續練習，彷彿又看見當年的自己。

結束這四天的暑期訓練，我在陶笛社的領袖身分，也即將卸任，並傳承給新任社長了……

「小羽、小羽，快來喔！」即將上大四的畢魯學長嚷著，從操場飛奔進教室，他的個性還是老樣子。

「學長，別跑那麼快……」幾乎是被他拖著來的小蘭氣喘吁吁。

「抱歉抱歉，累壞了吧。」畢魯學長拍起小蘭的背為她順氣。「應該要我抱妳來的……」

「學、學長——」

他們這一對總是閃亮亮，自從交往以來沒有例外，即使小蘭為此害羞不已。

去年那時候，幸虧小蘭沒因為顧慮我，而錯失自己的幸福，原本即有些微曖昧的這一對交往，我完全不感到意外，最意外的還是……

「小羽，快看是誰來了？」畢魯學長興奮地指向教室門口，那裡，站著兩道令我錯愕的身影。

「小羽學妹，好久不見。」

我驚喜地快步上前。「阿恩學長、小靜學姊，你們怎麼有空來暑訓？」

「路過而已。」阿恩學長回答得淡然。

「特地搭火車過來，還說路過。」畢魯學長在旁竊笑著爆料，旋即被阿恩學長瞪了。

「其實是想念社團的大家，雖然實習很忙，還是決定抽空來一趟。」小靜學姊笑著，環顧起熱鬧無比的教室。「這些都是新生嗎？真不愧是小羽，謝謝妳把陶笛社壯大起來。」

我回以微笑。「當年的學長姊更辛苦，我更要謝謝你們，沒讓社團倒社，才能認識你們。」

「呵，彼此彼此，當初將社團交給小羽，果然是個正確決定呢。」

「我們帶來一些飲料。」阿恩學長揚起手中的購物袋，他的貼心依舊。

「各位！」苗煜東在旁放大了音量呼喊。「前前任社長學長姊帶了飲料慰勞大家，我們要說什麼？」

「謝謝學長、學姊——」

阿恩學長的傳奇故事，老早在這一年中，被畢魯學長大肆宣揚，於是，暑訓活動暫時中斷，阿恩學長和小靜學姊被眾社員的好奇目光團團包圍住，詢問起他們當年的事蹟。

手握著飲料瓶，我默默遠觀這番盛況而未加入其中，嘴角悄悄揚起。

好懷念啊……

一雙手臂忽地環繞住我的腰。「汪汪，我吃醋了。」

「欸！」我一驚，旋即難為情起來。「這裡是公共場合……」

「我才不管呢，反正學弟妹又沒在看這邊。重點是妳剛剛對學長的目光太過灼熱，所以我要彌補。」苗煜東將我轉向他，並指了指嘴唇。

「都要升大三了，你小孩啊，說什麼彌補。」我笑著推開他，口中敷衍道，並不打算理會。

我和苗煜東的交往，已滿週年了，老實說還是覺得意外，一向打打鬧鬧的我跟他，到頭來應證了琇琇的說法，真的兜在一起，成為男女朋友。

回溯過去，這段感情，究竟什麼時候開始的？其實我也無法解釋清楚。

或許是苗煜東陪伴我度過放棄阿恩學長的那段傷心時期，也可能是他假借直屬名義送我All Pass巧克力、抱著昏迷的我去保健室的那幾次事件，又或者更早，打從小時候的打鬧拌嘴即培養出了情愫，只是當時還不知道，也認不清而已。

「汪汪好壞，我明明是妳男朋友，連親一下都不要……」他裝模作樣地蹲在地上畫起圈圈，偽裝的啜泣聲傳了過來。

我沒辦法地笑笑，先確認過學弟妹目光不在這，才走過去微彎身軀，輕輕於他額上覆上一吻。

彷彿充飽電一樣，他頓時恢復元氣地跳起來。「我還要！」

「別啦，你想閃瞎大家喔。」

持續與意猶未盡的他打鬧著，我再度看向阿恩學長的側臉，放下之後，此時的我已經不再有所依戀，有的，只是單純學妹對於學長的敬仰。

阿恩學長、Ocarina學長，我對你的暗戀，不再。

（全文完）

番外I

索取獎勵

謝幕過後，掌聲與歡呼漸歇，觀眾也陸續離場了，不過部分觀眾還待在表演廳內，包含幾個學長姊的朋友；琇琇和娜娜也來了，還帶來小花束送我和小蘭。與友人的寒暄結束後，眾社員開始場復。

紅幕升得有點高，我望著上頭大字貼，踮腳也搆不到，覺得望塵莫及。但見高壯的阿松學長在忙別的，我決定用跳的再試一次。此時有道力量輕按我的肩膀，接著那隻手往上，輕鬆將那些大字取下。

「啊……謝謝阿恩學長。」我有些尷尬。

「量力而為，這個學長來。」阿恩學長說著，逕自接手我原本的工作。

我原地呆了下，忽然有道身影衝過，像顆人肉砲彈似地，投入阿恩學長的懷裡……一名女孩？

「畢業表演很棒喔！」女孩撥撥褐色的長捲髮，笑盈盈地呈上手中的花束。

「謝謝。妳先拿著吧，我還得忙。」阿恩學長摸了摸她的頭做為回應，繼續忙著取下大字貼。

「人家可是做為代表，大老遠過來看表演呢，理我一下嘛。」女孩扁扁嘴，搖晃起學長的

手臂。

我詫異地看著女孩與學長的親密互動，目光再飄向走來的小靜學姊，她的表情似乎完全不吃醋？

「好好，我代收吧。」學姊苦笑著抱過花束，再騰出手將女孩拉開。「妳也知道妳哥哥習慣先處理正事。」

「還是未來大嫂最好了，不像哥死板板的。」女孩衝著阿恩學長的背影扮了個鬼臉。

原來這位就是學長提過的妹妹，兩兄妹的神韻氣質其實不太像，但互動上，他們感情真的不錯。

放心後，我轉而處理懸掛舞台邊緣的彩帶，馬上被身後緊盯著的苗煜東給嚇到。「欸！別嚇人啦！」

「沒辦法啊，誰叫妳只看著學長，害我很擔心。」他嘖嘖說著，攬住了我的腰。

「我又不是那個意思……」我咕噥道，因親暱動作渾身臊熱，但也不好推開他，怕再被誤解，便這麼艱難地以被攬著的狀態整理起彩帶。

「吶，汪汪啊……我主持得那麼努力，所以說好的獎勵呢？」他忽然在我耳邊低語。

「呃，我不是說——」

「表演已經結束了喔。」

唔，我那時的確說過「結束後再說」，可他現在馬上就要獎賞嗎？

「……唉唷，現在很多人，我還是不好意思。」

「吼，妳這樣說話不算話啦。」

「我又沒說不兌現——」不是現在嘛。

「不好意思，請問……」問話的男孩開口得正巧，我迅速起身應對，剛好他要找的是阿恩學長，我便指向舞台，也提醒他目前社員還在忙著場復，或許晚些再去比較好。

「沒關係，我先過去打聲招呼，謝謝妳。」男孩微笑著回應，其右頰的小酒窩相當明顯，同時他朝不遠處揮揮手，招來一名外型端莊的女孩，兩人這麼手牽著手踏上舞台，顯然是男女朋友的關係，推測是學長系上的學弟妹吧。

「汪汪……」我感覺身後有道不輕的怨念傳來。

「我先去看其他人的狀況，那邊先交給你喔。」我匆匆朝他擺擺手，迅速逃離，心中默默地道歉。

我不是不履行約定，在公眾場合、大家面前難免會尷尬啊。

「小羽、小羽，快來。」我巡視觀眾席是否有遺忘物品或垃圾時，聽見梅子學姊的呼喚聲，她正燦笑著向我招手，其身邊是檢視攝影機中的竹取學姊。

「學姊什麼事？」我疑惑著，而梅子學姊指指攝影機的螢幕，裡頭是方才苗煜東攬著我的照片。

「啊——學姊偷拍！」我的臉龐瞬間竄紅。

「很閃喔，挺不賴的幕後花絮。」梅子學姊很滿意地大笑，而竹取學姊比較內斂些，掩著嘴笑。

「學姊刪掉啦，這個不能放活動紀錄。」我抗議道，心中則慶幸起還好剛剛沒有當場給獎勵，完全被攝影機捉到……

「為什麼不能？我覺得拍得挺好。」

「同感。」兩位學姊一搭一唱起來。

「不行啦，這樣會——會閃瞎大家的……」我愈講愈是心虛。

「哈哈——小羽也知道啊，那還放閃光彈，虐我們這些單身狗怎麼行呢，嗯？」兩位學姊頓時笑出聲，梅子學姊則把我攬進懷裡，揉亂我的頭髮。

「呃，對不起，我們會收斂……」這下，應該有理由拒絕馬上給賞吧？畢竟學姊都說話了。

「呵呵，學姊開玩笑的，瞧小羽緊張成這樣。」竹取學姊將我拉離梅子學姊掌握，替我撫平亂髮。「我們可愛的小羽學妹找到幸福，學姊很為妳開心的。」

「是啊，老實說青梅竹馬變情侶的情節，根本只出現在小說漫畫吧。所以妳和阿東兩人，根本是超級浪漫的一對喔，讓學姊羨慕忌妒恨到，想逗弄妳一下，哈哈！」

「是、是嗎……」我配合著乾笑，還是很難為情。「那學姊，沒事的話，我先去看其他人的進度。」

就算是玩笑，我仍然介意學長姊的觀感，等等跟苗煜東商量一下，別過度放閃好了。

有全體社員一起同心協力，場復工作相當順利，不到九點半即全數完成。過程中唯一讓我為難的，是不時對我射來哀怨視線的苗煜東，我只得假裝沒看見，或者裝忙碌逃避這件事。

我巡視完觀眾席，走回舞台時，遠遠看見剛才那對小情侶，正與阿恩學長和他的妹妹，以及小靜學姊聊得熱絡，餐旅系的彤彤學姊反而沒加入話題，難道不是同系的嗎？

「那麼，我也該走了。」前社團指導老師也還沒離開，她輪流拍了拍大四學長姊，最後將目光落在阿恩學長身上，欣慰地笑。「沒想到社團會有這樣的成長，把社團交給你真是對了。」

「老師還會再回來嗎？」小靜學姊一臉不捨地攬住其手臂。「我也很想見師丈，可惜他今天沒來。」

「會有機會的。」

「改天和我、這些孩子一起吃個飯吧？」糖糖老師接著道。

「嗯，我們再約。」

「說好喔！」

送走前師長後，阿恩學長的學弟也開口：「學長，你們是不是還有慶功？那我們還是別打擾了。」

「其實沒有，社員表演完應該會累，改天再慶功。」小靜學姊代而回答。

「不過大家明天都有課，早點回去休息好了。」學長妹妹推推小情侶倆，朝學長點頭。「哥，我們這就先回去，要從這個改變你很大的社團畢業了，你還想再跟社員們多說幾句話吧？」

「又不是不會再見。」阿恩學長聞言有點無奈。

「反正你懂我的意思嘛，走囉！」

「學長學姊再見！」被推著走的小情侶匆匆回頭道別，而阿恩學長只是揚手點頭。

我後來才知道，那對情侶是阿恩學長高中時期的學弟妹，自他高中畢業已經過四年，這中間還

有聯繫互動，甚至特地前來欣賞表演……這需要多大的羈絆啊。

男社員們負責把場佈用具搬回五樓社辦，畢魯學長率先回歸。「完工！大家辛苦囉！」

「謝謝大家，這場演出很棒，是我們一起合力完成的喔！」乖乖學姊說完，要大夥給自己掌聲。

「不早了，早點回去休息，沒有忘掉什麼吧？」

「後台準備室不知道熄燈了沒，我去檢查一下。」我想了想覺得不安心，便返回表演廳。

「小羽，那裡學姊已經看過了——」後頭傳來小薇學姊的聲音，但我還是想再次確定才能放心。

點亮準備室的燈，我仔細檢查過四周角落，沒有垃圾和任何遺失物，稍稍放下心來。

「砰」，門板猛地被關上，害我整個驚跳一下。

接著，我與門邊的苗煜東對上眼。「……喵喵？怎麼回來了？」

「有東西掉了。」

「咦？會不會在主持台？這邊我都檢查過——唔！」我低頭幫忙檢查地板有沒有東西，卻忽然感覺到他的靠近，接著是捧上臉頰的雙掌，以及緊隨而來的深吻——

這個吻帶有明顯掠奪，吻得我渾身酥軟、整個人暈呼呼，等他終於結束，我大口喘過好幾口氣。

「你、你是想害死人喔……呼……不是說掉東西嗎？」

「對啊。」他點點頭，舔舔嘴唇。「妳的『獎勵』，拖得太久，我只好主動討了。」

「啊……就、就算那樣——」對上他的略帶譴責目光後，我不由得整個底氣弱了下來。「對不起嘛，我知道你等很久了，只是學姊剛剛抱怨我們太閃，就……」

「我知道，所以才跟進來囉。」他笑笑，雙手搭上我肩膀。「現在給妳預告了，我們正式再來一次？」

我臉紅了起來。「呃，學長姊還在外面等……」

「小羽？好了嗎？」乖乖學姊的喚聲恰巧傳來，我剛吁口氣、正想推開他時，又聽見學姊繼續說：「我讓大家就地解散囉，反正有阿東陪妳不用擔心。」

「晚點宿舍見喔，小羽。」這次是小蘭的聲音。

「鑰匙在妳那裡，離開前記得鎖門喔。」梅子學姊的語氣中帶有笑意。

門口方向陸續傳來學長姊的道別，接著轉為喧嘩聲漸行漸遠，我的思緒空白一片，最後印入眼簾的，是身前苗煜東雙眼中的深情。

「這下沒人可以打擾我們了。」

「等等……活動中心快閉館了。」

他只是瞄了眼手錶，沒有被影響到。「我們還有十五分鐘。」

「唔……嗯……」我再度沉淪於他纏綿的吻功中，頓時有股騎虎難下的感覺。

結束這次的吻，我腦袋還有些暈眩，任憑他將我環抱住，他略高的體溫與我本身的害臊加乘之下，讓我整個人更熱了。

「汪汪，我喜歡妳。」他在我耳邊低喃，語氣溫柔地令我渾身酥麻。

「我、我也……喜歡你——唔。」沒等我回應完，他又一次以吻堵住我的唇瓣，直接用最真實的行動表達心意。

♥ ♥ ♥ ♥ ♥

小蘭被畢魯攬在懷裡，一同踏出電梯，她不由得抬頭朝著樓梯方向，儘管根本看不見四樓表演廳。「學姊……把小羽阿東留在那邊，真的沒關係嗎？」

乖乖噗哧一聲。「別擔心，他們現在肯定不想被人打擾。」

「是啊，這兩人想必非常火熱呢。」梅子掩著嘴呵呵直笑，打從表演剛結束，她便注意到阿東對小羽的目光相當灼熱，但小羽為此很難為情，總是避之為先。

學弟啊……替你創造機會，可要好好把握啊。

（番外Ｉ完）

番外II 小東和小羽

小男孩眼中充滿擔憂，小女孩仰頭望向天空，避開了他的視線，眼角浮現淚光。

「小東也看到了對不對？妹妹——爸爸媽媽喜歡妹妹比較多。」

「小羽……」一向開朗的小女孩這樣，令小男孩不知所措。

「沒關係啦，小東，你不用說什麼，反正又沒差……」

小男孩雙手握上小女孩，認真地看著對方。「小羽，妳還是小公主喔。」

「我就說了，因為多了妹妹，所以——」

小男孩搖頭微笑。「就算那樣，小羽妳……還是我的小公主。」

聞言，小女孩呆住半晌。「……小東，你說真的嗎？」

小男孩只是揚起了右手小指頭。「我們可以打勾勾。」

「嗯！」小女孩總算破涕為笑。

「我們打勾勾，小羽是小東的小公主，小東是小羽的小王子……」

兩小無猜的那段日子，多麼令人懷念。不過，再也回不去了吧。

苗煜東看著桌上相框，裡頭是十多年前，他們被媽媽扮成公主王子的合照，兩個人都笑得很燦爛。

十多年前，當時他因為爸爸早逝，經常被同齡小朋友開玩笑，媽媽便帶著他搬到了十分這個小鄉鎮。但他提防心還是很重，當時，是小羽打開了他的心房。

「小羽覺得，小東很幸福喔，你有個很棒的媽媽。」

「……嗚，但是小東沒有爸爸……」

「那有什麼關係嗎？」

小羽，是他第一個結交的同齡好朋友，更是將滿滿的光亮帶入了他的內心。

他以為，他們的關係會這麼持續到長大。然而……

「汪柔羽和苗煜東有一腿！」「男生愛女生」……

「我和小東才不是你們說的那樣啦！」

當時個性比較內斂的他，聽見小羽激動的的反駁話語，莫名地覺得不太舒服。有時候，看見小羽正與逗弄她的男同學鬥嘴，也產生了類似的感覺。他，該不會真的對小羽……

但是，小羽對他又是怎麼想的呢？她反駁那麼激烈，是不是完全對他沒意思？

有沒有什麼辦法，可以讓小羽和他脫離那些八卦，又可以維持現在的關係，不要刻意疏遠？

「吼！就跟你說不要拉我頭髮！」

他看見當年長辮子髮型的小羽，追打著班上一個調皮男生，忽然有了靈感。

擦身而過的輕撞，有意無意地碰她一下裝沒事，偷藏起她的文具……

「小東，你最近好奇怪喔？」

「沒、沒啊。」他故作鎮定，手伸了過去，在小羽的一臉莫名表情下，扯了把她的辮子。

「小東！怎麼連你都這樣！」

等等，他的內心反應怎麼怪怪的？為什麼他忽然覺得欺負小羽很好玩？原本一開始還很內疚。結果，他就這麼開啟了奇怪的開關，和小羽的關係轉變得截然不同。但還是有好處，那些針對他和小羽的八卦謠言不見了，同學們不再認為他們是一對，除了長輩們還會將他們倆送作堆，不過沒關係。

對於談戀愛，媽媽只有一個要求，覺得高中太小，希望他上大學再交，但對象是誰總是會回到小羽。

有時，發生惡作劇不小心太過火的狀況，小羽氣得大吼再也不想理他，他便會立即反省，找機會道歉，同時奉上小羽最愛的薄荷巧克力，通常小羽很快就氣消——從小認識這麼久，他最了解她了。

經過這麼多年，即使一直在捉弄小羽，他還是好喜歡小羽，好不容易要升大學了，他一定要和小羽有所進展，只是……他們倆關係都變成這樣了，還有沒有機會轉圜？小羽對他的稱呼也早成了連名帶姓，或是「臭喵喵」，她對他還會有愛情這部分的心意嗎？

總之，他們都是大學住宿生，汪阿姨也私下請他幫忙照顧小羽，所以他可以名正言順地與小羽拉近距離。而且都大學了，個性變得穩重一點是正常的。

但他萬萬沒想到，協助小羽搬宿舍的時候，他看見了小羽筆記本中，一段手寫的「故事」，一個女孩對於一位Ocarina學長的一見鍾情——小羽有包裝過，但他很確定那是真實故事。

原來，小羽她已經心有所屬了嗎？甚至還是報考本校的主因，這事實讓他相當崩潰。

不過……沒關係，那位學長搞不好畢業了，小羽不一定遇得上他，而且，說不定學長早就死會了。

「我……我相信我的運氣。」但小羽很堅持，她從小到大都是這樣。

就算學長是單身，但若小羽這麼堅持下去，最後還是無法獲得學長的回應，她會很受傷吧？

青梅竹馬，就是這個時候出場了。他會好好守護著小羽，不讓她受到任何傷害。

就算受傷了，他也會好好陪伴小羽，幫助她度過心碎的日子。然後……

趁虛而入？不該這樣說。他的心意醞釀這麼多年，是時候發酵了。

（番外II完）

後記

大家好，我是幻光，很高興能透過本書與大家第一次見面！也請怕暴雷的讀者們，速速把書頁翻回前面喔！

簡而言之，也名符其實——《暗戀Ocarina學長》即是一部有關暗戀的小說，不過，還是有內容不符的部分：這部作品書名有學長、序章也有學長，女主角小羽的心也的確牽掛學長好久，但學長打從一開始就不是真正男主角！（被打）

我想，或許有部分讀者猜得出來？畢竟，阿恩學長的戲分不算多，他和小羽直到第二章中段才真正重逢，並因為已有女朋友，對小羽的互動始終保持著距離，沒有過多的肢體接觸，讓小羽有所誤解。同樣是學長學妹的關係，副ＣＰ畢魯學長和小蘭這對就滿明顯的。另外，雖然第一人稱的代入感很強，我在寫小羽和阿恩的對手戲時，和小羽一樣心癢癢、很害羞悸動，但是，真正寫得超歡樂的橋段，正是小羽和阿東的互動橋段喔！不過，不曉得有沒有人站錯邊，選擇學長派的？（笑）

小羽和阿東這對，是經典的青梅竹馬外加歡喜冤家型ＣＰ（搭配綽號，我私下都喊他們「汪喵ＣＰ」），他們前期互動多以打打鬧鬧為主，但眼尖的讀者應該多少有發現，幾乎是阿東去鬧小羽居多吧？就算鬧完都是小羽火大發飆為結，但每每首先低頭認錯的總是阿東，而且阿東的「白目模式」會依時間點切換，相信大家也從故事中的總總小動作發現到他的用心了，至於他的內心想法，已在番外篇揭曉給大家囉。

再來談談作品起源。這部作品是大學生的校園愛情故事，因此許多內容皆取材自作者親身經歷，尤其是社團部分。幻光以前正是陶笛社的，且一待即待了四年，畢業後也有幾次回母校探望學弟妹。我就學的那幾年，社團就如同故事中敘述，成員不多但感情很好，像個小家庭，這樣的氛圍也吸引著我繼續留下。至於近年的陶笛社，成員間依舊感情好，規模更是壯大不少，甚至在鄰近大學也創立了陶笛社，中區還有友社切磋交流。前幾年，幻光有次回去探望社團迎新茶會，當時看見新生的盛況，由衷感到欣慰，就跟故事中小羽有過的心境一樣。

不曉得大家有沒有聽過陶笛演奏呢？故事中所提到的陶笛曲，都是幻光過去曾學過的，歡迎有興趣的讀者搜尋「曲目＋陶笛」來聆聽，幻光的POPO專頁中也為各位準備好連結，搭配著閱讀會更有感喔！陶笛社豐富的活動，也多是幻光曾參與、再加以改寫的；有些角色命名或設定，也融入了幾個同儕或學長姊，至於阿恩學長……再請大家猜猜有沒有範本囉？（嘿嘿）

基於對陶笛社的懷念，以及紀念，幻光於二〇一六年參加「POPO華文創作大賞」時，便以社團為主元素來設計故事，這部作品非常幸運地入圍當年的二十部決選作品之中，是我創作以來的一大成就！之後，於二〇一七至二〇一八年間，為原參賽作收尾的倉促補足了遺憾。二〇二一年底投稿秀威，非常感謝喬編輯的青睞，讓本作得以問世。雖然礙於篇幅緣故，出版前又大修了些細節，砍掉一萬五千多字，精煉不少，也修掉了原版對話太文謅謅的部分（笑）。總而言之，目前這個版本我很喜歡，更希望讀者們喜歡！

本作中悄悄埋了些小哏，不過並不影響閱讀。幻光這邊衷心期許，《暗戀Ocarina學長》只是個開始，那些各位好奇的配角們（例如阿恩和小靜的過去），就留待下部作品再來聊聊囉，希望能盡快再與大家見面！（揮手下降）

幻光

2022.4

要青春93　PG2748

要有光 FIAT LUX

暗戀Ocarina學長

作　　者　幻　光
責任編輯　喬齊安
圖文排版　蔡忠翰
封面設計　劉肇昇

出版策劃　要有光
發 行 人　宋政坤
法律顧問　毛國樑　律師
印製發行　秀威資訊科技股份有限公司
114台北市內湖區瑞光路76巷65號1樓
電話：+886-2-2796-3638　傳真：+886-2-2796-1377
http://www.showwe.com.tw
劃撥帳號　19563868　戶名：秀威資訊科技股份有限公司
讀者服務信箱：service@showwe.com.tw
展售門市　國家書店（松江門市）
104台北市中山區松江路209號1樓
電話：+886-2-2518-0207　傳真：+886-2-2518-0778
網路訂購　秀威網路書店：https://store.showwe.tw
國家網路書店：https://www.govbooks.com.tw
總 經 銷　聯合發行股份有限公司
231新北市新店區寶橋路235巷6弄6號4F
電話：+886-2-2917-8022　傳真：+886-2-2915-6275

出版日期　2022年5月　BOD一版
定　　價　350元

讀者回函卡

Printed in Taiwan

國家圖書館出版品預行編目

暗戀Ocarina學長/幻光著. -- 一版. -- 臺北市 :
要有光, 2022.05
面 ;　公分. -- (要青春 ; 93)
BOD版
ISBN 978-626-7058-25-1(平裝)

863.57　　111004022